白鳥評論

masamune hakuchō

正宗白鳥

坪内祐三・選

講談社文芸文庫

目次

白鳥評論

小説界新陳代謝の期

明治文学の黄金期は前途尚お遼遠たるべきか。新体詩、脚本の類はさて置き、最も注目すべしと思わるる小説も未だ新時代の大作として推称すべきもの一もこれあらざるなり。明治二十年頃より以来十数年間の作品は殆んど凡て徳川時代の産物と大差なし。作家の性行思想既に戯作者気質を脱せず。文章修辞亦師とする所西鶴にあり、近松にあり、馬琴にあり、紅葉山人はこの過渡期の大作家にして、以て過去の小説界の代表者と見るも大過なかるべし。而して其の用意周到の着想《しこう》も、其の彫琢の限りを尽したる文辞も決して斬新というべからず。深刻というべからず。其の人生の見方に於て、決して二十世紀の人々の有せる態度と相並行せるものにあらず。明治の平板なる人間を写して妙を極むれども、新思潮に触れ、新懐疑に苦しみ、又は新信仰を得たる人物には一指を染むる能わざりき。過去の読書界は紅葉によりて多大の慰藉を得べし。将来の新国民は其の作物の中に自己の平生をも発見し得ざるべし。何ぞ況《いわ》んやこれによりて慰藉され、指導さるるようあらん。文壇は今や一期を劃して新なる時代に入らんとす。目下創作の落莫たるを見、数年の過去を追想すれば、寧ろ大に羨むべきが如きも、窃《ひそ》かに作家消長の跡を尋ね、現時読書界の趨勢を験すれば、必ずしも絶望すべからざるを知る。何時までも在来の作風の続かんには、如何に進歩すればとて、徳川の作家の末流なり。幼稚なる読書家も既に此等に飽足らずして目新しき者を望みつつあり。吾人の懐抱する重大の疑問に触れたる者を迎えんとす。創作界も今や新陳代謝の過渡期にあり。青年にして志ある者、大に自重して、チョン髷的作家を蹴飛ばすの覚悟なかるべからず。

*

○翻訳も常に小品短篇に限らるるの今日、プラトーン全集の翻訳さるるに至りしは、喜ぶべし。尚諸哲学書類の翻訳も出《い》ずべく、シェークスピアの翻訳も企てられつつありと聞く。プラトーン全集の如き決して完全の訳文というべからざれど、何処の国にても始めに幼稚なる翻訳出でて、漸次完全なる者の大成するを習《ならい》とす。吾人は暫らく有る者は皆無に優るというを以て満足すべきなり。

○近時嘗て手にしたることなき帝国文学の時文欄を読む。通読して其の論旨の奈辺に存するかを知るに苦しむ。西洋大家の名と悲憤慷慨の語句に満てども、何を憤り、何を望むか、更に其意を了する能わず。野の人とは何学士なるか知らねど、余程頭脳の不明瞭なる人と思わる。

（「読売新聞」明治三十六年十一月）

今年の文学雑誌

○現在の日本はその購買力読書力に比して新聞雑誌の数が多過ぎるが、文学雑誌は殊に甚しい。その中中《うち》学程度の投書中心の雑誌を除いて、多少文壇の話題に上る者のみを数えても、「新小説」「文芸倶楽部」「早稲田文学」「趣味」「新思潮」「帝国文学」「明星」「ホトトギス」「文章世界」「詩人」「歌舞伎」「新潮」「新声」「文庫」其他純粋の文学雑誌ではないが、文学物が重要の部を占る者に「太陽」「中央公論」「日本及日本人」等がある。
○「新小説」はその歴史の長いのと、発行書肆《しょし》が有力であったため、小説に於いては他の諸雑誌を圧倒して、一年中の佳作は多くこの雑誌に現れ、作家もその巻頭に掲げられるを名誉とする程であったが、今年は左程ではなかった。これ一つは文学雑誌の数が昨年頃より急に増加して、同誌をして諸大家の作を壟断《ろうだん》するに難からしめた為であろう。同誌今年中の小説では『蒲団』が最も評判も高かったし、又最も傑れた者であった。新年号の巻頭に『島の聖《ひじり》』を載せたなどは第一流の小説雑誌として、余りに思慮がなさ過ぎる。思潮欄には諸博士学士の海外文学紹介に読むべき者があった。評論は多く言うに足らず。「文芸倶楽部」は「新小説」とは異なり、文芸上の抱負が低いから、通俗的作物のみ多いが、それでも「二《ふ》た昔」と題した臨時増刊号は諸作家を網羅し、『並木』等の佳作も現れた。今年は概して同誌と「新小説」と大差がなかった。

○「早稲田文学」は評論を主とし、絶えず文壇の諸問題に触れ、これを報道し概論するゆえ、文壇の趨勢を知るには最も便利な雑誌であるが、昨年に比すると、少し弛《たる》んでいるようだ。広く大家の原稿を集めるよりも、社中の議論を主とするのは特色として面白いが更に進んで、月々の締切に追われない大論文を掲げんことを望む。今年の同誌の所論は他に遅れない程度で、他に先んずる程ではなかった。海外の新思潮の紹介も同誌の当然つとむべき者だが、今年は思わしくなかった。

○「趣味」は昨年は如何にも振わぬ雑誌であったが、今年は大いに面目を改め、雑多な材料を集めて余程賑やかになった。「早稲田号」と云い月々の短篇小説と云い、文壇の注意を惹いた者が少なくない。読者の注意を惹きそうな問題について諸家の意見を集めたり、評判のよい作家の新作を集むるに勉むるは中央公論と同誌とであるが、中央公論ほど下らない事を誇張しない丈同誌の方がよい。しかし今年の春頃に比すると、此頃は少し見すぼらしくなった。折角発達しかけた雑誌だから、何とか工夫して明年から一奮発することを望む。

○「新思潮」を見ると、吾人はその売れ行きを顧慮しない態度を気持よく感ずる。材料の精選も行き届き、紙質も印刷も他の雑誌より優っている。海外の新智識を渇望せる今日の文壇には欠くべからざる好雑誌である。吾人は切に永続を望む。「ホトトギス」はその毎号掲載せる写生文に幾何《いくばく》の価値あるかと疑われるが、創作にも評論にも一貫せる一種の見識を持ってやってるのだから、その点に自《おのず》から取るべき所がある。「明星」の如き厭味もない。

○「文章世界」は類似の青年雑誌とは異なり、その掲ぐる評論や創作に文壇の問題となった者もあり、文学雑誌としても見逃がすべからざる重要な者になっている。「太陽」の評論は今年は積極的に自家の意見を発表する点が、他の折衷論や揚足取りの評論に比して痛快である。「中央公論」は小説蒐集が巧みだ。

○ついでに我「日曜附録」に関して一言するに、本年はにぎりめし対泡鳴の論争が文壇の注意を惹き、本年中の問題であった自然主義対古典主義の代表となって以来、少なくも思潮に遅ることとなく、泡鳴氏が毎月痛快なる議論を吐きしのみならず、佐藤迷羊、徳田秋江氏等の評論に価値ある者多く、X自身の片々たる雑感録も全く取るに足らぬ者とも思えない。白丁《はくちょう》氏の博覧会及び展覧会の画評は、新しき美術思想鋭き批評眼をあらわし、美術批評中群を抜いていると確《しか》く信ずる。その他桂月氏の雑文花外秀湖氏等の短文にも面白き者が少なくなかった。時々下らない原稿を或る事情のために掲載したり、不完全は免れなかったが、少なくも本年の日曜附録は時代遅れもせず、文壇の進歩と没交渉でもなかったことを一言し且つ本年の寄稿者に謝意を呈して置く。
（「読売新聞」明治四十年十二月）

文学病

「文士一ケ月製産番附」を見ると、私の製作枚数が五百枚と査定されていた。これでは、税務署の文士所得額の調査が間違うのも無理がない訳だ。文壇に生活して年中文学者の噂をして、ゴシップと外国語で名づけるものを書こうという人さえ、こんな出鱈目を書くのである。私は田舎新聞へも書かず、雑文一つ匿名で発表したことがないのだから、毎月有り振れた雑誌に私の寄稿した創作、あるいは東京の重立った新聞にたまに寄稿する雑文のページを胸算用しても直ぐに大体の見当がつきそうなものだ。こんな番附だから、どうでもいいようなものの、この番附製作者のような調査の粗漏、頭脳の不聡明をもって、いろいろなゴシップをつくられてはたまらない。製産高の如きは調査すれば万人に間違いが直ぐに分ることだが、人物批評や個人の私行暴露をこの調子でやられては正誤が面倒で迷惑する人が多かろう。

私の製産高は過去数十年間、一ケ月百枚を超過することは絶無と云っていい。新年号などには枚数多量の作品を発表することがあるが、それは、早くから書き溜めて置くからである。

しかし、昔から遅筆であった私も数年来、ようやく楽に筆が動くようになった。九、十、十一、の三ケ月間中央公論か改造かへ、一篇ずつ短篇を寄せたのだが、どれもみな、間際になって、一日で書き上げた。二十余枚を一日に書き上げたなど、全く前例のないことである。八月の「改造」へ出した『雲の彼方へ』という脚本も、六十枚ばかりのものを一週間以内に書き上げた。この勢いで行ったら、私でも、努力すれば、月に二百枚くらいは書ける訳だが、そうまで稼がなくってもいいと思って、毎月見合せている。

物質上の報酬は別とし、また芸術にどれほどの尊さがあるか否かは別問題として、他に楽みのない私は、全然執筆を止めたなら、退屈で困るだろうと、今から案ぜられる。それで、月に百枚の原稿の捌け場がつかなくなったら、五十枚に減じても三十枚に減じても、私は生を終るまで書き続けることであろう。多年文学を本質的に重要視しないで年を取って来たのに、いつの間にか私の肉体の骨髄までも文学病に冒されているのである。自分はむしろ悲んでいる。

近所のある家の老夫婦が「こちらの旦那様は物をお書きになるだけの人だ。」と私の妻に向って云ったそうである。私は「だけ」の人ではないつもりだが、あるいはそうなってしまっているのかも知れない。

書物は相変らず何か知ら読んでいるが、この頃読んだもので、そして読み甲斐のあったものはなかった。徳富猪一郎氏の「近世国民史」は、略々既刊の全部を通読した。日本の近世史についてさえ、断片的にしか知らなかった私は、今度はじめて、やや詳しく大体に通じることが出来た。いつか読史所感を述べたいと思っているが、この書を元として、ところどころもっと深い研究をしたいと思っている。

朝鮮役では、小西行長の所行についてもっと知りたい。通俗的に評判の悪い男で、徳富氏の如く稍々世評に反抗して弁護を試んとした歴史家も、弁護の余地がなかったようである。しかし、これは氏が、国家主義の立場から見たためではないだろうか。キリシタンの行長は、ただ日本のために戦争中止を望んだばかりでなくって、朝鮮のためにも明国のためにも戦争の苦を早く免れしめんとしたので、人類平等の平和主義から立策して、必ずしも秀吉独自のためを思わなかったのではないだろうか。清正は旧日本の精神の凝り固りであり、行長は云わば世界主義者であったのではないだろうか。日本では通俗的に人気の悪かった訳だ。

徳富氏が、大石良雄の遊蕩を、敵を油断させるためと云うよりも、余生幾干ぞとの感じを抱いて、江戸へ下るまでを酒色に溺れて過したのだ、苦しんで酒を飲んだのではない。楽しんで飲んだのだと解釈したのは卓見である。大石だって木か石でつくられた人間ではあるまいし、——ことに元禄時代に生きていたのではないか。(「不同調」大正十四年十一月)

発売禁止について

「改造」の支那号に寄稿した私の小説が、一行ばかり削られているのを、山本氏に注意されてはじめて知った。数十年の文壇生涯に於いて、私の書いたものが検閲掛の毒手にかかったのは今度がはじめてなのである。検閲の目がこれまでよりも峻酷になったのであろうか。私は今まで、禁止の刑を恐れてつねに筆を慎んでいた訳ではなかったが、肉感の刺戟に富んだ者を書きたくはなかったので、自から刑を免れていた。多くの作家のように、自己苦心の作品が禁止の厄に会った経験がないのだから、禁止問題に対する憤懣の実感が強くない。しかし、言論文章に対する当局者の取締りがもっと寛大であったなら、私ももっと異った材料を突込んで書きたいと思うことがないでもない。

共同生活を営んでいる限り、言論の絶対自由は有り得べきことでなく、現今のロシア政府の如きも、自己の政策実行の邪魔になるような言論は極度に禁圧しているらしい。文学者自身でさえ為政者の意を迎えたような作品を書いているらしい。徳川時代の言論圧迫も、革命前のロシア、あるいは革命後のロシアに譲らぬほどに酷烈であった。天下泰平を唄っていた戯作家でさえ、閉門や手錠の刑に処せられた。

由来、人間は自分に反対する者の言論の圧迫を好むもので、強者は必ず弱者の自由な振舞を好まない。歴史を顧るまでもなく、現今の日常生活に於いて、我々は絶えずその実例を見ている。

そういう通有の圧迫癖をもっている人間に、図書検閲の職権を与えて、自在に振舞わせたなら、文筆業者が安心して筆を執れないのは当然である。出版業者の損失が、少数の検閲掛の気まぐれから起るという結果になるのである。作者や雑誌業者などが結束して立って、不条理な闇討ちを防ごうとするのはあたり前で、小説家協会が出来た当時には、第一にこういう問題に身を入れるべき筈であった。

今回は取締りに対し、作家と出版者側との望んでいる条件の立案はどうであるか、私はまだ知らないが、検閲掛の専断に図書禁止の全権を任せないで、禁止問題の起った時に、他の幾人かの有力者をして審査してその是非を定めさせるようなことも、必要な条件になっているのではあるまいか。それはいいことだが、鑑定の任に当るものが、官僚から出るにしても民間の学者から出るにしても、それ等の人々の審査の目が、果して今の検閲官よりも寛大であろうかと、私は危んでいる。我々は発売禁止の法案が改められても、決して執筆の自由の程度を非常に期待してはなるまい。闇討ちの泣き寝入りを免れるくらいを獲物とするに止まるくらいであろう。

私は先日、西鶴の「一代男」を読んだが、これなどは長い間の発売禁止を解除したらいいと思った。ところぐ〜〇〇や、、にしているから却って読者に変な感じを起させるので、現代の小説に比べると遥かに難解な文章である西鶴が読めるほどの読者なら、あのくらいのことで心を汚し風俗を紊《みだ》す恐れのある筈はない。禁止書物になっているため、却って低級の読者の好奇心を惹いて、強いて淫靡のものにしてしまわれるのだ。

しかし、明治政府の手で禁止されたことは西鶴に取って不幸ではなかった。西鶴に限らず「国禁の本を読む」ということは、私などには興味になっている。大ぴらの恋よりも人目を忍んだ恋に面白味があるようなものだ。

発売禁止について思い出したのは、我々現代の文学者の作品が、国定教科書などに無断で取り入れられることがある。私のものは教科書向きではないのでさして採用されてはいないようだが、それでも二三はどれかに入っていることは、学生の話によって知っている。無論編纂者から何等の通知もなかった。他の作家についてもそうであろう。有島武郎氏のものは例の事件があってから風教に害があるとされて、教科書から削除されたと聞いたことがあったが、全体人の物を無断で使用して置きながらあとで、削除とか何とか、ケチをつけるのは、教育者として不都合ではないか。……全体人の苦心の作品を無断で利用することは、文部省あたりの道徳では正しきこととなっているのであるか。

（「改造」大正十五年九月）

雑感

広津柳浪氏の小説は、私はそう多くは読んでいなかった。そのうちでは『河内屋』というのが最も深く心に印象されている。兄嫁か弟嫁かに関して兄弟間の憎悪の念が執拗に叙せられていたと覚えている。当時の小説には類のない陰鬱なものだったが、硯友社の仲間では柳浪氏はこういう人間の暗黒面を描くことに於いて異色を有っていたのであろう。『河内屋』『今戸心中』は最も有名であるが、これが柳浪氏一代の傑作であるかも知れない。『河内屋』よりも真実性に富んで、情緒ゆたかで明治小説史中遊廓文学の逸品として永く残るであろう。

今度『黒蜥蜴』と『亀さん』を読んだ。陰惨なものである、前者は兎に角後者は私は好まない。この作品の現れた明治三十年頃の日本の他の作品に比べたら、遊戯分子のまじっていない写実の深みのあるものらしく思われるが、わざと陰惨な筋を弄したもののような、私は読みながら思った。お辰の死ぬところなんかその一例である。

私は柳浪氏には二三度会ったことがある。紅葉山人逝去の時その逸事を聞きに、麻布笄《こうがい》町へ訪問したのが最初であった。ある事情から肝心な話は聞かせて貰えなかったが、氏の態度は叮嚀であった。その後二葉亭の露国行の送別会で会った時には、氏は「あなたの何処へはいいですよ。」と、小声で一言私の小説を褒めて呉れた。氏は世を厭うた口数の少ない人のように私には思われた。そして和郎氏とは、作風も人となりも非常に違っているように、私は今でも思っているが、それは私の目が鈍いためなのであろうか。私は、氏の一生を考えると、明治の文士のうちで、二葉亭よりも誰れよりも氏が淋しい姿をもって現れるのだ。二葉亭は人好きがするが、柳浪氏はその作品から見て決して多数人には喜ばれないであろう。氏の作品は一種の通俗味に富んで、事件の運びに読者を釣る力を有っていることは紅葉の比ではないのだが、愛嬌がないのだから、読者は『亀さん』のような陰惨一点張りの筋立てに随いて行けないだろう。

嵯峨の屋おむろ氏の小説をも、二葉亭集のあとについている円本によって二三読み直したが、これ等は明治新文学の初期を追想せしめるに足るだけのものである。嵯峨の屋氏にも、二葉亭追悼会の時に一度会ったことがあったが、氏は見るから好々爺らしかった。私に向って私の『世間並』という当時の新作を褒めて、「ロシアの小説を読むようです。」と云った。私は年少の頃、氏の『流転』という小説を愛誦したことがあった。当時の青年の新文化人らしい情緒が多少は現れていたと思う。

「嗚呼、月」とか「アア故郷」とかいうような詠歎的言語が嵯峨の屋の作中に濫出していて、今の読者には歯の浮くように思われるが、あれは美妙斎など当時の新文学者の新文体で、大いにハイカラのものだったのだ。

（「文藝春秋」昭和三年十二月）

「批評」の反応——直木氏の駁論に対して

私の『南国太平記』読後感に対して、著者直木三十五氏が、弁駁的答辞（日日新聞紙上で）を述べられた。その文章はハッキリしていて論旨もよく分る。氏の頭脳の蒙昧でないことはこれによっても推察される。私は数回つづきの論文を通読しながら、この名声高い作者の創作態度を知ることに興味を覚えるとともに、私の批評的感想文が、毫末も、作者当人の心に触れなかったことを知って、「作者」対「批評家」の現実性について、今更の如く感じた。私のあの批評は、可成り詳しいものであった。今ではこの長篇から受けた印象が稀薄になっているが、あの批評の筆を執ったのは、初巻中巻の二冊を読み了えた直ぐ後で、濃厚な印象を前にして、相当に委曲を尽した感想を述べたのであった。文壇の具眼者の讃辞を屢々耳に入れていたので、この小説批評については、不断よりも軽率をつつしんだ。それにかかわらず、私の批評が作者当人の心には、すべて無智の空言としてのみ映じたのである。それも、著者が批評によってひそかに思い当るところがあったのに、わざと自己の非を蔽うて強弁を試みているかというに、そうではないらしい。すべて「彼れ非なり、我れ是なり。」と衷心から信じているらしい。それに一般読者にも、文壇の具眼者にも、近来の傑作、近来の面白き読物として公認されているのだから、作者は何等自己反省の労を取るに及ばぬ訳である。しかし、文学芸術の鑑賞は人さまざまで、以前、団十郎が嫌いで訥子《とっし》が好きだという芝居好きもあったから、『南国太平記』の嫌いな読者が一人や二人あるのも止むを得ないのだ。著者は、私が題材のみを問題にして描写の巧拙を軽視しているように云っているが、私は、「いかに描くべきか」「いかに描かれているか」を無視して、文学の鑑賞も批評もした事がない。『南国太平記』評にも、その点を閑却してはいなかった筈だ。むしろ題材の取り扱い振り描写振りが、私の趣味に適しないで、私をして小説的感興を呼び起させなかったことを遺憾とした筈であった。

　著者直木三十五氏曰く、「大衆物に於いては型でいいのである。」「大雑把な頭の武士。型通りの思想をそのまま書いて少しも差支えはない。」と。私はこの説に必ずしも反対でない。大衆物に限ったことはない、どの種類の文学に於いても、「一つの固定したる伝統的観念」を描いて悪い訳がない。それとともに、氏の所説の如く、「型通りを上手に書くことが必要なのである。」つまり如何に描かれたるかが問題になるのだ。上手とは無論手先のことばかりではない。氏は、「内容には新味が少しも無いが、末技には用いている。」と云っているが、筆先の末技だけでは私から云わせると「型通りを上手に書いた」ことにならないのだ。絵画で花鳥山水などを、古画の型通り、つまり粉本引きうつし見たいに描くのもあるが、それだけでは駄目だ。歌舞伎役者は伝統的の型を重んじていて、由良之助にしても勘平にしても、大抵の役者が古来の型通りに演じているが、しかし、上手な役者は型を生かし、下手くそは死んだ型を模している。ところで、絵画や演劇は、粉本そのまま、古名優の型そのままを模し得られるが、小説となると、如何に型通り、すなわち、「忠臣型」「逆臣型」などを、型通りに描かんとしても、昔の小説引きうつしという訳に行かないので私が、『南国太平記』の武士を、「幕末型」だと思ったのも、あれと寸分ちがわない人物やその行動を、昔の小説に見ていたというのではない。作者がいかに歴史を調査したにしても、今日に生活していながら、幾十年前の世相をああいう小説体を取って描かんとするに当っては、歴史の事実は粗材であって、いやでも、作者の空想が入り、批判が加る訳である。そして、私はその作中に散見する空想と批判とに創意を認め得なかったのだ。「呪詛」や「調伏」は歴史的事実であったと云う。氏の云うまでもなく「化政度に呪殺を信じたって決して不思議ではない。」と私も思う。東洋でも西洋でも、昔の作者は、今日から見たら迷信となされるこの種類のことを、屢々まことしやかに書いていて、そこに、人間生活の真相が現れているのだが、しかし、昔の作者のうちの多くは大衆とどもに、それ等の迷信を信じていたのだ。ところが、直木氏自分は、古くさい型を守りながらもその「詛殺事件」を当時の歴史的現象としているだけで、超自然力を信じてはいない。「こんな馬鹿々々しいもの。」と自分で云っているくらいだ。「馬鹿々々しい」と思う一念はありながら、批判的に書いているのでもないし、呪詛の力は実際に効果あるもので、決して迷信ではないと確信して書いているのでもないから、創作の態度が中ぶらりんで、従って読者たる私の心に迫って来る力が稀薄だったのでもあるまいか。「四谷怪談」でも、昔の俳優や見物は、あの怨霊を信じていたのだが、今日の俳優はそれを信じないで、型だけで演じるから芸術的生命が稀薄だ。

私は、赤穂義士その他に、現代的解釈を試みるばかりが、歴史小説の正しい態度であるとは決して思っていない。伝統趣味を尊重するのもいいことである。しかし、保守思想はいいとしても、芸術たる以上、読者に古くさいという感じを与えるようでは、その芸術価値は甚だ低いと思う。伝統趣味も傑れた作家の手を経たら、ますます清新な光を放つ筈であると思う。

あの時代は幕末でないという説も、歴史専門家の研究としては兎に角、歴史小説の時代別としてはどちらでもいいと思う。それにあれは、勤王佐幕の時代にまで説き及んでいるのだが、「幕末」と概括的に云っていいと思う。私の幕末の歴史知識は、無論貧弱であるが、この小説の批判に差支えないことは、玉ノ井の魔窟へ足一歩踏み入れないでも、私娼小説を批判して差支えないと同様である。
匆々《そうそう》説きつくさず、「大衆文学」総論は改めて起稿することにする。

（「読売新聞」昭和六年十一月）

芸術界の回顧と展望　文学界

他の社会と同様に、文学の社会でも、毎年、年の暮には、過去一年間の成績の決算がされ、明年の予測が試みられるのが慣例になっている。人間は大抵は自分勝手なものでありそして、希望を失いたくない本能を有っているので、政治家は、反対党の一年間の成績に落第点をつけ、明年こそ自分達の天下になると、当てにならぬ望みをかけるのが慣例となっているが、文学者も同様である。左翼文学者は、今年こそブルヂョア文学はどん詰まりまで行った。来年は階級に目醒めた我々の天下だといい、左翼反対者はプロレタリア文学も気力を失って単調無味になった。来年は芸術味豊かなものが勢いを得るだろうという如く、みんな自分に都合のいいことを考えて、お互いに、はかない人生を、微かな希望によって渡って行くのである。

沙翁のマクベスが、喟然《きぜん》として歎じている。「明日が来り、明日が去り、又来り又去って、時は忍び足に、小刻みに、記録に残る最後の一分まで経ってしまう。凡て昨日という日は、阿呆共が死んで土になりに行く道を照らしたのだ。消えろ消えろ、束の間の燭火《ともしび》。人生は歩いている影たるに過ぎん。只一度舞台の上で、ぎっくりばったりをやって、やがて最早噂もされなくなる惨《みじ》めな俳優だ。白痴《ばか》が話す話だ。」

マクベスの言の如く、成功も束の間の燭火である。日本の一年間の文学芸術の成績を云々するのはことに、束の間の燭火の光り加減をあげつらっているような感じがする。私は、今年も時評の筆を執っていたので、雑誌文学や単行本については、読むに従って、そのおり〳〵に批評を下した。一般の趨勢についても注意して来た。しかし、私の読んだ物も、全体から見ると、小部分に過ぎないのであり、私の文壇観測も自己の好みに支配されているのにちがいない。それで、来年はどう変って行くかということは、本当は分らないのだ。自分の好みから、こうなって呉れればいいがと、微かな希望を寄せるだけのものである。もっとしっかりした文学雑誌が現れればいい。左翼でも右翼でも、もっと熱烈火焔の如き文学が現れればいい。冷徹氷塊の如き文学も現れればいい。下らない通俗文学なんか撲滅されればいいと、自分の好みによって希望している。嗤《わら》う勿れ。私はおり〳〵こういう白昼夢を夢みているのだ。

私が今年読んだ創作で、印象の深かったものを挙げると、里見弴氏の『安城家の兄弟』

と、永井荷風氏の『榎物語』と、谷崎潤一郎氏の『盲目物語』に止めを刺すのである。明治、大正の文学史上に跡を留めた作品に比して決して劣るところはないのだ。純文学の衰頽している今日、よくこういう作品が現れたものだと、私は不思議に思っている。世間でも可成り評判であったようだが、こういう作品が将来続出されるとは思われない。朝日の美しさではない、夕陽の美しさである。私がそれ等の文学に愛着するのは、夕陽の美をそこに見たためかも知れない。私は谷崎氏の二、三年来の作品には特殊の親しみを覚えている。『刺青』や『悪魔』のような、ある意味で奇を衒《てら》ったとも思われる作品によって文壇に現れた氏が近来のような文学的境地に達したのを、むしろ不思議に思っている。氏は芸術に精進した人である。幾十年芸術に精進したために人生鑑賞の目が冴えて来たのである。『蓼喰う虫』には古典趣味がある、茶道とか花道とかいったような日本特得の芸術と相通じた雅致があるというが、衆人の一致した賞讃の辞である。無論その評は当っているのだが、私があの小説を読んで先ず心を捉えられたのはあしこに描かれている男女関係であった。あの心理に私は共鳴をさえしたのであった。あしこに男女間の深い問題があるようにも思った。(谷崎氏はそう思って書いたのではあるまいが) 私は、あれを読みながら、全体異性が完全に調和して、幸福な人生を経験するということが、世の中にあるのであろうかと、根本的に疑惑に思いを凝らしたくらいであった。ストリンドベルグはその疑惑を峻烈に取り扱っているのだが、『蓼喰う虫』にも、そこに思いを致させるものが潜んでいた。古典趣味や東洋趣味がどんなに現れていようと、私はそれだけの小説ならそんなに感心し得られないのだ。『卍』だって、変態性慾の描写を人は面白がるのだが、私は、あしこにも思ったことの充されない人間通有の悩みを痛々しく感じたのである。巧みに語られる、奇異な物語を聞くだけの興味ではなかった。『盲目物語』は渾然とした芸術である。芸術と人生と融和して余すところなしといった感じがした。そしてこの物語を読みながら、人間の幸福は現実には存せず（『蓼喰う虫』や『卍』がそれを現している。）却って、空想裡に存することを感じた。盲目物語の盲人が、私ほど幸福なものはありませんと最後にいっているが、物語を聞き終った私は、成程と思った。近年の谷崎氏の小説は私の心境に喰い入ったのである。

「ただ見て過ぎよ。」谷崎氏以外の作家の今年の小説は、私に取っては、読んでも読まなくってもどちらでもよかったのである。しかし永井氏の『榎物語』は、西鶴の骨法を伝えていて面白かった。それも、珍しい話を簡潔に叙しているのに興味を覚えただけではない。榎の樹間に隠している金の盗まれたのに気づかず、いつもそれを心当てにして「あれだけ金があるのだから、生活の恐れなし。」と、安んじていて、死ぬまで、榎の穴の中は空っぽになっているのを知らないで過ぎたのが、その書き振りも巧妙だが、人生批評としても意味が深いのである。青年時代の永井氏の派手な作品よりも意味深長である。

演劇では、「新東京」劇団が、帝国ホテル演芸場で演じた『トパーズ』が最も面白かった。社会の真相をよく穿っていた。

その他についていうと、室生犀星氏の二三の小説には、微細な心理描写に妙味があった。横光利一氏の作品は、文章が長ったらしくて読みづらかったが、我々には感ぜられない感覚を有っているようである。新時代の或る種の文学の領域が氏などによって拓かれるのかも知れない。それから、高田保氏の世相観察録が面白い。村山知義氏の批評が面白い。大宅壮一氏の批評には望みを掛けていたのだが、このごろの批評振りを見ると、むしろ退化しているといっていい。ひどく頭の粗野な人である。小林秀雄氏は、われわれとはちがった一層新しい芸術眼を有っているようだが、何となく堅くなり過ぎて、潑剌たる若さを欠いでいる。十一谷氏、川端氏、中河与一氏などの芸術にも新味は認められるが、あまりに用心堅固であり過ぎる。時代が時代だから、これ等の若き作者も、自然主義時代、三田文学時代、白樺時代の若い作家のように、調子づいて風雲に乗ずるといった気持になれないのであろう。文学芸術の士も、風雲に乗じると、ふと自己以上の腕前を見せるものだ。周囲が冷やかだと、作家もいじけ勝ちになるものだ。

戯曲方面では、岸田國士氏一人が、相当読み応えのする新作を出していた。今の日本の劇壇で、時代物以外の新作を演じ得る俳優が極めて乏しいのは、心細い次第である。岸田氏の現代劇は、あまりに通俗味があり過ぎると思われるのに、それでさえ十分に演じこなす俳優がないのである。水谷八重子の上達したことには私も感心している。しかし、八重子が日本一の女優であることを考えると、それだけでも、日本の劇壇のいかに淋しいかが連想されるではないか。

こういう状態であるから、小説でも戯曲でも、明年も今年の連続で、栄《は》えない状態が愚図々つづくに過ぎないかも知れないが、戦争後には、文学の方面でも新機運が起るが例となっている。欧洲大戦後には、今まで貧乏と極っていた文学者もいくらか豊かになって、文学全体に活気づいた。日露戦争後には、却ってロシヤの文学が盛んに歓迎されるようになり、自然主義勃興の盛況が見られた。日清戦争後にも、新たに雑誌が刊行されたり新作家が現れたりした。戦争に勝ち満蒙問題が解決されると、日本の社会全体が活気づくであろうから、出版界もその余波を受けて賑やかになるであろうし、従って文学も勢いづいて、何かの新機運が起るであろう。だがその「何か」の内容は、私には見当がつかない。文学者はてんでに自分に都合のいい勝手な夢を見ているかも知れないが、夢は注文通りには実現されないのである。

（「週刊朝日」昭和六年十二月）

文学雑感

月々の雑誌の小説は概して読みづらい。日本の現代の言葉で書かれていながら、どうしてこう読みづらいのかと疑われるくらいである。どうせ多分の忍耐力を必要とするのなら、頭を痛めても、或いは辞書をひく面倒さがあっても、外国の小説を読んだ方が、遥かに読み甲斐があるように思われる。日本は、山水明媚の国である。食物もうまい。国民は愛国心に富み、戦争も強い。頭脳の力も外国人に劣っているらしくはない。しかし、少なくも日本の小説は概して面白くない。これは、私が何十年来実験し来ったことで、動かし難い信念となっている。無論日本にも傑れた小説もないことはない。この頃の雑誌小説だって、それぞれの面白味を有っている。文芸時評の題目にならんこともないが、西洋に比べると太陽の前の行灯《あんどん》の光のような気がする。行灯の光も雅致があるが、今の時世では甚だ手頼《たよ》りないものである。

文学芸術の方面に於いても、西洋崇拝は望ましいことではないが、明治以来の舶来崇拝の傾向は、今なお識者の心にも根づよく潜んでいるのである。チャプリンが来遊すると、映画関係者は云うまでもなく、首相でも市長でも熱誠をもって歓迎し優遇する計画が立てられているそうだ。（この雑誌が発行された時にはそれが実現されているだろう。）日本の映画俳優で首相から礼を厚うして晩餐に招待されたものがあるであろうか。自国を卑しみ他国を尊ぶのは悪風であるが、チャプリンやダグラスが多数の映画愛好者に優遇されるのは当然のようにも思われる。

「改造」には、ムッソリニの『ナポレオンと議会』という長い戯曲が出て、五月の雑誌の創作欄で幅を利かせている。仏蘭西で脚色されたもので、ムッソリニの原体はどれだけ保存されているのか分らないが、私は退屈しないで通読した。訳文は巧妙とは云われないが、登場人物は印象鮮明であり、事件の運びも要を得ている。ムッソリニが自分の気持をナポレオンに托して現しているように思われて面白い。「大臣にしたり元帥にしたり、王にしたりして朕の寵遇した者達は、もう三度も朕に逆《そむ》いた。彼等の念頭には自己の安逸と蓄財しかない。そうして訳もなく戦闘を厭悪する。朕のために尽してくれるものは、朕の気の毒な兵士等だけだ。」とナポレオンは云っている。また、「平和平和、……人民達はいつでも二つの欲望を有している。戦争を為ない、税金を払わない。それだ。」とも云っている。……陰険な政治家フウーシェは、「お前はまだ近代人の気持の上に幻影を夢見ているな。……今までおれは、人間の悪辣さや下卑た根性を利用して来たが、未だ嘗て失敗したことはない。……勿論大多数は正直なものさ。……だからこそ、正直らしく振舞えば、こうして容易に権力を握ることも出来ると云うものだ。」と云っている。ムッソリニは心の中にこういう考えをもって世に処しているように思われる。彼れはよく人間を知っているのだ。議会に対する彼れの考えも、この一篇のうちによく現れている。無論、通俗ナポレオン史と云ったようなもので、この英雄についての新しい歴史的研究があるのではないが、有り振れたものでも、作者はよく利用して、適切な場面を作り出している。日本にも英雄劇は盛んに創作されているが、この「ナポレオン」劇ほどにも屈曲性を有っているものは少ない。

○

高浜虚子氏の俳句雑誌「ホトトギス」は、寄贈されているので何気なく披《ひら》いて見ていたが、巻頭の虚子氏の小品には、いつとなしに興味を覚えるようになって、この頃は毎号必ず読むことにしている。どれも面白い。在来の写生文のようなものだが、文体も趣向も、その時々に異っていて、僅か二三ページの間に、世態人情が穏やかに漂っている。同氏の昔の写生文には、わざとらしい所があり、衒気もあったが、この頃のは、平々淡々した味いがあり、大小高下の批判は別として、本当の芸術品と云った感じがする。近来氏は俳句を専門として、以前のように小説家として文壇の競争場裡に現れないために、却って、心のままに筆が執れるのかも知れない。

○

「改造」所載の、新作家阪中正夫氏の戯曲『馬』は、関西の田舎の百姓言葉をそのままに使っているため、読みづらいこと甚しい。これ等の田舎言葉は私の郷里の言葉に似通っているが、それでさえ読みながら不愉快な感じがした。田舎の事件を写すのに田舎言葉を使用するのは当然であるが、こんなに読みづらく、不愉快な思いをさせないですむように工夫は出来ないものであろうか。しかし、我慢して読むと、他の多くの年少作家とは異った「何」かを有っているようである。田舎の事というと「地主の搾取」なんかを問題にして型の如き気燄を吐く小説や戯曲が多いが、阪中氏の作品は、そんな鈍才的作品とはちがって、老いたる農夫が人間以上に馬を可愛がる気持が、ユーモラスに出ているとぼけた面白味がある。元来真面目くさった作品は案外書き易いもので、こういう、とぼけたものは書きにくいのである。父親が家事を棄てて、極端に馬の愛に溺れることから、長男を怒らせ、二人が鎌や荷《にな》い棒を持って喧嘩をするところなんか、舞台に上せて面白いだろう。長男が放火したため気が転倒して、前科者の弟に愚弄されるところなんかも、褒めて云うと、モリエールの喜劇の味いがあると云ってよかろう。……だが、この作者は要するに薄っぺらな滑稽味だけを現すのを特色とするに止まるのかも知れない。この一つだけでは、この作者の前途に望みをかけていいか悪いか、見当がつかない。

「中央公論」の岸田國士氏の戯曲『顔』は、巧みに仕組まれてはいるが、私はその妙味が分らない。上演したら味いが出そうには思われる。

○

私は、才を抱いて犬死した梶井基次郎氏の小説では、『のんきな患者』を読んだだけである。新進作家中最も評判のいい嘉村礒多氏の小説では『途上』を読んだだけである。どちらにも文壇で推讃されるほどには感心しなかったが、しかし、この二つの小説によって推察される二人の作家の態度には、人間の本性に触れているところがあるのである。私自身の心を顧みることが出来る。梶井氏は、重患に悩まされながら、いろ〳〵な恐怖を忘れようとして、わざと「のんきな患者」らしく装い、自らおのれを晦まし、他人の目にも呑気らしく見られたがっていたことが、私には想像される。病気についてのみではなく、人生の事多くはそうしたものである。人間は真実をのみ見詰めるには堪えられないのだ。また真実の自己の姿を他人に見られたくない感じも強いのだ。……嘉村氏は、病める梶井氏に反して、自己をよく見詰めようとし、自己の真の姿を曝露しようと努力した。この曝露慾と隠蔽慾とが相錯綜して、人間と世間のいろ〳〵な事件が出来上り、いろ〳〵な悲劇喜劇が生ずるのである。曝露慾の発揮がいつも深刻であるとは云えないとともに、隠蔽慾の発揮をいつも浅薄であるとは云えないのである。

私などは、近来ます〳〵隠蔽慾の発作を感ずることがある。自己を現すよりも隠すことに内心の要求の強いことがある。

○

「築地座」の第三回公演を見て、感ずるところが少なくなかった。新劇らしい新劇を見たのは久し振りなので懐しみを覚えたが、見てしまうと、印象の薄い手頼りない感じがするのを如何とも し難かった。友田恭助君などの新劇修業は、すでに十年にも達しているのだから、舞台技術に於いて自得しているところがある筈である、演劇愛好者にも真価を認められていい筈であるのに、今なお新劇の存在の不確実で、朦朧としているのは、気の毒である。文芸協会自由劇場以来、新劇の俳優を志ざした人々ほど、時と力を無駄に費ったものはないようにさえ思われる。一時の物好きや遊戯的の気持で異った芝居の真似をした人は別として、友田君などのように、それを一生の事業である如く、熱心に新劇を演じ続けて来た人が、何物をも得ていないらしいのを気の毒に思う。これは適当な脚本が得られないためであるか。演出者が指導をあやまっているためであるか。演劇というものが、他の芸術他の事業よりも困難であるためなのか。恐らくは、そのすべてが事実であろう。

しかし、今度のこの座の所演は、多少の興味のないことはなかった。第一回以来の上演目録を見ても、この座の方針は少なくも俗悪でないらしく、当て気もないらしいのが気持がよかった。飛行館の狭い会場で、演技者と観客とが静かに芸術を楽んでいるらしく見えたのが快かった。岸田氏の新作は世間の大劇場でたび〳〵観ているが、本当はこういう劇団で上演すべきものであろう。しかし、今度の『ママ先生とその夫』は、演出振りが他所行きのようであり、他人行儀のようであり、二三の主要人物がそれ〴〵に自分を無遠慮に現わすところがなかったのを、私は遺憾に思った。

兎に角、こういう劇団が持続され、相当の成績を挙げることを、私は蔭ながら切望している。見るに足る芝居が欠乏していることを、私は不断淋しく思っている。

〇

徳田秋声氏を中心とした「秋声会」というものが創立され『あらくれ』とか題する小雑誌が発刊されるそうだが、世間の雑誌が商業主義に堕しきった今日、文学愛好者が何の束縛もなく、自己の心のままに筆を執り得られる箇人雑誌、或いは同趣味者共同の雑誌の現れるのは快心なことである。相馬御風氏の「野を歩む者」は創刊後何年か維持されているが、この雑誌の面白味は、北陸の郷土色の現れていることと、相馬氏一人で全部を執筆していることとである。他人からお義理の片々たる原稿を貰って誌面を埋めたのでは、箇人雑誌の特色がないと云っていい。相馬氏が他の力を借らないのを私はいつも気持よく思っている。しかし、その結果単調になり、執筆者自身も疲労するかも知れないが、そうしたら廃刊したらいいではないか。営利を外にした箇人雑誌の価値は箇人を発揮するところにあるので、寄せ集め原稿で強いて雑誌を出すのは無意味である。

早稲田の演劇向上会から「芸術殿」という雑誌が出ているが、この雑誌では、坪内博士が毎号、自由に作品や感想を発表されるのが面白いのだ。私は、博士の文学や演劇に関する回顧録を書かれるのを望んでいる。博士の如く、明治文学の開拓者であって、今日までいろ〳〵な方面で活動された文学者の回顧談は、生きた明治大正の文学史であり、演劇史であると云っていい。明治文学の若き研究者などは、逍遙露伴両先生などから、今のうちに、いろ〳〵な史料を聞いて置くがいい。

既成作家の箇人雑誌や、同好者の共同雑誌の出るのは、結構なことだが、こういうものは、大して売れる筈はないので、生活に余裕のある人が企てなければ持続される見込みは乏しい。若し、商業主義の雑誌の方へ身の入ったものを書き、自分や自分達の雑誌へは、それが原稿料にならないため、申し訳だけの者を書くようだったら、甚だ詰まらないと思う。

○

政治的圧迫、経済的圧迫その他いろ〳〵な圧迫のために、青年の意気の挙らざること甚しい。文学についても、砂礫の如き理窟をこねている小説などには、私は溌溂たる青年の姿を認め難く、空想力の萎びた詩のない、早老の影を見るのである。明治以来「青春の書」と云っていいものは乏しかった。「青春の反逆」の強烈に現れた文学は稀だった。樗牛の「多少の青春らしい反逆文字」は攻撃されていたが、彼れの反逆なんかも甚だ弱かった。シェークスピアよりもバイロンを好むと云っていたが、樗牛はバイロンの影法師にも当らなかった。口ほどにもなく常識的で、学究的で牙歯《きば》も爪もないバイロンであった。西洋近世の文学思想を大急行で模倣しつづけて来た新日本の文壇では、バイロンの名も一時盛んに筆にされ口にされたことがあったが、本当にバイロンの骨法を伝えた文人は一人もなかった。十九世紀初頭には、欧洲各国の青年文士が、バイロンに刺戟されて新生命を感得したのであったが、日本の文壇ではバイロンに感化された跟跡はないと云っていい。だが、バイロンの詩は永久に青春の詩である。「青春の反逆」を心行くまでに現している。その一生もその作品も快痛至極のものである。彼れは神に反抗し、社会に反抗し、人に反抗し、生存その者にも反抗した。そして、その気持を蔽うところなくつけ〳〵と唄った。虚偽の世の中お体裁の世の中に、バイロンを読むと、いつでも溜飲が下るような気がするのだ。『カイン』という劇詩のなかで、バイロン自身の化身であるカインが、天使に向って、「おれはおれとして生きている人間だ。おれは自分から求めて生れたのじゃない。おれは自分で自分をこの世へ作り出したのじゃない。」と公言している。聖書のなかのカインは、弟を殺したために神に罰せられ、地上を流浪しなければならなかった。バイロンも世上の常識道徳に逆らったために、生国英吉利にいられなくなり、異郷を流浪することとなった。しかし、バイロンは、「おれには責任はない。おれはこの通りの人間で、こうする外はなかったのだ。」と云って、神に反抗し何の悔ゆるところもなかった。

バイロンが離婚事件や、異腹の姉との秘密の関係などによって、猛烈な非難を受け、新聞や社交界で侮蔑され、会合の席に彼れの姿が現れると、来会者が席を退くほどであったが、しかし、バイロン自身は世間から爪はじきされればされるほど元気が強くなって、足下で時代を踏みにじる気になったのだ。彼れは社会的貝殻追放の刑に処せられて、自国を出て一生帰る期を得なかったのだが、彼れは孤影悄然として船に乗ったのではなかった。孤影傲然として出て行ったのだ。文学者は由来「孤影悄然」趣味なので、日本ではことにそうである。

バイロンは、スイスや伊太利を放浪しながら、『マンフレッド』や『カイン』や『ドンジヤン』などを書いて、遺憾なく自分の反逆的心境を吐露した。青春の詩は感傷的で涙脆い詠歎になり勝ちなのであるが、バイロンは飽くまでも男性的であった。ヒロイックであった。「神は自分で創造した人類の苦しむのを喜んで見ている。」という宇宙観の上に立ってのヒロイズムが、彼れの特長なので、浅薄な楽天的豪傑主義ではなかった。

青春の反逆も年を取ると衰えて、妥協的になり姑息になり徒らに生命をぬすむようになるのだが、バイロンは青春の尽く頃には、自分から進んで死を招いた。青春の気の抜けた、人間の出し殻になって生きていられないのが、バイロンのバイロンたる所以であった。

彼れと従者とが、ギリシア行の船に乗った時に、船長は従者に向って、「君の御主人は何だって、あんな荒れ果てた野蛮な土地へ行くのだ？　あすこにあるものは、岩と泥棒ばかりだ。泥棒が岩の穴に住んでいて狐のように飛び出して来るのだ。鉄砲やピストルやナイフを持ってる。」と云うと、従者は、「ギリシアは蝿と蚤と虱の国だ。旦那は何のためにそんな所へ行くのか。おれには分らん。旦那一人が知ってるだけさ。」と答えた。それを立ち聞きしたバイロンは、「豚のような目でおれの心の中が分るか。」と叫んだ。バイロンやボードレエルの幽鬱な心は、凡人には計り難いように思われる。我々は『カイン』でも『悪の華』でも、薫風の流るる書斎で愛誦して、深い思想を会得したような遊戯感に耽っていられるが、作者自身の心境は、そんな生やさしいものではなかったにちがいない。バイロンが戦場で病気で倒れた時、彼れは医者に向って、「君は僕が命を惜しんでいると思っているのか。僕は心の底から人生が嫌いになっている。この世に別れる時を歓迎している。なぜ僕が人生に執着する？　何かの歓楽があるというのか。僕は人間の味ういろんな種類の歓楽を味って来た訳だ。旅行もした。好奇心の満足もさせた。それであらゆることに幻滅を知った。」と云っている。彼れは自分の生存に対しても反逆する境地に達したのである。

私は、さき頃、坪内博士の新戯曲『阿難の累《わずら》い』を読んで、若き阿難の悟りに共鳴し得られずして、むしろ、『カイン』などに現れたるバイロンの疑惑や反抗に心打たるる思いをした。『阿難の累い』中の少女の心機一転についても、大抵の現実の若い女子が、病老死の仮面なんかに脅されたくらいで、浮世の無常を痛感はしないだろうと想像した。

〇

田山花袋氏逝去後、早くも満二年が経過した。氏に対する追憶は、文壇の上では甚だ稀薄で、氏の全盛時を知っている私などには、浮世の変遷の烈しさが思い浮べられる。一時は田山花袋中心時代もあったので、しかも、その時代が明治以後の文壇史中最も賑やかな時代であったのだ。毀誉褒貶を花袋氏は一身に集めていた感があった。

あの勢いのよかった花袋氏の事業も今日から見ると、その場きりの安っぽいものであったのであろうか。チャチな思想であり、インチキな文学であったのであろうか。私は氏の評論や作品を、今日の目で読み直して見たいと思っている。花袋氏自身云ったことがある。「本当のいい文学は一度世に棄てられて、あとで復活するものだ。」と。バイロンがそうであったが、花袋氏はどうであろうか。花袋とか泡鳴とかいう人は、志賀直哉とか永井荷風とかいった風の、純粋の芸術を製作する文学者ではなかった。作品には蕪雑なところが多かった。しかし、瓦礫の中に珠玉を含んでいたかも知れない。キチンと取り澄ましていないところに却って面白味があるかも知れない。少なくも今日の文壇から馬鹿にされるほどのものではあるまいと、私は思っている。

○

私はこの頃、割り合いに映画をよく観る。この頃の芝居見物ほどには退屈もしないし、表現のうまさに感心することもするが、しかし、映画というものは、何処まで行っても、芸術として皮相なものではないかと思われて為方がない。近代にはじめて起った芸術として、その前途にどれほどの発展をするか計り難いが、今までのものでは、「芸術の極致」

をそこに見たように感じたことは一度もない。名画名音楽、傑《すぐ》れた小説や戯曲によって動かされたような意味で心を動かされたことは一度もないと云っていい。

（「日本国民」昭和七年六月）

無名作家へ（既成作家より）

一

私の所へも、無名の青年が、おり〳〵自作の小説とか戯曲とかを郵送して閲覧を請うことがある。ところが、それはただ「読んでくれ。」というのはない。例外なしに「中央公論」とか「改造」とか、その他有名な雑誌に掲載されるように周旋してくれというのである。中には一冊の雑誌を全部埋めてものせきれないような厖大な原稿を押し付けるものがある。現今の世相の反映として考えられるが、文壇の実状のあまりに知られなさ過ぎるのに、私はいつも呆れるのである。純文学の発表される場所は極めて狭小で、知名の作家だって、つねに自作の発表に悩んでいる。書きさえすれば直ぐに雑誌や新聞に採用される作家は極めて稀なので、私自身も、月刊雑誌から寄稿を依頼されることなんか、一年に数度に過ぎないのだ。仮りに、私が無名作家の原稿を読んで、多少取柄があると思い、その原稿をぶら下げて雑誌社の編輯者を訪問して売り込もうとすると、編輯者の表面の辞礼は兎に角、腹の中では「あなたは何の権威があって、そんな出過ぎた真似をなさるのです？」と思っていることが、言外にほの見えるにきまっている。私も長い文壇生活の間に、一、二度そういう出過ぎた真似を試みたことがあった。ところが、一度有力な雑誌社の社長が、口元に微笑か冷笑かを浮べながら「私の社では、大家の紹介原稿は絶対にお断りすることにしています。」と、一言の下に断った。私は穴に入りたい気持がした。すると社長は私がしょげているのを見て気の毒に思ったのか、大家の紹介原稿が雑誌のためにならない理由を説明した。

無名作家もそういう訳で、自信だけは強くっても、自作を世に示す機会は容易に得られないのであるが、その結果が『同人雑誌』の濫出となったのである。私の所へも、毎日幾種類かの同人雑誌の配達されないことはないので、住所不定の私は、付箋つきのそれ等の雑誌を見るたびに、郵便局に手数を掛けるのを気の毒に思っている。文士録によって諸方へ寄贈されるのであろうが、こういう小雑誌を忠実に読む人が幾人いるであろうか。多くは封のまま屑籠へ入れられるのであるまいか。私は、おり〳〵読んで見ることがある。それ等を総括して考えると、小説、戯曲、評論、翻訳など、純文学の領域に属するものばかりといってもいい。純文学は読者の興味を惹かなくなり、市場価値が乏しく、従って営業本位の新聞雑誌、出版業者に顧みられなくなってはいるが、多数の同人雑誌によって判断すると、純文学愛好者は日本全国に行き渡っていて、潜勢力を有っているようである。しかし、俳句や和歌と同様に、鑑賞家即ち作家であって、純文学の愛好者は、愛好するだけでは満足しないで、自分で小説とか戯曲とかを作るようになっているのかも知れない。大衆小説の読者のように、読んで楽むというだけではないのかも知れない。むしろ、純文学作者の方が読者の数よりも多いのじゃないかと疑われないでもない。文学愛好という意味は、古今の傑作を鑑賞することではなくって、ただ、やたらに、自分の書いたものを発表し、人に読んでもらいたいということであろうか。

二

「既成作家の作品にはろくな物はない。同人雑誌なんかに出ている無名作家の作品が面白い。」という言葉を、私は昔からおり〳〵耳にしているが、そういう説を吐く人も、本当に多数の同人雑誌を愛読しているかどうか疑わしいので、既成作家に当てつけるための言葉であると、私には推察されている。私の読んだ範囲でいうと、同人雑誌のうちにも、面白いものが幾つもあった。それは、大抵自分の経験を書いたもの、自分の周囲の見聞録といったようなものであった。創作の手腕が傑れていると思われるものは、今までに見当らなかった。小説も、一つの芸であるから、大成するには技術の鍛錬が必要なのである。それには、古今の傑作を熟読することが必要である。私は、この頃、ラフカジオ・ハーンの著書を読んでいるので、そのなかから日本の学生に向って、かれの述べた訓戒の語を引用しようと思う。

「書物は単に娯楽として読むべき物ではない。……一たびそういう訓練の習慣が出来ると、単に娯楽のために読書する事が出来なくなる。そうすると、智力の糧を得る事の出来ない書物、高尚な情緒と、その人の智力に何等訴える事のない書物は、たまりかねて投出すであろう。……時間潰しに、楽な物を読む癖をつけると、その結果は能力をしびれさせる事にしかならない。こういう読書の結果は、ただ精神が朦朧となることをしか意味しない。精神の発達が妨げられる。凡ての発達は当然多少の苦痛を意味するので、そして私がいうような読書は、無意識にその苦痛を避ける手段として使用される。それで、その結果は萎縮である。」

これは、哲学や科学の書物を読む場合の注意としていわれているのではなく、小説や詩を読む場合の心得として説かれているのだ。こういう訓戒は、読者として受け入れるだけではなく、作家としても念頭に置くべきことである。同人雑誌などに小説や戯曲を発表している文学志望の青年は、文学の道も、他所目《よそめ》で見ているような生やさしいものではないことを、よく心に留めていなければならぬ。発表の場所の得難いばかりでなく、たとい運よく発表されて、多少世に認められたとしても、創作力を持続することは困難なので、芸術的良心があればあるほど苦しまなければならぬのだ。
それに、現在の日本は、本当の芸術の栄えるに相応《ふさわ》しくないので、環境の悪いところは、芸術の芽が自由にのびて美しい花の咲く望みはなさそうにも思われる。文学によって、ハーンのいわゆる智力の糧を得ようとか、高尚な情緒を養おうとか、精神の発達を期待しようとか心掛ける読者は、極めて稀であり、従ってそういうものは出版業者によっても排斥されている。「面白い、いい物をお書きになれば、いつでもいただきます。」と、出版業者はいう。当然の要求であるが、しかし、いい物といい、面白い物という言葉の意味は、作者によっては出版業者と全く解釈を異にしているかも知れない。多数の読者を喜ばせて、よく売れるような書物が、出版業者に取って最上の、いい本であるが、作者はそれを最高の理想として、筆を執る訳には行かないかも知れない。

三

誰しもいい物を書きたいのだが、自分で満足するようないい物は、容易に書けるものじゃない。その上に、出版業者の望み、すなわち多数の読者の望みに適うようにと心掛けていては、執筆のなやみは二重になる訳である。大して有りもしない智恵をしぼって、二重三重の苦労をして作り出しても、それが、文学としての純粋価値が極めて乏しかったりしては、張り合いのない次第である。どの方面に向っても、人生の道は平坦ではないので、前途の峻険を恐れては、何事も出来ないのだが、私は自分の経験に徴し、周囲の実状に照らして、文学志望者のために危むのだ。まだしも、音楽とか絵画とか演劇とかの領域では、下手は下手なりに何かの用をなしているらしく思われるが、下手な小説は何にもならない。多くの日本人が俳句や和歌を楽むように、生活の資は他から得て、同輩相寄って、小説でも戯曲でも作って楽むのなら、結構である。しかし、同人雑誌を見ていると、そう無邪気には考えられない。文学についての修養を志しているらしい青年も、私には見当らない。知名の作家へ原稿を送って、直ちにそれを大雑誌へ掲載させようと妄想している青年と、同様の心構えを、私はいつも看取するのである。新陳代謝はどの方面にも行われることで、文壇にも、古い既成作家が次第に勢力を失って新進作家が現れるのは当然であるが、将来大成すべき新進作家は、苦しい修養を怠って、早くから同人雑誌なんかを出したがる仲間から現れるのではあるまい。また、古い既成作家に哀願して原稿を売ろうと心掛けるような文学志望青年の前途は推して知るべしである。もっと世の中ののんびりしていた時代には、既成作家の玄関番なんかをして、その作家の生活振りや作風を模倣し、時には先生の代作なんかをして、出世の道を開かんとしたものもあったが、今日そんな封建時代の風習に遵《したが》うのは、おのれの大をなすゆえんでない。既成作家の生活法に感染しないようにしなければならぬ。作風においても、無論既成作家以外の清新なものを、自分で見つけなければならぬ。既成作家に心酔するのもよくないが、内心かれ等を蔑視しながら、かれ等を踏台《ふみだい》として世に出ようと企むような小ざかしい青年の前途は、私には多く期待されないのである。

「どこかにえらい作家が生れかかっているのかも知れないね。」とわれ〳〵同輩が集っている席でふと誰かの口からもらされることがある。英雄待望の声である。世の沈滞に倦んで、偉人の出現を求むる声である。

だが、そのえらい作家はおれの事だろうと自惚れる勿れ。雑作なくえらい者になれると自惚れる勿れ。明治以来の文壇には、偉大な作家はなかったかも知れないが、兎に角文学史に録せられるほどの作家は、誰もはじめから、自分をえらい作家だと自惚れて製作を発表したのではなかった。ハーンも学生に戒めている。「諸君に警告したい一つの誤解は、大傑作或いは価値のある著作は骨を折らずに——非常な骨折りをしないで——出来るという愚かな信仰である。若い文学の学生に取っては、大作者が甚だ短日月で傑作を書いたという話或いは伝説よりも、もっと害になる物はない。その話や伝説は、百万の場合に不可能な事を普通な可能事としてしまうのである。」

文学の道は、ヒマラヤ探検の旅に上るようなものだ。

（「東京日日新聞」昭和八年六月）

文壇年頭の感

上

私も歳を取った。知らぬ間に歳を取った。そして、歳末の感だの年頭の感だのと、作文の課題見たいな感じを起すことも、近年は無くなっている。七八年来、歳末年始をホテルで過したため、雑煮らしい雑煮も食べたことがない。年賀状も一枚も出さないようになった。回礼なんか無論の事、新年会というようなものへも近年は出たことはない。ところが、今は筆を採って珍しく歳末年始の回顧録を試みようとしている。おのずから回顧されるのではなくって、努力して回顧しようと企てているのだ。文筆業者の常例である。

下宿屋住いをして読売新聞記者をしていたのは、二十代の後半であったが、私としてはあの時分が不羈《ふき》放縦の生活をしていた時であったのだ。あの時分の私は、頭が悪くって身体もひどく弱かった。学生時代には読書慾が旺盛で、火の気の無い早稲田の図書館で、夜でも閉館時間の来るまで、ぼろぼろの赤毛布《あかゲット》を頭から被って、かじかんだ手を息で温めたりしながらシェークスピアなんか読んでいたほどであったが、学校を出ると、面倒くさい書物は殆んど読まなくなった。読む時は翻訳稼ぎを目的に読むのであった。新聞を読むのも大儀であった。そして、外を歩いている時に、目が眩《くら》んで倒れてそれっきりになるのではないかと思われることが屢々あった。そういう時代の年末であった。明治卅八年の大晦日であった。他所で遊んで、その頃習いかけた玉突きなんかをして、夜になって森川町の下宿屋に帰って来ると、机の上に、再興の「早稲田文学」が届けられていた。この雑誌が新帰朝者島村抱月氏によって新たに発刊されるということは、早稲田の仲間のうちでは云うまでもなく、文壇の全体からも非常に期待されていたのだ。私は、新聞記者として広い世間に出ていたので、この雑誌に何の関係も有っていなかったのだが、あの聡明な抱月先生が西洋の新思潮を吸収して来たのだから、我々を驚かすようなことをやるに違いないと待ち設けていた。日露戦争が終結して講和談判に関する国民の不平が勃興しかけていた時分、抱月氏を横浜に迎えたのであったが、その時帰りの汽車の中で、「あなたのお留守中僕は何もしないで遊んでいました。」と云うと、「なぜです?」と、氏は咎めるように云った。そういうことを腹の底に湛えながら、私は雑誌を手に取った。そして、巻頭の長論文『囚われたる文芸』を、天来の啓示に接したような気持で読み耽った。由来「天来の啓示」は、訳が分らずに只お有難いものなのである。何かしら有難い感じはしたが、それを読んだために自分の将来の方針について暗示を得た訳でもなかった。「おれは早晩死ぬだろうから何もしないで暮していればいいのだ。」と思って、綿の堅い夜具にくるまって寝て、何の風情もない元旦を迎えた。

下

その頃の新聞は、新年数日間はページを殖やして雑文を満載するのを例としていたが、私は、その時、『懶惰《らんだ》主義』と題したものを書いた。ゲラ刷でその題を一瞥した主筆は、眉を顰めて、「この男またこんなことを書きやがる。」と思ったらしく、ゲラ刷を検閲したが、読み終って「これならいい。」と微笑を洩らした。それは、ガンチャロフの小説『オブロモフ』の懶惰生活の梗概を書いたものであった。世界の名作の紹介だから結構な訳だが、紹介者たる私は内々それを讃美していたのだ。オブロモフでもペチョリンでも、ツルゲネーフの「余計者」でも、たまに読む外国の小説には、少年時代から読み馴れている和漢の小説とは全然趣を異にして、自分の心持がそこに現れているように感ぜられて悦《うれ》しかった。そして、その年から、重い筆を動かしてポツリポツリ小説を書き出した。現代の青年が、社会組織の不合理を憤って戦闘的意識をもって小説を書くような意気込みは、私には少しもなかった。泡鳴と玉を突いている時、「そんなにボンヤリして出鱈目な突き方をして当るものか。」と、彼れはよく云っていたが、玉突きだけではない、小説だってしっかり考えを持って製作していたのではなかった。無論「自然主義」を捧持していたのではなかった。

だが、文壇では幸運であった私は、自分で努めずして新しい潮《うしお》に乗せられた訳で、『囚われたる文芸』を読んだ次の年の大晦日には、三つも四つも自分の小説の載せられている雑誌を机上に置いて、目出たく元旦を迎えるようになった。そして、知らず〳〵小説を生涯の事業とすることになったのだが、そのために、年末も年始も文壇型となってしまった。秋からはじめて十二月の十日頃までは、中央公論の新年号を主とし、その他二三の雑誌に寄稿するために、机に向って、無い知慧を絞って、何とか小説らしいものを綴り合せるのを毎年の常例とするようになった。型に入った生活が続けられるようになったのだ。田山花袋氏が、何か文壇の批評に憤慨したらしく、「僕等も小説を書くために生きてるんじゃないからね。」と、私に話したことがあった。それには、私も同感したが、今考えると、私は、小説を書くために生きて来たように思われる。阿呆らしいように思われる。幽憂に鎖《とざ》された芥川龍之介君は、友人の慰藉の言葉に対して、「著作が何だ?」「名誉が何だ?」と激語したそうであるが、その通りである。ゴーゴリが『死せる魂』の後篇を火中に投じたことをシェストフが讃美した気持が、髣髴と分るようでもある。バルザックが、臨終の際までも、「人間喜劇」に執着して、書きたいことを書きたがっていた小説煩悩があさましく思われる。

年少者は、老人は人生をよく知っていると思っているらしい。私なども年少の頃、歳を取った人には何でも分っているのだろうと敬意を寄せていた。しかしそれは買い被りであったのだ。自分の経験によっても、老人の頭には、瑣末な知識が芥屑《ごみくず》のように溜るばかりで、本当の事は分らないのだ。人生の正体はつまりは分らないものだと云うことが、歳を取って分った。文壇型の生活をするようになってから、年末には、新年の中央公論には誰と誰とが長い物を書いた。文章世界には誰、早稲田文学には誰と、寄ると触ると噂をし合い、雑誌が出ると出来栄えを論じ合ったものだが、今だって、青年文学者はそういう噂を楽んでいるのであろう。

ところで、私は、数十年の文壇型の生活を経て来た結果、人生の正体も文学の正体もつまりは分らないと断念して、やはり、オブロモフやペチョリンや「余計者」の気持に同感するに止《とど》まっているのである。元の杢阿弥《もくあみ》になったと云っていい。勤勉なるわが文壇生活は外形的に幸運であったにしても内面的には卅年前と同様であると思うと、感慨無量であっていい訳だ。島村抱月氏は、『囚われたる文芸』に対して、「放たれたる文芸」を書くと云っていたが、それは一生書かずじまいであった。縛られたるプロメシュースは、ヘルキュリーズによって縛を解かれた。私のためのヘルキュリーズは出現しないのである。

（「読売新聞」昭和十年一月）

「日本浪曼派」その他

日本浪曼派

ロマンチシズム勃興の声を聴く。声だけでも愉快に響く。私などは老いて心が死灰の如くなりかかっていて、新日本のロマン派に共鳴する力は全く欠けているが、噂に聞くだけでも、沈滞せる文壇の一快事であると思われぬことはない。

今、「コギト」という雑誌の二月号によって、「日本浪曼派」の宣言をはじめて読んだ。こういう宣言としては、文章が稚拙で、読者に迫るところのないのが気になったが、「時代の青春」の歌を唄わんとする意気には、はたから難癖をつけるべきではない。私などは、若い時分にも、青春の歌は殆んど一くさりも唄わないで過した。羨むべきはロマン派の諸君である。

ロマンチシズムと云うと、伝統的古典芸術に対して反逆を企つる運動であって、十八世紀の中葉に端を発し、西欧諸国に瀰漫《びまん》し、十九世紀初期に於いて頂点に達した。理智に訴えずして感情に動かされるのをその本領とした。ユウゴーの『エルナニ』など、ロマンチシズム運動として目醒ましい跡を史上に残している。数十年間の浪曼派時代は欧洲文学史上で最も華やかな色彩を呈した。貧弱なる日本の文学史にはそんな時代はなかった。そして、現今の日本に、理智を棄て感情に惑溺して、新しい芸術を生み出そうとする態度が果して当を得ているであろうか。デラクローやバルビゾン派の画家や、ラファエル前派の画家が、陳腐な伝統の束縛を脱して、清新なる態度で自然人生を描写したのは、純真なる芸術家の態度がそこに見られる所以であるが、「青春を歌わん」とし、「不羈《ふき》高踏」を志し、その結果が、幼稚な空想を弄ぶこととなっては詰まらないではないか。膚浅《ふせん》でも幼稚でも、リアリズムに根を据えたものは、比較的間違いが少ない。貧弱な空想をこね廻しては、あたら青春を浪費することになるのである。

私は必ずしも空想を排斥するのではない。爛熳たる空想の華の咲いた文学が日本に乏しいのを遺憾としている。写実を志しても、空想力の乏しい作家の写実は、その写実が萎縮するのである。だが、「らんまんたる空想」でなく、造り花の如き空想は、最もみじめである。ロマンチストの芸術は造り花となる危険があるのだ。

大山鳴動して鼠一匹という名言があるが、大山鳴動はそれだけでも人心覚醒の効果があるかも知れない。凡山微動では何にもならない。自然主義文学の乾燥無味に飽いた時に、享楽主義文学が出現した。プロレタリア文学の平俗蕪雑に飽いた後で、ロマン主義文学の思い付かれるのは、人世の自然であろう。願わくば、凡山微動に終る勿れ。造り花製造に終る勿れ。

いたち

鼠一匹でもいい。私は、創作座の『いたち』の再演を飛行館で観て、相当に感心した。ロマン趣味は、新劇壇では影も形も現さないで、貧乏くさい田舎くさい、薄汚い舞台を、いつも観せられるので、いつも物足らぬ思いをさせられている私は、『いたち』の序幕が開くと、また東北の凶作地視察かと、憂鬱に襲れたのである。先頃この飛行館で見た『おふくろ』では、九州言葉を聞かされ、今度は東北言葉だ。数日前読んだ新作家の小説では、北陸言葉や中国言葉を学ばされた。自から好まずして方言の研究をさせられているようなものだ。

しかし、我慢して観ていると、次第に私の心に喰い入った。戯曲として構成が可成り巧みであり、思わせぶりや素通りの弊がなくって、兎に角コクのある作品である。この座の役者の芸は、『おふくろ』の田村秋子ほど巧妙ではなく、主役おとりに扮した清川玉枝が、可成りよく演じこなしただけであるが、脚本の力はしまいまで見物の心を惹いた。ここには人間の慾が書かれている。珍しい題材ではない。世間に有り振れた事であるが、有り振れた事がよく書かれると、却って奇抜な事よりも人の心を動すのだ。剛情な婆さんが、すべてに失望したあと、「鶏だけはおらのもんだ。」と、瀕死の身体を引き摺って、鶏小屋へ行って卒倒するのは、感銘が深い。この戯曲は考え〳〵書かれたような作品で、ギゴチないところがあり、どの人物も性格が痩せているが、あまり真実を失していないから見応えがするのだ。写実を志した作品が、効果を奏することの多いのは、この戯曲によっても類推し得られるのである。

批評家対作家

芸術家がいかに世間を相手にしないと云っても、一人も見物のない劇場で芝居をする訳には行くまい。一人の聴衆もない楽堂で音楽を奏する訳にも行くまい。詩や小説を発表するにも、作家は必ず読者を予想しているのである。見物あり読者ありとすれば、必ずそこに批評の声も伴なって来るので、黙って見て居れ、読んでも批評するなと云うのは無理な註文である。

ところが、批評が作家の満足を得ることは稀なので、作家の心持をすっかり呑み込んでくれる批評家は乏しい。それは、私が創作と批評の両方をやっているために、よく分っているのだ。自分の作品に対する批評を読むと、見当ちがいが甚しく、歯痒い思いのされることがある。飛んでもない所で買い被られているのに苦笑されることもある。人間は勝手なもので、買い被られると、いつか自分がその買い被られた通りの人間になった気になり、見当ちがいの批評をされると、批評家を蔑視し且つ憎むのである。どうせ、批評は批評であり創作は創作なのだ。批評家は作家に読ませるために書くのではない。世人に読ませるために書くのである。批評家も押し詰めて考えると、一つの創作家なのだ。創作家が人生世相を材料として創作する如く、批評家は作品を題材として創作しているようなものなので、創作意識の全然欠けている批評文は乾燥無味である。

「人生とは何ぞや。」創作家にそれが分っているような分っていないような気持がしている如く、「文学とは何ぞや。」という問題も、批評家にハッキリとは分りかねるのである。少なくも私に取っては、どちらに対する理解も同じ程度である。私なども年少の頃は、老成人は、何事についても確固不動の正しい見解を有っているのであろうと思っていたが、今日になって見ると、容易にそうは云えないことが分った。言葉の上で断言していることでも、心の底にはつねに一分の疑いを存している。

（「文芸」昭和十年三月）

批評数片

七月号の雑誌小説では、加能作次郎氏の『頰の瘤』（日本評論所載）と、里見弴氏の

『本音』（改造所載）について多少考えるところがあった。新作家とその作品について考えるのとは異り、加能里見両氏の作風や文学生涯には数十年前から親しみがあるので、一篇の新作を読んだだけでも、連想は豊かである。

加能氏は、『恭三の父』などの短篇によって認められた作家で、『世の中へ』という自分の経歴を書いた長篇を出版した時には、九段上の洋食屋で祝賀会があって私も出席したように記憶している。略々二十年前の事で、その頃私は、東京生活に倦んで暫らく故郷に隠退しようと企てていた。世界戦争景気で、文壇も幾らか経済的に恵まれかけていて、あの祝賀会に出席していた岩野泡鳴は、原稿料は二円は請求するのだが当然だと主張して、田山氏に向って、「君なぞが廉く書くからいけない。」と忠告していた。『世の中へ』は、読みだすと、しまいまで面白く読まれる小説であった。自然主義系統の小説であったが、この作家は、他と異った自分の持味は相当有っていた。根本は日本流自然主義の常識的思想であったが、不思議にユーモアがあり情味があった。それなのに、加能氏の作品は次第に文壇に現れなくなった。自然派文学の衰頽に伴ったのであろうか。左翼文学の勃興に圧せられたためであったか。氏の如きは、題材や作風がプロレタリヤ文学向きであって、氏が少し遅く文壇に出ていたら、この派の作家として進出していたかも知れなかったのだ。要するに、廻り合せで人間はあちらへ行ったりこちらへ行ったりするものだ。

ところで、久し振りに誌上に現れた今度の新作は、材料も書き振りも、昔ながらの自然派小説である。雑誌所載の他の小説に比べると古めかしい感じがする。文章に技巧を施した所はなく、筆致は坦々としていて、気力もない。それに関らず、私は可成り長いこの小説を飽かずに読み通した。世の中にありそうな話を、有るがままに聞かされた気持がした。この小説中の人物、良順と菊枝の如き男女は、今の世にザラにありそうに私には思われる。他の雑誌小説中の人物よりも一層普遍的でありそうだ。実際目前に存在していることをそのままに書いた小説を、古いと評するのは変だが、現代の読者がこういう作品を古めかしく思って好まない（？）とすると、それは小説趣味の変遷であって為方がない訳である。

良順夫婦は極度に貧乏だ。そして、容貌風姿も醜く見窄らしい。菊枝と或る青年との情事がこの作品の中心になっているのだが、殺風景で色も艶もない。貧乏生活でも醜男醜女の情事でも、画家が絵筆で美化する如く、読者に快感を与えるように描写している小説がよくあるものだが、『頬の瘤』は生地のままである。文飾がないこういう男女――殊に菊枝のような女に関り合いをつけられちゃ溜らないと、他人事ながら私はその影を目の前から追払いたくなった。この作家は作品中男女の心理について相当立ち入った観察を試みているが、それは普通誰れでも気のつきそうな程度である。

里見氏の『本音』も、作家の身辺の雑事を取り扱った小説だが、この方は作家特有の技巧が豊かで、面白く読まれるように描写されている。何かの雑誌にあった里見氏の感想に、何でもない事を、「意味ありげに」勿体ぶって書く文壇風習を哂《わら》っていたが、以前の氏の小説には、この「意味ありげ」な書き振りが随分あったように、私には追想される。しかし、近来の氏の作品は灰汁《あく》抜けがしていて、融通無礙の趣がある。この作家はいろいろな遊びが好きで、所謂「人生の享楽家」であるように思われているが、それに関らず、案外小説道には熱心であるらしい。里見氏ほどの年輩になると、小説なんかに身を入れるのは大儀になり、金取りのために拠《よんどこ》ろなく筆を執るのだと云ったような態度になり勝ちであるが、氏には不思議にそういう所がなさそうだ。倦まずして続々新作を発表しているが、私の読んだ限り、氏の作品はどれも相当に面白い。投げ遣りの駄作はない。

「果物をそのもったままの味で貪り食おう。」とするのと、「天然の美味に余計な人工を加える。」のとの相違について里見氏はちょっと感想を洩らしているが、これは女性関係など実生活の上ばかりでなく、文学についても云われるので、里見氏の文学は、日本の文壇では人工を加えている方なのだ。しかし、在来の氏の幾多の作品を思い出して見ても、氏は豊富な空想を発揮しているのではなく、氏の作風は終始写実的で、それに多少の色彩を施し人工を加えているに過ぎない。加能氏の作品にはあまりに人工がなさ過ぎるが、日本現代の小説には概して人工美が乏しいのである。無論伝統的日本趣味から云って、文章も素朴純真であるべきだが、たまには人工を極めたものが出現してもいい訳である。
私は、里見氏の小説は数十年来随分読んでいて、いつもそのうまさを感じ、他の多くの作家の作品の或る物に対するように、「よくこんな下らない事を書くものだ。」と侮蔑の思いをさされたことは一度もなかったが、しかし、私に取って非常に感銘の深い作品もあまりなかった。読後に作中の境地にいつまでも身を置いて思いに耽るようなことはなかった。何故であろう。

何故であるかと深く考えるまでもない。里見氏と私とは、「生き方」が異っているからだ。永井氏谷崎氏などと同様、里見氏の文章は艶があって、他の写実作家の作品のように痩せこけていないが、里見氏の小説は前二者に比べて、一層現実世界に安んじている。現実世界に於ける悲喜哀歓の人間情緒は、谷崎永井両氏などよりも一層こまやかに描写されているくらいであるが、里見氏が「ふて〴〵しい現実家」であるらしい所に、私は或る意味では感心するとともに、その作品に自分の心が没頭し、その作者の心を心とすることが出来かねるのである。傑作『多情仏心』「安城家」などを興味を有って読み続けた時にもそう思った。

現実世界に安んじると云っても、この作家が、日常の現実生活に満足していると云うのではない。今度の『本音』を読んでも、「前より悪い条件を前提とした改革なんだから、一家のうちに、一人でもその分前をもたない奴があれば、そいつは無責任な奴だ。」と主人公が云っているほどであり、家庭関係女性関係でも普通人以上に不満足の悩みを有っているのであるらしいが、しかし、作品に現れている里見氏は現実世界を是としている上に立っている芸術家であると、私は独断している。それは東西古今を通じての芸術の一つの堂々たる態度であるが、私はその態度に安んじられない気持がして為方がない。「私はどうして一本の煙草をうまく喫もうか、そしてどうして酒をうまく飲もうかと考えているんです。」

室生犀星氏の随筆『四君子』のうちの言葉で、四君子の一人である老文学士の口から出た自然の声である。「一本の煙草でも」一杯の酒でもそれを快く楽もうとする現実満足態度は、我々の模範とすべきものかも知れない。林語堂の「我国土、我国民」のうちには、支那人の本質は平凡な世の中にひどく興味を感じ、平凡な生活を面白いものにする所にあると云っている。「支那人は家の周囲に亭々たる幾本かの老樹を欲するが、それがないにしても、中庭にある一本の棗椰子が同じ幸福を与えるのである。」と云っているが、こういう足るを知って安んじる心境は、長い間漢詩漢文によって日本人は学んでいた。支那人は詩や文章では欲のなさそうな事を云っていい気になっているが、事実はそれと反対で、顔回だって淵明だって案外蓄財家であったかも知れない。

「一本の煙草をうまく吸い一杯の茶をうまく飲まん」とするのは、支那の達人の如き淡々とした楽みであるが、「一杯の紅茶がうまく飲めれば世界はどうなったっていい。」と云うのは、ドストエフスキーの小説中の人物の苛辣な言葉で、シェストフの「虚無哲学」のなかなんかに意味ありげに取り扱れている。この両様の感想語には消極と積極との相違があるが、根柢は同じようなものかも知れない。

ところで、林語堂は、「支那人は、本能の底深く、家族のために我死なんと望んでも、邦家の為に死のうとは欲しないのだ、況や世界の為に死のうなぞとは、支那人の誰一人として欲するものはない。」と云っている。そうすると、「家族と共に一杯の茶がうまく飲めれば、世界はどうなってもいい。」と云うのも同様なので、ドストエフスキー作中の人物と心境を同じうしている訳だが、林語堂によって詳しく説明されているそういう支那人心境は、ドストエフスキー的に苛辣でも深刻でもなく、甚だ淡々としている。シェストフなどのように「意味ありげ」に物事を見るのと、林語堂のように淡々と物を見るとの相違に由るのであろうか。

この「我国土、我国民」は日支事変前に著わされたので、日支関係については何も書かれていないが、支那の国民性を知るには最も信頼されていい著作でありそうだ。ここに書かれていることが、支那の国と人との説明解釈として極めて当を得ているかいないかは別として、こういう風な生活態度の国民を小説的に描いた空想の産物としても面白い。この著者は自国の土地と人とについて好意を持ち親しみを持ちながら、第三者らしい傍観的態度で遠慮なく観察し記述しているために、作品の味いが深いのである。林語堂ほどに英文に堪能で、観察力の優れた日本人で、「我国土、我国民」を著したら外国の読書界に歓迎されるであろうが、日本人が自国に対してこれほどの傍観的態度を保つことはなか〳〵困難でありそうだ。

（「日本評論」昭和十三年八月）

文芸雑感

『夏目漱石』伝

小宮豊隆氏の『夏目漱石』伝は、私が予想していた以上に面白かった。この頃目に触れた新刊書中感銘の深いものであった。日常親炙していた人物に就いて語っているのだから、著書だけを通して論評したものよりも生気があり、真実性が豊かである。「我が仏尊し。」と云ったような買い被りがありそうだが、そういう所があってこそ、偉人の伝記に力が加るのだ。

漱石は、明治以来の小説家の中、最も詞藻《しそう》の豊かな作家である。中学、高等学校、帝国大学などで教師生活を長く過したのだから、自然に作品のうちに学究臭がある訳なのだが、読者をして左程にそれを感じさせないのは、この作家に芸術的天分が豊かであったためであろう。「猫」『坊っちゃん』『草枕』『道草』などを思い出しても、漱石の作品の単調でなく、多種多様であり、生前死後を通じて多数の愛読者を保っている所以が是認されるが、彼れが読書社会に愛好されている重な理由の一つは、日本人通有の道徳観趣味性を彼れの身に備えているためなのだ。彼れは、神経衰弱的であり、変人であったが、時代思想時代趣味について少しも反逆的でなかった。あの頃の都会生れの一人として、封建的江戸趣味をも封建的道徳観をも有っていた。漱石は小宮氏が作品や感想文によって検討している如く、厭世懐疑の思いに沈んでいたので、却って、紛々たる自然主義作家よりも真面目に人生否定の思いに苦《にが》んでいたと云ってもいいが、それは執拗な胃病の所為であったようだ。この胃病がなかったら、漱石も紅葉の十分の一くらいは駄洒落を飛ばしたりして、陽気な社交を楽んでいたであろうと私には推察される。崇拝者や門下生に隔てなく親しんで悦《うれ》しがっていたことは、書翰集を見ても想像される。胃病でも肺病でも失恋でも、人間は肉体的精神的に何かに刺戟されて、悠々たる人生に思いを凝らし、道に志したりするので、漱石の胃病は彼れの作品に重味を増し、人生味を豊富にしたのである。当時の自然主義批評家から、「遊び文学」呼わりされた物以上の真剣文学を創作したのも、多少は痼疾のせいであった。

「不愉快に充ちた人生をとぼ〳〵辿りつつある私は、自分の何時か一度到着しなければならない死という境地に就いて常に考えている。そうして其死というものを生よりは楽なものだとばかり信じている。ある時はそれを人間として達し得る最上至高の状態だと思う事もある。死は生よりも尊とい。こういう言葉が近頃絶えず私の胸を往来するようになった。」

これは或る時代の漱石の心に往来していた真実の感じであったらしい。この感じが徹底したら、最上至高の境地に達すべく鞭打ったであろうが、そこは、漱石も常人の如く不徹底で、矛盾した思想に迷いつづけた。そのために、さま〳〵な人生味を湛えた小説、人生の真実を探究せんとした小説が現れたのである。『道草』もその種類の小説の一つだが、これは、自然主義作家の作品と趣を同じうしているので、藤村花袋秋声などの、自己の生涯をそのままに描出した小説と並べ称すべきものである。小宮氏が『道草』を自然主義者の作品以上に特別扱いしているのは買い被りである。

「人間の理想を大別すれば、真、善、美、壮などとなるが、真を標榜する自然主義は、人間の理想の四分の一を表現するに過ぎない。それはそれでいいとしても、それだけが人生を描写したものであるかの如くに考え、真を標榜するために、他の善美壮などという理想を冒そうとするに至っては許し難い。」というのが朝日新聞入社当時の、まだ人生観が若くて甘かった時分の漱石の文学的立脚地であり抱負であったのだが、『道草』は「真」に立脚した小説なのだ。また善だの美だのと云っても、「真」に含まれていると云ってもいいので、よく論じたら、こういうことは言葉の上だけの争いになってしまいそうだ。

漱石を主任として創設された朝日新聞の文芸欄は、自然主義の稍々《やや》衰えかけた時分に活躍したので、私が読売で文芸欄を担任して、自然主義文学鼓吹の原稿を採用していたのは、その前数年に渡っていたのだ。漱石は朝日に入社する以前に読売から招聘の話を持ち掛けられたことがあったので、その経路はこの伝記のうちに詳しく書かれている。今それを読みながら、私は人間の運命を考えて興味を感じた。あの時若し、漱石が読売の願いを容れ、特別寄稿家となり、更に進んで読売文芸欄の主任にでもなっていたなら、私は漱石の差図の下に編輯をしなければならなかったであろう。漱石の事だから、私を排斥はしなかったかも知れないが、私が勝手に原稿を取捨することは許さなかったであろう。従って、自然主義傾向の原稿（たとえば岩野泡鳴のものなど）は読売に現れなくなり、明治文壇の風潮にも影響を及ぼしたかも知れない。また私自身、転向して漱石の準門下生見たいになったかと想像をめぐらすのに、多分そうはならないで、読売を辞職したことであろうと思われる。

朝日は漱石を厚遇した訳だが、それでも、この伝記を読むと、漱石のような作家は、学校の教師を勤めながら、傍ら創作を楽んでいた方が、少なくも当人に取って幸福ではなかったかと空想される。晩年には、新聞小説を書くたびに胃を悩まして吐血している。責任感のつよい彼れは、新聞社のために演説をして廻っているが、羸弱《るいじゃく》な身体でそんな世俗的努力をするのは、芸術家として詰まらないことである。新聞に関係していたため漱石の名声が一層高まり、書物の売れ行きもよくなったのであろうが、彼れは天性そういう事は好まなかった筈である。新聞は病気までも宣伝に用いるのだ。

私は、小宮氏の伝記を読んだために、漱石の作品の重なものを、新たに読み直そうと思っているが、「猫」その他の前期の作品は、この作家特有の芸術であるにせよ、私に取っては、それ等はただ気晴らしに読むだけの価値あるものである。『こころ』とか『行人』とか『門』とか『明暗』とかに、今日の私の心の糧となるようなものが潜在しているのではないかと思っているが、果してどうであろうか。十年前にこれ等の長篇小説を一通り読破して興味を覚えたのであったが、今日はあの時以上の何ものかが得られるであろうか。

漱石と鷗外とは、学者として傑れていて、品行方正、人格高しと見られているため、その作品に箔がついて、実価以上に尊重される傾向がないでもない。文壇人は作家の社会的地位によって批判を晦まされることはない筈だが、必ずしもそうではない。漱石は大学教授にもならず、博士号も勲位も無かったが、ひどく学者あつかいされて、無学な作家のものよりは、有難そうに我々に思われていた。そこは鷗外となると大変だ。「鷗外さんは中将格だそうだ。」「ホウ。」「戦争で男爵を授けられるかも知れん。」「ホウ。」と、文学者としての森鷗外にも後光が差したように、あの頃の文壇人は仰ぎ見ていたものだ。人爵何かあらんと、口や筆では表現していたが、心の底では天爵よりは先ず人爵におどかされていたのだ。しかし、封建思想から脱却されなかった明治の文壇人の心境がそうであったばかりでなく、現代の文壇人だっても、或いは西洋の文学者だって、そういう気持は可成り持っているらしい。

創作家としての天分は、漱石の方が鷗外よりも遥かに豊かであったのだが、漱石の方が通俗であったと私は思っている。鷗外は古武士風の古めかしい風格があったが、他の作家に見られない「鋭さ」があった。

「山田美妙」研究

年少にして不当の名声を得た島田清次郎の生涯は悲惨であった。年少にして高科に登ることの不幸を、支那の聖賢も早くから戒めている。山田美妙の如きその代表者の一人である。美妙の小説だって新体詩だって、今日の目で見たら詰まらないものばかりだが、あの頃は多少の新味があって、一部の若い読者に喜ばれたのであろう。明治初期の文学の幼稚であった有様はこれによっても推察されるが、言文一致体の試みとか、外国の文章の調子を取り入れるとか、若き心をもってさま〴〵に活躍していたところに、純真なる意気を見るべきである。

後藤宙外の、早稲田の文科卒業論文は『美妙紅葉露伴』であったが、この三人は明治二十年代の半ば頃までは、新文壇の作家として、同じ程度の地位を占めていた。それが急転直下のみじめさを経験することになったのだ。身持の悪かったことも一つの原因であったが、根本は才能が足らなかったためなので、世の軽薄を恨む訳には行かないのだ。それで、明治の作家の一生を小説の題材とするには、美妙などが最も書き栄えがするのじゃないかと、塩田良平氏の新著『美妙研究』を読んで私は考えた。氏は、丹念に美妙に関する材料を蒐集している。時代の波に漂って苦難な生涯を経過した一文人の面影は痛ましいので、今日の文学者でも自分の身に引きくらべて同感を寄せられそうである。作家を小説化するには、着々と地位を獲得した一流の作家よりも、事志とたがった落伍者の生涯を取り扱った方が人生味が豊かに現れそうだ。

後年の美妙は、自己の文壇的地位を自覚して、華やかな招待には応じなかった。昔の知人に顔を見られるのをいやがって、出しゃばらなかった。どうにかして家族を養ってひっそり暮せばいいと思っていたらしかった。『美妙研究』のうちでも、当人の日記が最も彼れの人となりを明らかにしている。

日記について見ると、彼れの晩年は旧知石橋思案の友情によって博文館へ原稿を売ったことが、重な収入となっていたらしく、落伍者を見棄てなかった思案の義侠心には感心させられるが、しかし、思案の主宰していた雑誌そのもののためには、落伍者の原稿採用はいい事でなかったと推察される。あの頃は時代がまだのんびりしていたのか。

日記には、「太陽」文芸募集に匿名で投稿する記事あり、『天才の末路山田美妙』という記事のある雑誌を手にしたことも書かれている。痛ましきかな。

『風と共に去りぬ』

去年の一月ニューヨーク滞在中、或る知人が、「この頃はマーガレット・ミッチェルという女性の書いた小説を読んでいる。南北戦争を取り入れたもので非常に評判になっている。幕末時代に似てるところもあるし、日本の昔の女の気質に似ている女も出て来るし、僕もアメリカを見直す気になった。」と云って、この新作を賞讃していた。

アメリカでは、薬屋でよく流行小説を売っているが、この『Gone with the Wind』という大部の新刊小説は、方々で目についた。半年足らずの間に百万部も売れたという噂も耳に入った。それで、私は、百二階も積み重なった最高の摩天楼であるエンパイアステート内の書店で、記念のためにその一部を購った。値は三弗《ドル》であったが、他の薬屋で訊くと、二弗であったり二弗半であったり、代価がまちまちなのが不思議であった。

私はぽつり〳〵読み掛けたが、こんな大部の書物に没頭して、折角の西洋見物の時間を潰しては詰まらないと思い、太平洋の汽船の中で読むことにした。汽船の甲板の長椅子に身を横えて、爽やかな海風に吹かれながら、快心の書冊を読み耽けるのは、人生の幸福これに過ぎずと空想されるが、実際はそうでもないのだ。波が静かで日が温く、胃の消化もい時分には、書物を気持よく読んでいられるが、船に弱い私は、少し波が荒れる時とか胃の悪い時には、眩暈《めまい》を感じて、読書の興味を覚えられるどころではなかった。それで小説は屢々《しばしば》手にしてデッキチェアに横わっているとは云え、ページは進まなかった。隣りの椅子には、よく肥った実業家然たる中老の米人が凭れていたが、この人も同じ小説を読んでいた。しかし、進歩がのろく、数日間見ていても、同じ所に停滞していた。評判だから読めよと誰れかに勧められて、お義理に読んでいるに過ぎないようであった。同じ船客の日本の外交官もこの小説を読んでいた。

所謂「流行小説」の面白さは、多年の経験によって大抵分っていたので、帰朝後読み急ぎはしなかったが、日本の文壇でも読んだものがあるらしく、雑誌などにこの小説の話が出るようになったので、私も、改めて全部を読み通した。文章は平明で読み易く、しかも興味は全篇に横溢していると云っていい。私は近年これ程、巻を手放したくないくらいな思いを続けて貪り読んだものはなかった。退屈をさせない書き振りで、映画の感化も見られ、筋だけ話すと、通俗小説らしく思われそうだが、決して筋だけの皮相の作品ではない。さま〴〵な人間を描き人世を描き、底の深い作品である。南北戦争が背景となっているので、小説の舞台が大きくなり重味が加っているが、南部の立場から書かれているのだ。アンクルトムスキャビンは聖書的小説として尊崇されているが、この小説に比べると甘いものだと云っていい。人道主義の本尊たるリンカーンの如きも、或る意味から云うと、この小説によって嘲笑されているようなものだ。

奴隷解放も十に十いい事とも限らない。南部は今日も疲弊しているそうだ。私は四年以上も連続して演ぜられていた『タバコロード』という芝居をニューヨークで観たが、日本の芝居に於いても観られないような汚らしい貧乏な生活が暴露されていた。これは南部の或る地方では真実であるのだそうだ。南部地方の救済は多年米国の重大な政治問題になっているそうだが、南部疲弊は南北戦争の結果であろうか。何十万人かの奴隷は所有者に取っては財産であったので、それがすべて解放されたための損失は莫大で、南部の疲弊はそれに原因しているとも云われている。外国の立ち入った事情は私などに分る訳はないが、この小説には、戦争の光景戦後の世相が、目の前に見る如く鮮明に描かれているし、批判も鋭利である。

アメリカ映画の影響によるのか、日本の新聞小説婦人雑誌小説には、豹の女とか牝豹とか名づけられる類いの、自我を発揮する気の強い女性が頻りに描き出され、若い読者に喜ばれているようだが、大抵は作りものらしくて生気がない。ミッチェル女史の長篇の女主人公スカーレットも現代的豹の女らしいが、これは張子の豹ではない。

「アメリカでは、南方の魅惑（サウサーンチャーム）と云い、昔奴隷を使ってのんびり暮した金持の娘に一種の魅惑を感じるのだが、フランスではこれを北に持って行き、スラブの魅惑と称する。」と、滝沢敬一氏の『続フランス通信』のうちに書いてあったが、この南方の魅惑を身にそなえている金持の娘の、波瀾ある奮闘的生涯は、米国の婦人読者の空想を満足させている如く、日本の若い婦人の空想をも刺戟するに違いない。

私はこの小説を読んで、「如何に生きるべきか」を考えた。すでに高齢に達している私が、そんなことを考えたって為方がないが――。

ドストエフスキーやトルストイなどの小説を読んだ時とは異った「如何に生きるべきか」を考えさせるところに、アメリカの小説らしい新鮮味がある。

二三の新作

『火山灰地』という新劇を東劇で観たが、東北地方の田舎言葉らしい台詞がよく聞き取れないのがもどかしかった。ところがこの分らない田舎言葉が新劇愛好者には喜ばれるのだと或る人から聴かされて、私は不思議に思った。そう云えば、この頃の小説にも、田舎を書いたものが以前よりも多くなったようだ。これには深い意味がある訳でもあるまいが、近来の田舎小説には陰惨な空気の漂っている者が多く、爽やかな田園情味なんかあまりみつからないようだ。先頃逝去した後藤宙外氏は、昔、作家の田園生活を主唱し、文壇の問題になったことがあったが、氏のよく書いた田舎小説には、まだのんびりした所があった。氏は田舎を住みよき所と思っていたようだが、この頃の作家の田舎小説には、田園生活の礼讃らしい趣も殆んどなさそうだ、それは作家が現実を洞察するようになったためであろうが、読者も田舎の陰惨な実生活に共鳴を感じるようになったのか、或いは蕪雑な田舎生活にも一種の詩趣を感ずるのであるか。

私には石川達三氏の『三代の矜持』が、この頃の田舎小説のなかでは読み応えがした。祖先の伝統を脱せんとして苦しんだが、つまり、古い伝統のおとし穴に落ちた旧家の相続者の一生の描写で、象徴的の味いもある。有るままに叙したのではなく、作為の跡まざまざとしているが、この作家は、観察逞しく、全篇の構成にも作家としてこの骨法を備えている。

中山義秀氏の『厚物咲』という老人小説が芥川賞に当選したそうだが、これはよく書けていた。「文芸」八月号所載の『藁』も、石川氏のと同じく力作であるが、これはあまりに毒々しい感じがした。材料は深刻なのであろうが、私には作品の真実に心打たれるところはなかった。しかし、読者はねち〱とした田舎言葉を好むと同様に、悪どい作を喜ぶような傾向になっているのであろうか。

歯切れの悪い解りにくい翻訳書や、解りにくい田舎言葉の芝居や、毒々しい田舎くさい小説が世に迎えられるところに、今の時代の姿を見ていいのかも知れない。

新聞と「幻談」

私は、日露戦争前から七年間、読売新聞に出勤していたが、その頃は、新聞をあまり読まなかった。文学美術演芸に関する記事や論文には一通り目を通していたが、政治欄社会欄のような方面は大抵閑却していた。新聞社にいると、その時々の出来事、社会の趨勢が、周囲の話によっておのずから心に映っていたので、新聞を読む必要もなかったのだが、青年時代の私は、趣味の範囲が狭くって、現代の青年文学者ほどにも実社会の問題に注意しなかったようだ。

ところが、近年は新聞をよく読む。日支事変が起ってから急に読み出したのではなく、老境に達してから、いつとなしに新聞を読む癖がつきだしたのだ。若い時には頻繁に知人と往来して、雑談に耽るのが日常の習いであったが、年を取るにつれて社交に遠去かり、六ケ敷書物を読むのは頭が疲れて来るし、碁とか将棋とかいったような遊戯をもやらないとすると、新聞でもぽつり〳〵読んで時を過すようになるのである。煙草盆を側に置いて、老眼鏡を掛けて、新聞を読んで半日も暮して、そのなかの面白そうな記事を、自分の批判を加えたりして家族に話していい気になるのが、或る種の老人気質であって、私にも近年はそういう趣がありそうだ。そういう自分の生活を客観すると、それは、いとわしき存在として心に映るのである。毎日、新聞を読むために、毎月、雑誌を読むために、多くの時間を費すのは、賢明な生活でないと思い〳〵、まだ悪習慣から脱却し得ないでいる。

私が近年購読しているのは、「朝日」と「日日」と「読売」とである。新聞の撰択が凡庸で事大的であると云っていい。前に云った如く、私は読売の禄を食んだ事があるので、他の新聞と異った親しみがある訳だが、しかし、今日の読売は昔の読売と名前が同じだけで、全然面目を異にしているのだから、本当は、故郷に類した懐しみはないのだ。ただ、数年来、『一日一題』の執筆を依頼され、一週に一度短い感想を寄稿しているので、名誉ある客員気取りでいられるようなものだ。朝日や日日からも、時々批評文や感想文を需められている。従ってこの三大新聞に対しては、私情に基く嫌悪の感じは有っていないので、いつも無私公平に読んでいる訳だ。

近年、新聞を毎日よく読んでいると云っても、私は、新聞所載の小説は、いかなる種類の者でも全然読んでいないと云っていい。一年の間に、何かのはずみで三四回、目を留めることはあっても、続けて読んだことはない。（永井荷風氏の朝日所載の小説を去年の春連読しただけが異常の例外である。）どの新聞に誰れが書いているかを、人に訊かれても記憶にないし、人から噂を聞かされても何とも感じないほどに、新聞小説には無関心なのだ。私は人後に落ちぬほどの小説好きだが、毎回翌日を待ち設けるような小説の読み方はしたくない。それで、面白い作品なら、後で一巻の書に纏められたのを通読することにしている。この頃は連載小説は、新聞販売上有力な地位を占めていて、執筆者には多額な報酬を支払っていると聞いているが、そうすると、多数の読者が毎日楽みにああいうものを読んでいるには違いない。私にはそれが不思議に思われている。

それから、私が全然読まないものは、いろ〳〵な競技の記事である。野球仕合なんか大袈裟に報道され、時としては新聞の方で莫大な経費を支出して満都の注意を惹いた競技の催しもあったようだが、私はそういう記事でも一行も読まなかった。ところが、この夏は、川端康成氏の「観戦記」に、偶然目を触れて、ひどくそれが面白かったので、「日日」の夕刊所載の本因坊名人引退碁に興味を覚えるようになった。川端氏はその場の光景をよく描いている。碁を稼業としている人々の面目が、私達が漠然空想に浮べているような碁盤型の面相をしていないで、そこらに生きている人間らしく活動している。新聞によく出る軍人や政治家の車中談なんかの記述とは全く異っている。私は、長い年月新聞を読んでいるのだが、何故新聞記者は、もっと率直に、見たまま有りのままに書かないかと不思議に思っている。時世の流れに迎合するため、わざと真実を飾る必要があるのだろうが、必要のない事にまで真実を歪めることもあるらしい。たとえば、老将軍や老政治家の話をかく時には、「そうじゃのう。」と云ったような口吻を用うるのが常例になっているが、関東人や東北人でも、「じゃ、のう。」だから可笑しい。明治初年、薩長跋扈《ばっこ》の時代には官吏軍人など、当時の「おえら型」は、お国振りで、「じゃ、のう。」を連発したのであろうが、今日でも、川上音二郎の壮士芝居然たる言葉が、それ等の人によって用いられているだろうか。新聞記者の偉人あつかいする人物が孫を寵愛する時には、「目に入れてもいたくない。」と形容される。何かにつけて「涙ぐましい。」と云う言葉が用いられる。頭脳鋭敏にして世情に通じている筈の現代の新聞記者が、壮士芝居の用語や少女小説の用語を臆面もなく使役するのを、私は不思議に思っている。先頃も、「文壇に咲く愛の花」という大見出しを見て、私は虫唾《むしず》の走る思いのしたことがある。川端氏も本因坊名人を非凡人として敬意をもって描いているが、そこには真実感が籠っていて、わざとらしいところがなかった。底の見え透いた偉人あつかいの型の如き記事は、書かれる方だって有難くはないだろうと察せられるが、そうでもないのか。

小説欄運動競技欄以外には、私は大体目を留めていると云っていい。走り読みする所もあり、読みながら、大いに考察を試みたり、さまざまな連想を起したりすることもある。広告も読むし相場記事をも読む。新聞記事は広告文と同様、すべてをそのままに信頼すべきではないと知りながら、いつとなしに新聞記事を受け入れて、自分の心を左右されているのだ。薬の効能書の当てにならないのは定説となっているのに、大々的に、まことしやかに広告されているのを読むと、知らず知らずその薬を服用しようかと思い、新刊書や雑誌の広告でも、その文面に惹き寄せられ、詰まらない物を買って読む事が屢々ある。我々でさえそうだから、世間一般の読者が広告で釣られるのは当り前だ。愚かな事のように云われながら、毎月の雑誌が莫大な広告費を消費する所以である。

三大新聞はそれぞ\/にどういう特色を有っているのか。どれが新聞として最も信頼に値しているか。世評はさま\/\/だが、私は、毎日読んでいながらよく分らない。旅中などで、一つだけ新聞を買う時には、大抵は朝日を撰ぶのだが、これは我々が因習に捉れているので、朝日が特に傑れているとも断定されない。朝日の編輯方針が近来変化して、昔の明朗さを欠いでいると云われているので、私はそのつもりで注意して、それらしい痕跡を認めることもあるが、その時も「地を易《か》れば皆然り。」という支那の格言が思い出される。新聞の社説は、綜合雑誌の巻頭の長論文同様、昔から面白くないものと極っているが、夕刊の二三行ずつの世相短評は、興味ある読みものである。私自身、こういうものなら楽みに書いて見たいと思うことがある。腹に大見識を具えている人間が、世相を観察してその感想の一端をほのめかしているようなのではなく、散文調の川柳と云った程度のものだ。読売のに、時々きび〳〵したのがあった。毎日気の利いた事は云えない訳だが、にがくも辛くもない、お座成りの文字を並べているのを見ると、その夕刊全体が詰まらなく思われる。

新聞は百貨店見たいなもので、読者の興味を惹きそうな事は、何から何まで並べ立てているのだが、百貨店と違って、世人の生活を支配する力は強大で、表面は文明の利器であるとともに、裏面を伺うと、文明の兇器であるらしく痛感されるところがないでもない。大地震の時とか、何かの異常の事変があって新聞発行の不可能の時には、世は暗闇のようになって、人心が動揺すると、新聞を現代の太陽のように見做す者もある。それは本当の事であるが、朝から新聞に頭を突つかれないでのんびり暮す快さも空想されないことはない。簡単に社会の事件だけを知らせる初期の新聞の純真な態度をいつまでも保ってはいられず、今日は、新聞経営者も読者もそれだけでは満足しないで、新聞は社会知識の宝庫のような仮面を被るようになり、新聞はいい加減なことを云っていると、新聞の記事や論説は眼中に置かないで、高く留っているような知識人も、大多数は新聞から得た常識以上に出てはいないのだ。自分で新聞を熟読しない人間も、周囲の新聞愛読者により間接に新聞の感化を受けて生存している。新聞には社会の思想や趣味の反映が見られると云われているが、或る片寄った主義の下に立っていない日本の大新聞は、忠実なる時代の反映であるようだ。

東洋の人倫五常の道、西洋の人道主義は概して維持されて居り、それに基く勧善懲悪的筆法は、事に触れて記者の筆に現れている。論説にそれが現れているばかりでなく、普通の政治記事社会記事にも、露わに出ていることがあるばかりでなく、隠約のうちにも出ているので、我々も知らず〳〵、その時々の処世態度を教えられているのだ。殊にこの頃はそうだ。孔子が「春秋」を作って乱臣賊子が恐れたそうだが、凡々たる今日の新聞記者も、日々「春秋」を著わしている。露骨に批判しないで、叙事のうちに自己の批判を下しているのが、孔子の味噌であったが、新聞記事でもそうだ。災難があると、その災難の起った直接原因——工場の設備が悪かったとか何とか——を叙して、読者にそれを非難する気持を起させるとか、社会的知名人のえらさ詰まらなさを、おのずから分るように書いたりするだけではなく、貧民階級の子供にも、何々ちゃんと、人道的親しみを寄せたり、日本見物に来た欧米人の型の如き日本讃美を、大見出しで出したりするのも、一つの時代の「春秋」的筆法として買い被って見られないこともない。

私は、自分がかつて新聞記者であったばかりでなく、長い間、いろ〳〵な人間やさまざまな世相を批評して来たので、無雑作に他の見解に捲き込まれない独自一箇の見解がありそうなものなのに、いつの間にか新聞の世界を実人生の世界として心をその中に泳がせている。それは他人について見ているとよく分るので、新聞の意見にも記事にも雷同しないで、反抗的見解を持しているらしい口吻を弄している人々も、つまりは思想の根拠を新聞に置いているのだ。

たとえば私が或る所へ旅行していると新聞に誤報された場合に、「自分は此処にいるじゃないか。旅行はしないで東京の自分の家にいるじゃないか。」と説明しても、或いは現在東京で目のあたり会っていても、新聞愛読者は、当人の言葉をも生身の正体をも信じないで、「それでも新聞に現れていたから。」と思い、私を或る所に旅行している人間として心に浮べ、却って目前に呼吸している私を幽霊のように思うことがありそうだ。

ゴシップ、輿論、世界の実際を、多大の機関と多額な費用と多数の人間を使役して作り上げた新聞も、それを「幻談」として考えられることもありそうだ。私自身、毎日の幻談として、すべての新聞を読み得るようになり、勧善懲悪的筆法にも捉えられなくなることを期待している。

「日本評論」九月号に、幸田露伴氏の久し振りの創作が発表されている。題して『幻談』と云う。巨匠の一世一代の作品であるなどと吹聴する例の大袈裟な広告文に釣られて、私は雑誌を手に取ると直ぐにそこを開けて見た。私などの年少な頃には、逍遙鷗外紅葉露伴が文壇の四傑として不動の地位を占めていたのだが、そのうち現存しているのは、露伴先生一人であって、正に国宝と云うべきである。私は、露伴氏の作品では、『運命』のような晩年のものを愛読していたのだが、今度のは、そういう重々しいものでなくって、甚だ軽快である。一世一代だの、最後の小説だのと、雑誌社が勿体をつけるのは不当なように思われたが、読後によく考えて見ると、こんな者にこそ達人の作品と云った味いがありそうだ。私の買い被りであるか。

　この頃の雑誌の創作欄に、こんな淡々たる作品が呈出されるのは、いかにも場所違いのような感じがするが、この作家が老いて無気力になっていることが証明されているようには、私には思われない。私は毎日の新聞を幻談として読み通すようになりたいと思うとともに、『幻談』のなかの一些事を世俗的の奇怪事扱いせず、「此世でない世界を相手の眼の中から見出したいような眼つき」を、相互に見ただけで超然としている境地を好むのである。

　いつか、露伴氏の研究的作品として、『太公望』という、可成り長くなりそうな小説の前篇が出て、それきり後が続けられないでいるが、同じ釣りに関係した話でも、今度のは実によく描写されていて、読みながら、自分もその釣船に乗せられているように光景が鮮明だ。私は露伴氏を描写のうまい作家とは思っていなかったが、『幻談』は、速記者を呼んで口述したためか、却って古風な文章調から脱して自然の妙味が出たのであろうか。氏の旧作にも、文章に凝ったものばかりでなく、『太郎坊』だの何だのと、滑稽味のある軽い小説も随分あったが、そういうのは概して平俗で、饗庭篁村以上ではなかった。ところが、今度のは、凡人に話させたら、私が少年時代に漁村の夏の涼み台などで聞かされた浮世話の一つに過ぎないような話が、神韻縹渺《しんいんひょうびょう》の趣を呈している。「もう老朽ちてしまえば山へも行かれず、海へも出られないでいますが、その代り小庭の朝露縁側の夕風ぐらいに満足して、無難に平和な日を過して行けるというもので、まあ年寄はそこいらで落着いて行かなければならないのが自然なのです。」と、露伴氏は述懐しているが、氏の世相を観る目はたるんでいない。

「知性」という小雑誌の九月号に、石川三四郎氏が『智慧の東洋と西洋』と題して古代、東西の知者を比較して説いている。孔子には知識者の弱さがあり、老子にもソクラテスのような積極的闘守性がなかった。老子は隠守したが闘守しなかったと云っている。ことに、当時最大の強者であったアレクサンドロス大王を向うに廻して闘守したディオゲネスを礼讃している。「知識は光明でなくてはならない。光明は熱であり、力である筈だ。東洋の今日までの知識者には、この自尊の熱と力とが欠けていた。」と断じているのは面白いが、それは果して当っているかどうだか。

その説の当不当は兎に角、『幻談』を読んでも、そこには知性に富んだ達人の面影は見られても、積極的闘守は見られない。「客は神秘な釣竿を取出して、南無阿弥陀仏、南無阿弥陀仏と言って、あっさり海へかえしてしまった。」

数十年来文学的修業を積んだ巨匠露伴氏にも、石川氏の意味しているような闘守はありそうに思われない。『幻談』を読んだ後で、私は、鷗外の『高瀬舟』を思い出したが、高瀬舟の境地にも闘守はない。どちらにも、隠守は認められるが、積極的闘守性は認められない。それでは、今日の青年作家の作品に闘守性があるかと云うに、多分石川氏の考えている意味の闘守性はないらしい。

ところで、私は自分を省みるに、老人の隠守、『高瀬舟』『幻談』に漂っている隠守には、多少の滋味が感ぜられるが、石川氏の礼讃するような積極的闘守性に陶酔し悦楽する知性は生れながら持っていないように思われる。絶えず心に幽鬱の雲が掛って天日の見られないような気持のするのはそのためであるか。

（「改造」昭和十三年九月）

批評について

上

このごろの片々たる雑誌のうちに、批評家と作家との反目暗闘の有様が散見されるようである。いつの世にもある事で珍しくはないが、相互の刺激となって心の沈滞が破れるのは、いい事であるかも知れない。概して批評家という者は作家にきらわれる者なのであろう。小うるさく思われるのであろう。紅葉山人は、「お長屋の井戸端会議」といって批評家を見くびっていた。

しかし、井戸端会議においてもほめられれば悪い気持はしないはずである。作家であれ、画家であれ、俳優であれ、音楽家であれ、たれからも何ともいわれなかったらはなはださびしい事であろう。張り合いのない事であろう。

私は先ごろ、東劇の忠臣蔵を観ているうちに思い出したのだが、数十年の昔、団菊存生のころ、歌舞伎座で忠臣蔵の一部分が上演されて、先代菊五郎と福助（後の歌右衛門）が、道行の勘平とお軽にふんすることになっていた。ところが私が観た日には、菊五郎が急病にかかって休演して、家橘（後の羽左衛門）がこれに代ったのであった。彼が花道に現れると、大向うから、大根々々とののしる声が猛烈に起った。しかし、心臓のつよい家橘は、そんなことにはへこたれないで、思う存分に踊ったように、私は記憶している。私は音楽家だの俳優だのは、見物の批評をまともに受けなければならぬのだから気の弱い人間には勤まらないだろうと推察した。

そこは小説家なんかは、まだ気楽である。その代り彼等は直接に見物を陶酔させ、いきいきした讃美の声をその場で聞かれるのだから、芸術家的快感も一しお勝る訳である。

私は青年のころ、劇評や美術評をやって、無遠慮な悪評を敢えてしていたが、ある時、劇評家で芝居心のある連中の催した素人芝居に対しても、無残な酷評を下したことがあった。劇評家連中は憤怒に燃えたらしかった。都新聞の劇評家伊原青々園は「不断俳優の演技についてひどい悪口を平気でいっている批評家も、自分がいわれると、あんなに腹を立てるのだ。俳優連は平生どんな批評を新聞に書かれても、黙って辛抱しているが、心の中ではどんなに無念に思っていることか。これを思うと、自分達も劇評の筆を謹しまなければならない。」といったような意味の事を、その感想文に書いたことがあった。

どんな批評によっても心を動かされないといって、超然とした態度を取っているらしい人もあるがそんなことは滅多にあるまい。芸術家は人一倍名誉心の強いものである。毀誉褒貶を感じないような鈍漢によって傑れた作品は製作されないであろう。

キーツの如きは、その青春の詩が、酷烈無慈悲な悪評を受けたために心を傷けられて、早世したようにいわれている。だから芸術家に対してはいつも讃辞を呈してやればいい、いつも拍手を送ってやればいい、そうすれば調子づいて、いい物を生産するだろうといってもいいようだがそれは問題である。

中

作家は批評家から何の益も受けない。何等教えられる所はないという作家もあるが、これもどうだか。私などもたまに自己の作品に対する批評を読んで、大いに反省して、自己の作風態度を改正しようと思い立ったことは、今までの長い作家生活の間に、一度も無かったように回顧される。それでは、批評というものは、私に取っては何の用もなさなかったのか。批評すなわち、余計なおせっかいであったのかと、考慮するに、なか〳〵左様ではないのだ。私はもろ〳〵の批評によって、文壇において世間において、自分の存在が確立したのである。

私は天の使命を帯びて文学製作を続々と発表したのではなかった。筆を採って何か書いて生きるような境遇に置かれた私の作品に、批評家が何かの価値を認めたため、私自身も、そういうものかと、知らず〲自己の作品の存在価値を認めるようになり、次第に作家気取りになったのである。

すべての人に愚作とされ、どの批評家にも取り合れなかったなら私は執筆しなくなったにちがいない。そういう不評判の作品は、雑誌社でも書店でも採用してくれないから、自然書けなくなる訳だが、それだけではない。自分で次第に自信を失うようになるのだ。自反して直ければ千万人といえども我れ往かんという豪語は、孟子以来有名ではあるが、そういう人は古来はなはだまれなのであろう。私は長かった生涯の間にそういう人を一人も半分も見たことがない。私はつねに人間心理の研究はしているつもりだが、そういう心理は空言だと思っている。先ごろまでの戦争中の諸氏の行動や心理を観察してもよく分っているではないか。

批評家を毛虫の如くきらう作家もあるが、それもさもあるべき事と思われないこともない。毛虫の如き批評家、ミミズの如き作家は少なくないかも知れない。しかし、それが真実の全部ではない。私は批評家と作家とを兼業しているため、両者の心理に兼ね通じているのであるが、批評家としての私は、決して作家を悪く言って快としているのではない。いいと思うと心から讃美したくなるのである。気に入らん作品を罵倒する時と、面白い作品を推讃する時と、どちらが快いかというと、それは時と場合に由るのである。

岩野泡鳴は、ああいう議論、ああいう作品は「たたきつけてやらなくては。」と、鼻を鳴らして言っていた。高山樗牛は、気に入らん作家を冷罵嘲笑して快感を覚えていたらしい。読者もそれ等の批評を喜び、痛快がったりするから、そういう批評が現れたのだ。

三木竹二という昔の劇通が、「ヒイキ役者のない劇評は詰まらない。」と言ったことがあるが、これは名言である。無私公平なる批評は結構なようだが、それは微温的で、物の心核に徹しないことがある。特に愛好せる作家を持たない批評家の作品評も面白味が乏しいのである。

下

自分の事は自分だけが知っているともいえるし、自分には自分の事が分らぬともいえる。自分の顔はいつまで経っても自分にハッキリ浮んで来ない。写真を見て、自分の顔はこんな顔かと不思議に思うことがよくある。作品についてもそうである。見当ちがいの批評をされているとはなはだ不満に思うことがあると同時に、買い被られているのにあきれることもあるのである。日本の文壇でも、西洋の評論家の感化によって、作家批評が物々しくなり、観察が緻密になり、深入りするようになった。

古典についても新しい解釈が現れているのであろうが、明治以後の近代作家と、その作品についても、丹念な研究を重ねてその真相を明らかにしようと努力している評論家も続々現れんとしている。

私は平野謙の藤村論や、中村光夫の二葉亭論を読んで、根気よく一人の作家と作品をいじりまわしているのに感心した。いろ〳〵の方面から、そこに存在している人間性をほじくり出すのは面白いのである。人間とは常に人間のうわさを好む者である。鷗外や漱石は評論の対象とするに便利な素質を多分に持っているらしいので多数の研究者が出現しているが、二葉亭や藤村も、彼等について、一理屈いうに都合のいい作家である。しかし、今更の事ではないが、批評はどうにでもいえる者だと諸氏の作家論を読むにつけても私は感じている。一つの見方だけが真理であるとはいえない。

このごろも私小説とか本格小説とかいって、一方をけなし、一方を持ち上げる議論が、あちらこちらに現れているようであるが、これなども、議論としては、どうにでも理屈がつくのである。世の変遷につれ、自然に作風も変化するであろうが、理屈通りに行くものじゃない。詰まらない私小説の詰まらないと同じ程度に、詰まらない本格小説も詰まらない。第一、本格小説とは如何なるものかと、私は批評家がその名目を振り回しているのを見るたびに疑っている。私はこのごろ推理小説と名づけられている作品には全然興味を感じないが、これは私だけの性癖らしい。アラン・ポウのものを、今度久し振りに読み直したが、私にはちっともこわくもなく、面白くもなかった。空々しい作り事とばかり思われた。モウパッサンの狂的心理を描叙したものには真実感に迫られ心ひかれるが、ポウの奇怪な作品の妙味は私の頭では翫賞し切れない。年少のころそれ等を読んで感動したのは頭が幼稚であったのか。あるいは今日感動しなくなったのは長い間の生涯に私の頭が世ずれして平俗化したためであろうか。

このごろの多くの片々たる小説雑誌に現れる「本格小説」も大抵は面白くない。貧弱な空想によって、いい加減なうそを書いているのに、興ざめる思いがされるだけだ。こんな事なら、まだしも、コツ〳〵自分の身の上の平凡な事実を語ったものの方が、聞きがいがあるのではないかと、私は考えたりしている。

（「東京新聞」昭和二十二年十二月）

単独批評

私はこの頃二た月続けて、或る雑誌社の合評会に出席した。昔、多分関東大震災の頃からはじめられたと記憶しているが、「新潮」で何年か続けて雑誌小説の合評をやったことがあった。会場は伝通院のほとりに仮営業をしていた偕楽園であって、私も何回か出席した。参会者は大抵五六人以上であった。田山花袋芥川龍之介と一しょになったこともあった。

合評会で作品批評をするのと、自分一人でするのとでは、余ほど気持が違うのである。強いて雷同する訳でなくっても、他の意見と妥協することがある。多少遠慮することもあるが、人の説を聞いて、進んで自説を修正したくなることもある。意見の相違した場合に合評の価値が増す訳であるが、概してそんな殺伐な気持にはなれない。「成程、そうも云えますね。」と折り合いをつけて、お互いに和やかに笑っていたくなるのである。新潮の合評会の時、志賀直哉の『鵠《ばん》』とか『矢島柳堂』とかが問題となり、芥川も花袋もそれを推讃し、私はそれほどでないと云った訳だが、その批評を悪どく押し通そうとしなかったことも思い出される。

政治経済の問題とは異なり、文学芸術の批評はどうにでも云えるものであり、どうにでも故事つけられるのである。贔負役者の芸は何でも面白く翫賞され、好きな作家の作品には、どれにも興味を覚えさされるのであるが、私は今のところ、特別に好きな作家を持っていない。特別に私の心を惹くような新進作家を知らない。それで批評は無私公平である訳だが、そういう無私公平の批評は熱意がないから面白くないだろう。

合評会に於ける批評よりも、単独批評に於いて純真の批評が見られる筈だが、自分独りで誰れにも累《わずら》わされないで批評の筆を採っている時でも、確信を以って自分の見解を書き通すことは案外困難なのである。読後の第一印象にも疑いが起ることがある。面白くないもの、詰まらないものであると思われたが、考え直して見ると、こんなのに新味があるのではないかと気迷いがされたりする。昔の標準に照らすと、文章がまずくて読みづらくて結局何を云おうとしているのやら分らないから、落第点を附けようかと思って、そのつもりで峻厳な筆を運んでいるうち読みづらく分らぬような所に新味があるような感じもして、落第点を取り消して、及第をさせる事に批評文を変更することも屢々あるのだ。世間がこれを新人扱いしているのには相当な意味があると、心の底の疑いを打ち消して、断定的に書くこともある。それで、単独批評に於いても、その時の気持で、批評が左に右にぐらつくのである。文学芸術の批評はどこでも多くはそうなのだろう。西洋の批評家の批評だって、我々の批評態度と似ているのではあるまいか。動かざる山の如き定説を立てて、その標準に嵌めて作品の批評をする批評は西洋にもそんなに存在してはいないのではあるまいか。

私は創作に当って、よく迷って、のび〳〵と書き得ないのを例としているが、批評に於いても、確信をもって広言しているらしく人に見られているが、実は迷っているのである。

私は先日、或る新劇団によって、自作戯曲の上演されたのを一覧して珍しい思いをした。そして、戯曲には無駄なセリフをどっさり入れて置かなくちゃ、見物に感銘されないであろうとはじめて気がついた。簡潔ではいけないのだ。この時、森本薫の一幕物も上演したが、これはよく分るように上手に作られていて、役者のセリフもよく分って、見物に喜ばれていたようであった。しかし、こんなものなら、わざ〳〵芝居にしないで読むだけでいいじゃないかと思われた。新劇を見ると、屢々そう感ぜられるのである。

中央公論七月号に、岸田國士の『速水女塾』という四幕の脚本が出ている。私は時々発表される氏の脚本は大抵読んでいる。他の脚本のように読みづらくない。終りまで楽々と読み通せるのである。氏の『歳月』は、文学座で上演されたのを観た。その前に雑誌で気軽に読んでいたのだが、舞台で観て一層興味が深まったとは思われなかった。『歳月』の見物は、この芝居を面白く観ていたようであったが、私にも世相の真実感が起らなくって、作者の作劇的知識で作り上げられたものと云った感じがした。舞台上の役者の言語行動がわざとらしかった。演劇とはこう云うものだろうか。小説には純写実の作品がある。私小説というのもある。しかし、演劇となると、そういう小説のような態度では製作されない。趣向を凝らさなければならぬ。舞台面にわざとらしさが生ずるのは止むを得ないのであろうか。どうせ小説でも、生粋の真実は書き切れないで、うそっぱちを書くようになるとすると、芝居は尚更の事である。いっそそう極ってしまうと、舞台を面白く活躍させるために、真実無視の作風を採用した方がいいかも知れない。そして、「四谷怪談」のような嘘を強調したような芝居のうちに、おのずから真実がにじみ出ていたりすることもあるのだ。

岸田氏の戯曲は、近代劇の見本と云った感じがする。『歳月』の如き、いかにも西洋の近代劇らしく見られる。『速水女塾』の方は、上演したら、『歳月』よりも、舞台面にあらわれる人心の動きがもっと鮮明でありそうだ。桃子という旧塾長、その娘の登志子という新塾長、その弟の思文という青年。この三人によって、時代意識の相違、個々の心境の相違などを、舞台に開展させているのが、作者の趣向である。三人に取り合せて桃子の夫秀策、登志子の相手の相馬、思文の愛人月ノ木を活動させて、この演劇が成立しているのである。時代の推移が舞台に鮮明に現れると、大いに芝居としての面白さがある訳だが、脚本をよく読んで考えた見物、自分で作意を補足して行くような見物でなければ、舞台からハッキリしてものを受け取り得ないかも知れない。最後に、思文の声として、「姉さんは、ただ二つの時代を、橋のように生きる人なんだよ。あとには僕がいる。僕が……。」と云うのが、一篇の締めくくりとして余韻のあるところなんだが、時代意識の相違が、何かの行動、言語でもっと強烈に現された方が、芝居としていいのではないか。登志子と相馬との関係は作中で最も大切な所なんだが、それが不得要領である。ところで、私はまた思い直して、その不得要領の所は、人生の真実があるのじゃないかと思ったりして、自分の批評がぐらつくのである。

私などは、近代劇というと、イプセンを思い出す。この作家は近代劇の祖先であり、日本でも、新劇の創作にはイプセンを模倣するのが常例のようになっていたが、イプセン張りの日本の新作に、一つとして傑作は現れなかったようである。虎を描いて猫に類するものか。イプセンのような、一語一句聴き洩らしてはならないもの、一つ〳〵が理詰めで押して来るような戯曲は観るに窮屈で、日本的観劇頭脳には適しないのであろう。しかし、私は今なおイプセンの作品を謹しんで読んでいる。芝居としてでなく、人生文学としてである。『ヘッダガブラー』『鴨』『我等死者蘇生の日』などは、古今の傑作であると思っている。ここにこそ遊びはないと思う。近松やモリエールや沙翁のような遊びの文学とは違っていると思う。イプセンはトルストイやドストエフスキーとはちがって、究極の人生を戯曲の形に於いて示してくれたのである。しかしイプセンと雖も、彼の撰んだ究極のワクの中に収って、そこを破って飛び出そうとはしなかった。冷徹な人生検討者としての文学者は、古今東西イプセンのようなのは無かったと私は思っている。岸田氏の新作からイプセンをふと思い出したのであるが、その間に何のつながりもないのである。

日常生活を写実的にこまかに書くことなら、女流作家の方が男性作家よりもまさっているのではないかと、私は不断思っている。平安朝時代に、和歌や物語のすぐれた作者には、女性が多かった。今のアメリカにも、流行作家に女性が尠くないようである。今の日本の文壇にも、多くの女流作家が幅を利かせている。私はどれにも興味を感じている。女の立場から見る男子の行動や心理に関する叙述を面白いと思っている。ところで、現在の文壇に於いて、男子の間に伍して、一歩も譲ることなく活動している女性であるから、どれも鼻柱が強く度胸も据っていて、浮《う》っかりした口を利こうなら此方が取っちめられそうに妄想される。昔の日本の女流作家女流歌人のような封建的奥床しさなんかなさそうである。皆んなが女豪と云った感じがする。そのうちでも、平林たい子、宮本ゆり子の二人は特に目立った女豪である。私は、七月号の「文芸」所載の平林の『キョ子像』と、「展望」所載の宮本の『道標』とを読んだ。『道標』はすでに十回に達している。私はこれまでに飛び〳〵に読んでいるが、全体としてはあまり面白く思っていない。私は日本内地の旅行記よりも、外国の旅行記を好んで読んでいる。日本人の世界旅行記は、筆者が軍人であれ、政治家であれ、新聞記者であれ、誰れのでも手に入ったものは、大抵は読んでいる。『道標』は、作者も雑誌編輯者も、読者も、みんな小説としてそれを取り扱っているが、これは日本文壇特有の現象で、この小説は詰まりは、ロシア旅行記なのだ。ロシア滞在記なのだ。島崎藤村の如く、自己の忠実なる生活記録を小説と銘打って発表した作家でも、フランス滞在記は、小説とは別種のものとして、『エトランゼ』として発表した。小説の時には、事実を取り扱いながら作中人物に仮名を用い、小説以外の旅行記とか随筆とかには同じ事実にでも実名を用いるのが例となっているが、これも変な事のように考えられる。藤村は、フランス滞在中の『エトランゼ』と同じ材料を『新生』に於いては仮名を用いて取り入れている。花袋も秋声も同様な態度を執っている。

看板は小説であれ、旅行記であれ、どちらでもいい。問題は内容如何に在るのだ。ところで、外国の事を印象鮮明に書く事は甚だ六ケしいのだ。その土地々々の住民と社会の内面生活を書くのは殊に困難である。藤村はフランスに三年も滞在していながら、『エトランゼ』に描いているものはパリ滞在の若い日本画家ぐらいなのだ。絵画修業に行っている一群の日本青年の異郷における生活振りを書いているのだ。フランス人の実生活フランスの社会の実相については、断片的に触れている程度である。

『道標』では、秋田雨雀が例の仮名で出現しているところなんかが、私には面白く、日本人同志が異郷で会った時の、相互の態度や思惑が、おのずからいき〳〵と浮んでいたが、ロシアそれ自身の印象は鮮明でない。彼地のいろ〳〵な人に多少接触していて、意見の交換もやっているのだが、相互の言語が充分に理解されないためか、甚だ生気を欠いでいる。外形的見物記見たいなところはいい。風景の描写も上手ではないがまあいいとする。しかし、彼地の人物の交渉は描いて妙を得ているとは決して云えないのである。言葉の関係でお互いにもどかしい思いをして、外人との文化的交際なんか出来るものでないと云った感じが出ていて、間の抜けたぎごちない有様の描写でもあると面白いのだが、事もなさそうに形式を調えているから凡庸である。

しかし、宮本の筆は軽快である。平林の筆は重苦しい。『道標』にはロシアの内生活は観察されていないが、不自由しながらも、ロシアの上べだけでも見て廻ることは、日本人としては贅沢な沙汰である。『キヨ子像』は、日本現在の貧しい人々の苦しい生活に立ち入ってはっきり書いている。私はこういう材料を取り扱った小説は好まない。戦地で体験した苦労話を綿々と語る小説に興味がなくなっている如く、この頃の貧乏話も、聞くと、身につまされるとは云え、当分聞きたくないように思っている。平林女史は描写のうまい人のようではないが、ここに現されている生活に傷ついている男女や少女の動作や心理は微細に観察して微細に叙述している。男の作家ではこうは書けまい。小説家には女の方が適していると、私が云った所以である。糸子と云う作中の中年女が、強いて貰って来た養女のキヨ子の柔かい猫の毛のようなおかっぱを撫でながら、ふと、この子は自分の産んだ子供ではないかという錯覚を感じ、またキヨ子からマセた知恵をつけられたりしたのが縁となり、「その日から、ほんとうの親子になってしまった。」と、結末に作家が断定しているのは、作家として凡庸でないとも云える。「ほんとうの親子のようになった」のではない。「文芸」で平林のを読んだ次手に、井上友一郎の『賭博者』を読んだこの作者のは一二年前に『姉』と題されたものを読んで感心したことがあったが、それ以来である。氏の作品は近来ますます持て囃されるようになったそうだが、今私が読んだ新作によって判断すると、色気があって艶があって、筋の運びに読者をじらすところハラハラさせるところ、があって、いかにも小説々々している。これでは持て囃される訳である。色気があってもいやらしさはないようだ。しかしこれだけではこの作者の特色は分らない。「世界文学」七月号に、元稹《げんしん》の『鶯々伝』が『理想の女』と現代風に改題されて翻訳されている。中国の昔の小説であるが、彼地の恋愛小説の型は大体極っているようなものだ。日本の艶っぽいのとちがって脂濃い感じがする。大まかで、おっとりしている。色恋の話も、時代の相違や国風の相違で趣の異ることを、井上氏のと元稹のとを読み比べて感じた。これ等古典的小説によって想像すると、恋愛も昔は悠々として楽まれていたのである。

「諷刺文学」という雑誌が出ているが、今度『人間喜劇』と改題された。現代には諷刺文学が起るべきだと、人も云い私もそう思っていたが、その種類の文学はついに現れなかった。戦争中にも、諷刺的の作品は小説にも詩にも和歌にも現れなかった。江戸時代には、落首だの川柳だので世を諷して、鬱憤を晴らしていたが、この頃はその程度のものも見つからない。お互いに戦争中は軍国主義に追随し、今日はまた今日の主義に雷同するだけである。風来山人も正直正太夫も近時の文壇にはなさそうである。それで私は、近年、久し振りに緑雨集を読みたいと思っていたが、縮刷の緑雨全集は焼失したし、古本屋を捜しても容易に見つからないようであった。それがこの頃、或る知人の好意によってようやく手に入ったので、早速一覧した。ところが予期に反してちっとも面白くなかった。大した期待していた訳ではなかったが、まさかこうとは思わなかった。この博文館発行の縮刷本は大正十一年に初めて出版され八版も九版も重ねているのだから、相当の愛読者があった訳である。緑雨生存中の明治時代には、彼は特種の人物として注目されていた。小説は『油地獄』『かくれんぼ』くらいで、際立って面白いものはなかったが、諷刺か皮肉か、緑雨的警句は、文壇に喧伝されていた。江戸趣味江戸芸術の通人として田舎出の文学青年を揶揄することが、彼のほこりとなっていた。「筆は一本箸は二本衆寡敵せず。」というのが、彼一代の警句として長く文壇に流布していた。「まぐろの土手の夕嵐、身を切売りの皿の中」も、緑雨的警句であるが、「或る批評家これをいたく難じたり。何ゆえとも分きかねたればたずねたるに、批評家の曰く、天下豈《あに》まぐろを以て築きたる土手あらんや。」と云ったそうである。緑雨の皮肉な人間批評はこんなところにあるのだが、今になって読むと、一場の笑い草にもならない。私などにも殆んど興味がないのだから、今日の読者には緑雨の警句なんかちんぷんかんぷんである。彼よりも生方敏郎の方に諷刺的妙味があるのだが、それでも世界にはあまり珍重されなかった。諷刺文学はまず興る見込みはないのである。

諷刺文学は興らなくっても曝露文学は起るかも知れない。盛んになるかも知れない。小説ばかりでなく、評論に於いてもっと勢いのいい曝露評論が起るべきではないだろうか。評論は今でも、盛んになりかかっているのであろう。世は平和時代であっても、文壇は、安んじて自己の製作に没頭している人は少ないようである。評論がもっと盛んであるべき時である。諷刺のような廻りくどい方法を採らないで、太宰の『如是我聞』見たいに露骨に、あたりのものを叩きつけるような態度の、評論的感想文が現れそうである。今月の雑誌のあちらこちらに、作家と評家との悪口の云い合いが目についた。

これは諷刺でもなく悪口でもないが、「文学時標」という雑誌に出ている湯浅芳子の簡単な翻訳観が、ふと私の目についた。女史は『道標』の中の伸子の道連れの素子ではないかと思われたので、私の注意を惹いたのだ。

女史曰く、「悪い翻訳と云ってもいろ〳〵ある。一、語学の上でダメなもの、二、日本語の駆使の拙いもの、三、言語や文章に対してセンスのないもの、四、イデオロギー的に原作者を理解していないもの。」

遠慮なく実例を挙げて説いているが、翻訳ばやりの今日こんな批評は必要なのだ。悪翻訳は曝露的に叩きつけていい訳である。湯浅の翻訳の感想のうちに、チェーホフの或る日本訳の悪訳であることを指摘し、「凡俗に対するチェーホフの悩みがこの訳者には解っていないのだと思う。でなければ、凡俗とか卑俗とか云う事自身の理解がちがっているのだ。」と云い、それに連関して、「これは志賀直哉氏あたりをトップとする日本の教養階級によく見られることで、彼等の冀《こいねが》う脱俗と云うようなものがチェーホフの希求するものとどんなに遠いかを考えて見ればこの事はすぐ肯けると思う。」と云っている。これは私などの不断考えている問題なのだ。ロシアの作家と日本の作家との脱俗観がどう異るかを、女史は説明していないし、私はまた女史の取り上げたチェーホフの『妻』という作品を記憶していないので、所論の内容がよく分らないが、兎に角、外国作品に対する我々の鑑賞ぶりが、原作者の気持に一致しないのは当り前で、若し一致したらまぐれあたりじゃないかと思われる。たとえば日本の教養階級人は、凡俗から離れて、自分を潔白高雅なものであるようにお高く止ったりするものだが、チェーホフはそういう意味で俗を離れるのではない。庶民には親しんで、ブルジョア根性をもらうのかも知れない。ドストエフスキーの気心など、日本の文学者にはとても分りはすまい。素子の湯浅女史が伸子の宮本女史とロシアに遊んで、彼地の有名人無名人に会って意見を交換したって、充分に会得されることは甚だ困難であったであろうと想像される。我々も自分の心に描いているチェーホフには親しみが寄せられても、本当のチェーホフに会ったらどうであったかと危まれる。いい翻訳を読んでも原作者の心にぴったり融和することは六ケしいのだから、まして悪訳を読んだのでは、全く理解の外にはね出されるのであろう。

緑雨の警句集『おぼえ帳』のなかに、「フランス学者と漢学者と連立ちて途を行きけるが、やがて夕やけの空を指差して、あれが暮靄《ぼあい》というのですなど、フランス学者のいえば、漢学者はしば〳〵耳傾けて、ボアイ、成程、フランスではそう申しますか。両学者ついに何事とも暁《さと》らず。」とあり。我々が外国のチェーホフなどに会って、文学観など話したら、こんな風であるかも知れない。緑雨の警句は穿ち得て妙なりと云い得られるか。

も一つ緑雨の警句を挙げて、今度の我閑談の結末としよう。曰く「老たる人の肖像というを見るに、何処にか鬼相を止めざるは莫し。人の面は、などかく恐ろしきや、老はなどかくあさましきや。」

若くて死んだ緑雨の目には、人間の老顔がこんな風に映ったのであるが、果してそれは真実であろうか。あさましい老いを経験せずして死せし緑雨は幸なるか。

（「文芸首都」昭和二十三年十月）

文学放談

この頃はキリスト教の事が屢々論評されているが、小説のなかにも、聖書の文句が引用されたり、この宗教に関心を持った人間が出没したりしている。これも敗戦後の一現象である。太閤記だの宮本武蔵だの、国粋的英雄の物語を述作して、つねに大衆に歓迎されていた吉川英治氏も、最近は『高山右近』というキリシタン英雄の物語に達筆を揮っている。時代の変遷がこれによって推察される。吉川氏は豊太閤や武蔵に敬意を寄せ好意を持って、その生涯を小説的に叙述したのであったが、高山右近に対する作家的態度にも、尊敬と親愛は保っているのであろう。無論吉川氏は、高山右近など、あの頃の一部のキリシタン連中のような熱烈な宗教心を抱いてはいないのであろうが、彼等の信仰に同感はしているのであろう。彼等の態度を是認しているのであろう。秀吉や家康のように、国家に害をなすもの、日本統一の上に妨げになるものとは思っていないのであろう。

あの頃の切支丹は異国の宗教に狂熱した。陳腐な仏教などに比べて清新な感じがして、自分達の心魂が感激させられたのであった。明治初年の青年が、あの頃の舶来の宗教や新思想に感激し狂熱したのと同様であったと想像される。私も、徳川初期の切支丹迫害史を読んで、世界の殉教史にも例のないほどの深刻悲痛な光景に驚歎したのであるが、それとともに嫌悪な感に襲れるようでもあった。人間の想像し得られる限りの残酷な刑に処せられても屈服しないで、信仰を固守するのは尊さの限りと思われはしたが、あまりに剛情で、しぶといのに、いや気が差すようでもあった。迫害者も被迫害者も、あまりに執拗なのだ。自分の幼児を八つ裂きにさせてまで信仰を守らなくても、いい加減で転向を装ったらいいいじゃないかと私などには思われることもあった。

先頃の戦時中にも、キリスト教は無法な迫害を受け、伊勢大神宮のお札を拝ませられるようないやな思いをもさせられたが、徳川初期の切支丹の執ったような宗教的純粋態度を固持した信者は一人もなかったようである。今日、雑誌上の論文や小説に、キリスト教礼讃らしい作意が含まれているにしても、それは昔のような熱狂的信仰から生れたものではないにちがいない。知識が進み、理性も発達しているから、昔のような、いのち掛けの愚かな信仰は出来なくなっている。高山右近を描くにしても、傍観的に好意を寄せる程度で、右近の信仰に同化する恐れはないのである。

明治以来の文学で、キリスト教的文学として推称していいようなものはなかった。あってもそれは幼稚なものであった。徳冨蘆花ぐらいにキリスト教的文学者らしい趣はあったが、彼とても正真正銘の信者ではなかったのである。この頃の雑誌小説に現れているキリスト教模様は、一種の遊びである。小説に異った味いをつける程度である。それ等の作者に取って宗教が死活の問題ではないのだ。若しも聖書の説くところを徹底的に信仰したなら、悠長に小説なんか書いてはいられない筈だ。宗教文学も要するに遊びの文学であって、宗教を遊びの庭に持って来たようなものだ。

時世が時世だから、キリスト教は諸方面へ向ってますます流布するであろうが、それとともに在来の封建芸術がまだ窒息しないで、むしろ、勢いを盛り返しそうなのも不思議である。私は「若手歌舞伎」を観たり、東京出張の文楽座を観たりして、不思議に思っている。私などが回顧的に興味を覚えるのは別として青年があんなものを面白がって観るのは何事ぞと、奇怪に思い、憤慨することさえあった。『本蔵下屋敷』は、代表的愚劇ではあるが、本蔵に扮した幸四郎は、吉右衛門の若狭之助に対して、一言でも口を利くたび一々平身低頭していた。その奴隷的態度は、民主々義の今日、唾棄すべき事のように思われた。しかし本蔵の忠義心の発露に共鳴の覚えられる訳はないにしても、傍観的に観て、人間行動の研究材料にはなりそうである。愚劇であればあるほど、封建道徳封建思想の見本としての印象が鮮明である訳だ。高山右近一派のような狂信家の行動も、人間心理の現れとして、傍観して、研究資材にもなり、劇的興味が覚えられるのである。下屋敷の本蔵にしても、キリシタンの右近にしても、人間如何にして生くべきかの見本として見られるのであるが、今日の我々は彼等のどちらにも、心からの追随はされないのである。

今年の雑誌小説を通覧して、昔の右近や本蔵と対立されそうな現代的代表人物はどこにも描出されてはいなかったようだ。よくも悪くも現代人の見本の如き人物は出ていなかった。創作界にそういう人物の創作されていないのは物足りないのである。昔を褒めて今を貶すもの、今を褒めて昔を貶すもの、さま〴〵であるが、概括して云うと、明治時代の作品よりも今日のが進歩しているとは云えよう。しかし、飛び抜けていい者はない。歌舞伎の青年俳優にも幾人かの優秀なるものがいるのだが、まだ群を抜いた者はなさそうだ。文壇もそれと同様なのである。若い皆んなが、小ざかしく、だら〳〵と世相を描いていて、どれも相当にうまいのだが、現代を代表しているような、男か女、老人か青年をくっきり描出しているのは見当らない。

今年、藤村の、青年時代の未熟の小説『旧主人』が何のためだか雑誌に掲載された。二葉亭の未発表の小説も誌上に発表された。これ等を読むと、今日の新進作家の作品だって、もっと進歩しているように思われる。二葉亭のなんかは甚しく幼稚である。明治の知名の作家の作品の価値なんか、高が知れているので、これ等を凌駕するものが、今日に於いては続々現れない筈はないのだが、それが現れていないのは、日本は団栗の背くらべの国柄で、どの方でも天才は出ないと云う宿命に由るのか。終戦後の作品に、時代の一人として鮮明にクリエートされた人間は、何処にも見当らないのは淋しい。そして、大家中堅作家新進作家のそれ〴〵が、同じようなうまさ、まずさで、巧拙が目立って判別されるとは思われない。

「どうもこの頃の小説は面白くない。」とはいつの時代にも云われ勝ちなのだ。私も、この頃の小説を面白いと思って読んだことはない。しかし、小説の時代は過ぎたとか、小説は映画などに圧倒されて、魅力を失い、影が薄くなるだろうとは思っていない。そう思おうとしても思い切れない。いくら世は忙しくなっても、文字のあらん限りは、小説はすたるまい。歌舞伎のような封建芸術だってなかなか亡びないではないか。小説は時代次第でどんなにでも形を変えて行く融通性を有っているし、文字に対する人間の愛着は消滅しないのだから、映画なんかに圧迫されるとばかりは云えないだろう。小説は十九世紀の芸術で、二十世紀以後にはこの方面には大なる天才は出ないだろうと、誰かが云っていたが、これも、口から出まかせの知ったか振りである。私も口から出まかせの態度で云って見ると、今後は新聞小説も、新聞小説らしい、その日〳〵を面白がらせる、傑れたものが出るのではあるまいか。バルザックやドストエフスキーの作品のようなのが、模範的小説型であるとは言い切れないので、それ等とは全然型の異った小説が出現すべきである。今日の新進作家には、形式や内容はそれ相応の現代的新味があるにはあるが、しかし、彼等はみんな揃って、在来の陳腐な小説型を、意識的にか無意識的にか真似ているのである。わざと反道徳的な事や肉感挑発的な事を描写し叙述していながら、檻のなかで踊っているだけなのだ。

この頃はせち辛く、生活に追れているせいか、みんながアクセクと多量に製作せんとしている。そして、同じ事を繰り返し書き流している。同じような女を書いている。女の会話がうまいと云っても、幾つも読んでいると、つまりは同じ事なのだ。しかし、これとても必ずしも非難すべきではない。西洋の小説だとよく分らないから、トルストイとか誰とかはさま〴〵なちがった人間を、ちがったように書き分けていると認定して感心するのだが、日本の作家のだと、よく分るから感心させられないのだ。徳田秋声は庶民生活を如実によく書いている。さま〴〵な女の会話でも動作でもよく書いていると云われていたが、必ずしもそうではない。女の名前だけ違っていても、会話や動作は同様なのが多い。古今東西の世に天才は乏しい。大抵はどん栗の背くらべである。そのくせ、ちょっと本がよく売れたり、少し評判がよかったりすると、一ぱしえらい作家になった気で、思い上った口を利いたりするのが、昔からの作家気質なのである。高山樗牛は、三十歳を越したばかりの若さで脆くも逝去したのだが、彼は自分より僅か二三歳の年少者をも青二才呼わりしていた。西洋の誰かは、年少者に対して帽を脱いでいたそうだが、それは、年少者の方に将来があるためであった。藤村も感想文のなかに、同様の事を云って、年少者に敬意を寄せていた。私は藤村が西洋の真似をしたと云うよりも、西洋にも藤村くさい人があるのかと、可笑しく思ったが、私などは全然そういう気持になれない。新進作家の作品は、私自身のものなんかよりは、大抵はうまいと思って読んでいるのだが、それに関らず、彼等は青二才であると思われて仕方がない。これは医するにすべなき老人気質なのであろう。

数年来の私は、すっかり老境に達した気持になっていて、小説を読んでも、煩瑣な描写や、こま〳〵したくどい叙事には随いて行けなくなっている。いろ〳〵な譬喩を用い景色の描写なんかを面白いと思ったことがない。御当人が真にそう感じて書いたのではなく、筆先で捏造して書いただけなのだろうと蔑視することが多い。自然と人事とが融合して、一つの小説的場景を現しているのは、生ける絵画の如く、芸術的妙味を有しているのだが、そんなのは滅多に無い。ツルゲーネフのは、今から見ると少し古めかしいようだが、作中に自然と人事が渾然として融合して妙を尽している。詩のような小説としての面白さだ。

私などのような老人でも、自分一箇の芸術境地に沈潜して、好みのままに残生を過すことは不可能なようなのが現在の世の状態である。生きんがためには努力しなければならぬ。世に迎合しなければならぬ。聞くところによると、新進作家にも党派別があって、団結して他に対抗しているのが、文壇の実景であるそうだ。帝大派と早稲田派との別があって、強烈な争闘があるという噂も耳にした。私は不思議に思ったが、人間社会の事は同じ事の繰り返しであるのが定則なのだろう。私は昔を回顧して今もなお昔の如きかと感慨に耽った。私の年少の頃、まだ学校にいた時分には、帝大派と早稲田派（早稲田はまだ大学にならなかった時分だから早大派とは云えなかった）とは競争し反目していた。島村抱月は見掛けによらぬ闘争心の強い人で、我党と云うような言葉をよく口にしていた。今度は我党が勝ったと云うようなことも云っていた。高山樗牛の如きは、帝大派の雄将で傲慢無礼な筆を揮っていたので、彼の筆の穂先にかかった青年作家は、恐怖と憎悪の念に駆られていた。抱月は英国留学中、『滞欧文壇』の題下で、樗牛攻撃の論評を執筆したのであるが、それが「新小説」誌上に発表された時には、樗牛は肺患のために倒れていた。それで、登張竹風は痛憤して、抱月の旅行を死屍に鞭打つが如くに見做していた。文学にもいろ〳〵な党派があり、創作の方では硯友社が最も有力で、紅葉の勢力はえらいものであったが、文学全体についての論争に於いては、帝大と早稲田とがいい取組であった訳だ。野球に於ける慶応対早大と云ったようなものだ。しかし社会一般の評価から云うと、私学早稲田は帝大に比して、二段も三段も下位に置かれていた。先頃、久し振りに、武林無想庵に会って過去を語り合ったのであったが、その時、「君は小山内が帝大出身であるために、多少羨望を感じていたのではあるまいか。」と云うような意味の事を云っていた。僕自身は気がつかないが、無意識にそんな感じを持っていたかも知れない。兎に角無想庵がそんな感じを抱いていた事を一つの証拠として、当時の文壇光景が推察されるのである。

あの頃の紅葉は、批評をお長屋の井戸端会議として軽蔑していたような態度を執っていたが、無論腹のなかでは、批評を気にしていたのである。明治以来、文学評論は案外進歩発達していないのだ。今読むと浅薄な感じがするが、兎に角高山樗牛は一代を圧していたので、彼の外には評論家として文壇に威力を以って君臨していたものはなかった。人道主義、或いは左翼思想など、その時々の流行思潮に追随し迎合するのが、文学評論家の常套で、それ等の思想を踏まえて立つような評論家はなかった。世界を通じてそういう者かも知れないが、この頃になって、私は「それではいけない。」と痛感している。

私は、近来、とぎれ〳〵に雑誌の評論や作品を読み、或いは西洋の評論をも、偶然目に触れたものを読むにつけ、文学評論は蔑視し難いもので、今までの型を破った清新なる文学評論の出現を、熱烈に期待していいように感じた。私の云うのは、政治にかぶれ、政治に追随したような文学評論でなくって、純粋の文学評論であるのだ。今日の世にそんな評論があるものかと思われるかも知れない。それは私の空想裡に存在するだけかも知れないが、私はこの頃その「文学評論」の出現を期待している。時代の傾向が積み重なって、小説にも型が出来て、新進作家もその型を追っている自由奔放のものは出ないのである。私は、今日の時勢今日の風潮を観察して、小説に先んじて文学評論に新しい魅力あるものが出るんじゃないかと空想している。出るか出ないかはその人が有るか無いかで極るのだが、出ないとなると、文壇がうすら淋しいような気がする。

詩、小説、戯曲、評論、文学の形にもいろいろあるが、評論は、文壇に於いて下位に置かれるべきものではないのだ、評論に於いて文学を指導すると云うような教師気取りを望むのではない。樗牛は、ああいう評論の形式で当時の青年の文学本能を満足させていた。今日はあんな幼稚なものではいけないが、現代人の文学本能を満足させるような評論の出現が望ましいのだ。それには、自己のだらしのない経験を書くだけの小説作家とはちがって、学識も必要である。鋭利なる直感も必要である。文章も、在来の評論型のような蕪雑な文章ではいけないのである。私の求めている「文学評論」家は、この頃の雑誌小説の作家よりは頭が冴えていなければならない。帝大派と早大派との間に争闘感が強烈であると云う噂を聞くにつけ、創作の競争も結構だが、それよりも、実の入った評論に於いて相手を圧するような光景が出現しないかと空想している。しかし、それは空想だけの事で、気の利いた小説は書けても、気の利いた評論は書きにくいのである。

サント・ブーヴは批評について云っている。

一、批評家とは、読むことを知り、他人に読み方を教える人間にすぎない。

二、批評とは、僕が理解し、僕が実行したいと考えるところでは、一つの発見であり、永遠の一つの創造である。

　この二つは一見矛盾しているようだが、実は矛盾していない二つの事柄であると、彼は云っている。批評も永遠の一つの創造であると云うのは、あの頃の批評観として傑出しているので、今日に於いてなお、批評は作品の追随者であるように見られているのである。今日では、あの頃よりも、評論家の気持がもっと自由であるべきだ。蚤取り眼で批判するばかりでなく、夢を見ていいのだ。創作家がさま〴〵な夢を見、さま〴〵な夢を描く如く、評論家も夢を見ていいのだ。

次手に、ブーヴの批評観から引用しよう。これは平凡だが、何処の国にでも、何時の世の文壇にもあることなのだ。

「私は、どんな僅かな事をやるのでも、それが私より価値ある人達を目当てにして、その人達を満足させるのでなければ、やり甲斐がありません。」と、メリメがブーヴに云ったそうである。事実、それこそ、高貴で、誠実な総ての芸術家の特質でなければならぬ。とに角、自分と同等の人間か、自分より優れた人間を満足させるように心懸けるべきであって、決して、自分より趣味や精神が劣っている人達を目あてに書いてはならない。すなわち、これを一言で云えば、高い処を狙うべきで、低い処を狙ってはならない。それにも拘らず、昨今の我国の大作家達の大部分が狙っている唯一の目標は、この低いところにあるのだと、ブーヴはそれを遺憾としている。我々が模範としているフランスの昔の文壇でもそうであったのだ。今日の日本の文壇人が読者受けばかり気にして、少し読者受けがいいと、内心大いに自慢しているのは、さもあるべき事で、非難にも価いしないのである。ところで、私は、ブーヴなどの栄えていた昔とは異り、今日の時世では、高い処を狙うばかりでなく、低い処のものをも引き摺って行こうという意気を持っていなければならぬと思っている。究極は、高いも低いもない、自分一人であるとしても、すでに筆を執って、自己の作品を世上に発表する上は、高い者でも低い奴でも自己の領域に引き摺るくらいな抱負があって然るべきであろう。これは民主々義にかぶれたための浅薄な芸術観であろうか。

（「文藝春秋」昭和二十四年二月）

政治と文学

民衆主義の世である。誰しも他人の奴隷になることはいやであろうし、他人を自分の奴隷にすることも気がひけるであろう。しかし、人間はいつの世いかなる国に於いても、智者強者或いは仁者の追随者崇拝者になりたがるのである。彼等の奴隷になりたがるのである。奴隷という言葉は、人間の最も厭わしく思う言葉であり、奴隷生活をのがれ、万民平等の自由な生活を得ることが、古来人類史の目標であったようにも思われるが、言葉は何であれ、人間は、思想の上でも実生活の上でも、すぐれたる他人に隷属したがるのである。隷属して、安楽な生活をおくらんとするのである。心の平和を得んとするのである。立ち寄らば大樹の蔭と、自分を何かに托さんとするのである。

信仰深き者は、全智全能の神の前に奴隷たらんとするのである。神の命のままに生存し、自己を没却してただ神に従わんとするのである。強いられる奴隷は厭うべきものだが、好んで他の奴隷になるのは、当人に取っていい気持なのであろう。明君上に在り、その領内にうよ〳〵している民衆が、明君の恩恵の下で平和な世を送るのが、封建時代の詩人の讃美しそうな事である。

昔、丘浅次郎の明晰な通俗講話によって進化論の大意を呑み込んだ私は、「こんな事を云ったって分ったものじゃない。」と、一方に多少の疑いを残しながら、大いに蒙を啓かれたのであったが、彼が、人類の将来を論じた、明晰直截な感想文のなかに、「人類は権威ある支配者に対して、身命を捧げて服従するようでなければ、堅固な人世は造られない。そういう精神が衰頽して、個人々々の自我を主張するようになりつつあるから、人類の将来は四分五裂である。」という意味の事を云って悲観したのにも同感した。彼は、梅毒と結核で人類は滅亡する事を、淡々とした口調で、分り切った事のように説くととに、服従精神没落の結果を説いていたのであったが、それがいかにも尤もらしく聞かれた。しかし、科学の進歩により、結核も梅毒も完全に治療し得られるようになり、また、自我を主張することも却って、人類将来の発展の役に立つかも知れないと云えそうである。理窟はどうにでも立つが、人間は強者に服従することによって社会秩序が保たれるのである。

やはり昔、私の少年の頃、浮田和民がアメリカ漫遊から帰朝して、彼地の宗教や道徳についての感想を「国民之友」誌に掲載したのを読み、そのうちに、「忠義が根底に無い国は頼むに足らぬ。」という意味の説を立てているのを、不思議に思ったのであった。当時キリスト教徒であった和民が、キリスト教国を見聞して来たのに、古風な忠義道徳を持ち出しているのを変に思ったのだ。新時代の科学者たる浅次郎の、「強権者尊崇」説、キリスト信者たる和民の「忠義説」は、その説に対する同意不同意に関らず、半世紀以上に渡って私の心に、深く感銘されている。種々雑多の思想が出現し、さま〲な政治上の主義主張が唱道され、社会状態が混乱動揺を極めた過去半世紀の間に、おりに触れて、私はかの、浅次郎、和民の古めかしい説を思い出して、新を追っているその時々の思想に照らし合せて、どちらが一層真に迫っているかと考える事もあるのである。過去数十年の間、さま〲な文学書などを読み、さま〲な演劇などを見物して、知らず〲人類の心理を学ぶにつれ、人は強者に追随し、それに隷属して平和を得んとする心理は、無意識に働いているのである。封建時代ばかりではない、いつの世にもそうではなかろうか。ただ形がちがうばかりではあるまいか。君のために死ぬるのは、日本の旧い芝居に於いてだけではなく、西洋の芝居ででも、見物人を感動させたのだ。旧式の君主を排斥し憎悪するとしても、新しい形の君主を崇拝しその前に跪こうとするのである。四分五裂の強烈な個人主義に堕しないで、時の強者に附随し忠勤をつとめんとするのは、丘浅次郎の気遣っていたような、救いがたい人心の廃頽期に、人類がまだ達していないためであろうか。

私は特に政治というものについて考えたことはなかったが、生きている以上、政治に関する知識には絶えず接触していたのであろう。修身斉家治国平天下を唱うる四書五経的漢学を学んだのは、おのずから政治学を学んだようなものであった。私はそれ等の漢土の古典の教えにはじめから心服したことはなく、尭舜の世を空想することもなかった。私などの生長した明治時代は案外住みよい時代であったため、政治についてあまい考えでもよかったかも知れない。私は新聞社に七年間出勤していながら、政党についても内閣についても、極めて無関心で、大臣の名前さえ殆んど知らなかった。幸徳秋水事件のあった頃、私は刑事に尾行されたりして迷惑したが、これは、私が虚無主義者であり、無政府主義者であると、警視庁あたりで勝手に極めて、私に警戒していたのだそうだ。阿呆らしさの限りである。私が二十年前、最初の外遊から帰ったあとの事であるが、知り合いの右翼系の或る弁護士が、「あなたは自由主義者でいらっしゃると思っていましたが、今度の旅行記をおり〳〵拝見して、国家主義的御感想が出ているので意外に感じました。」と、私を見直したような口を利いた。私は、「そうですか。」と云っただけで返事のしようがなかった。谷干城や徳富蘇峰が西洋へ行って却って、一層保守的となり、国家主義的となったのと同様なのであろうか。ところで、私は昔から国家主義を奉じた事がなかったと同様、自由主義を信仰した事もなかった。それよりも、自由主義とはどんな主義だか、私はよく知らなかった。戦時中に自由主義が攻撃され、その主義者が軍部などから非国民扱いされ、戦後には急に自由主義の時代が来たように幅を利かせだしたのによって、この主義の面目がいくらか分るようになっただけである。

私は文学上では、自然主義という極印を額に捺されて、終世拭うべからざる有様であるが、政治的見解では、無政府主義者でも国家主義者でもないと同様に、自由主義者でもないかも知れない。そして、私は今特に自由主義者を尊敬する気にもなれない。

私は日華事変発生後、はじめて政治や外交に気をつけるようになった。興味を寄せるようになった。知らず〳〵そうなったのだが、これは私の身が政治や外交に関係を持つようになりだしたためであろう。私の身に利害関係が密接しているように思われだしたためであろう。それまでは、政治評論家や外交通の集る会合に出席しても、彼等の話が少しも面白くなくって、欠伸《あくび》を嚙み締めていたのに、事変後には、注意の耳を傾けるようになった。出鱈目であろうと、空気燄であろうと、彼等の噂話や世相批判語を心に留めるようになった。彼等の或る者は自由主義の態度を持し、或る者は左翼の傾向を帯び、或る者は時勢相応の軍国主義に安んじているのであったが、私はそれ等の言説に是非の判断を下すこともなく、黙って聴いていた。それ等の言説を今日になって思い出すと面白いのである。要するに誰に先見の明があったのではなく、時の流れに漂いながら、ああ云ったりこう云ったりしていただけである。文壇では、文学報国会と云うものをつくって、時世に迎合し、強者に協力することとなったのだが、これは文壇人の安全を計るためにいい事であったのだ。迎合癖の強い者が先んじてこんな会合を設立したからよかったが、そうでなくって、時世を他所に、文学者は文学にだけ精進していればいいという態度を持していたら、強権者に叱られて、蹴られたり殴られたり、首を締められたりしたかも知れなかった。文学者は方々を駆け廻って時局的講演なんかしないで、自分の本職を忠実にやっていればいいのにと、小杉天外翁なんかは公言して、若い文学者の態度を苦々しく思っていたらしかったが、それは迂遠な純理論で、実際問題としてそうは行かなかった。時局と調子を合せて活躍する文壇人があればこそ、小杉翁をはじめ我々も安閑としていられたのであった。私はたまに報国会へ出席したこともあったが、会合の席で、「戦争一本でどう。」とか、「文句があるのなら、戦争が済んでからの事にしろ。今は戦争一てん張りで、余計なことを云う時でない。」とか、口角泡を飛ばして論じているのを聞いたこともあった。文学者も政治問題に熱中して、真剣に時勢を論ずるようになったのであった。昔は、泡鳴とか秋江とかが、目下の政治について真面目くさった態度で意見を述べたりすると、我々はむしろ嘲笑したものであったが、戦時中から戦後の今日に及んでは、文壇人も次第に玄人ぶった政治論を闘わすようになり、作品の上にも政治の影が差すようになった。

明治の初期には、政治小説が少なからず出現した。末広鉄腸の『雪中梅』や『花間鶯』などは、自由民権讃美の小説で、明治十年代に民権拡張のために闘った壮士を、その時代相応の幼稚な頭で理想化したもので、今日の文学の標準から云うと、甚だ浅薄で、芸術として低級なものと云っていいのであるが、しかし、無邪気なところがあり、あの頃の新思想家の能力の程度が分って面白い。自由民権家の夢はあの程度であったのだ。その後、政治を作中に取り入れた者は幾つもあったが、今日まで問題になるような作品は一つもなかったと云ってよかろう。政治小説と云うものが詰まらないのではあるまいか。日本の作家の取材の範囲は狭いと云われているが、政治家を主題として生けるが如く描いたものは一つも無かった。あっても空疎なものばかりである。この頃の文壇では、取材の範囲を広くしたつもりか、何でもかんでも書くようになり、政治活動も現代描写として、華々しく取り入れられるようになるらしいが、それが本当に芸術化されるかどうだか。肉体文学であれ、記録文学であれ、原子爆弾文学であれ、何でもやたらに多量に書きなぐられる事が流行っているが、この乱世文学時代に於いて、今までにない特殊の魅力ある文学が発生しないものか。この頃、偶然読みだして楽んでいるモンテーニュの『随想録』のうちに、こういう事が書いてある。「愚昧な役に立たぬ作者に対しては、無為浮浪の徒輩に対すると同様に、若干司直の強制があって然るべきである。わしを始め大勢の作者は、民衆の手によって追放さるべきだろう。これは戯談《じょうだん》ではないのである。皆が物を書きたがるのは、いわば乱世の一特徴である。何時の世に、かの乱が始まってこの方程、沢山に書いたことがあるか。いつ、ローマ人は、その滅亡期に於ける時程、沢山に書いたことがあったか。」と。

モンテーニュは乱世に危かしい生活を続けていた人であったようだ。そして、その時代に多くの人が物を書きたがるのは、乱世の一特徴であると観察した。尤も、その頃の執筆は原稿稼ぎではなかった筈だが、ただ何でも書きたかったのか。ローマ人も、滅亡期に於ける時ほどに物を書きなぐったことがなかったというのも、我々には不思議に思われる。それから類推すると、日本の現文壇人が、明治初年来未聞と云っていいほどに多量に書きなぐるのは、国の滅亡期に臨んでいる証拠であるかと疑われるが、まさかそうではあるまい。しかし、乱世文学としての傑出した作品もまだ出ていないのである。

先日、或る新聞に、バアーナード・ショウが、婦人訪問記者の問いに応じて、「スターリンは古来第一の大政治家である。」と云ったという事が出ていた。九十歳を越している老人には鉄の扉の向うの真相は分らないのだろうとの記者の感想も出ていたが、多年錬磨されたショウの洞察力は侮り難いのであろう。古来の政治家はどんなえらい頭を持っていたのであろう。どんなえらい考えを持っていたのであろう。昔から政治家は、時代々の主役を勤めていたので、歴史の上では重く取り扱れ、いろ〳〵尾鰭《おひれ》をつけられているが、実際はどうであったのか。スターリンは外の方面はどんなに傑れているか分らないが、文学のたしなみは無さそうである。私が十余年前ソ聯領土を通過し、モスコーに十日ほど滞在した間に聞いた事だが、『静かなドン』の作者が、田舎から首都モスコーに出て来た晩、文学者仲間の歓迎会へ出席すると、スターリン書記長から電話が掛って、至急面会して話を聞きたいという事だったので、作者は、会の座を外して、直ちにクレムリンの御殿へ参上したのであった。それで、この古今の大政治家と、売り出しの新進作家との間に話がはずんで、夜が更けるのを互いに忘れるという有様であったらしい。歓迎会では主賓の帰るのを待ちあぐんでいたが、その夜は待ちぼうけのまま過ぎたのであった。しかし、一同は、新進作家が一国の首領の愛顧を得たことを、無上の光栄として喜んだそうである。この話によって、私はスターリンが文学にも興味を持っている事を想像したのであったが、彼が詩を作るとか小説を書くとか、或いはグラッドストンがホーマー研究に没頭したとか云うような文学癖の所有者ではなさそうだ。中国や日本では、古来、帝王や大官人で、詩を作り和歌を作る者が甚だ多かった。中国の政治家は大抵作詩の心得があった。日本の昔の政治家にも歌読みは少なくなかった。小説を作ったり批評したりする政治家は無かったようだが、中国や日本では、政治と文学とが密接な関係を保っていた。少年の頃、私などは、『文章軌範』や『唐宋八家文』などの講義を聴聞したのであったが、これ等の文集には政治論が多量に収められているのである。文集中の作家はあの時代の散文の大家であったが、いずれも時の政治についてすぐれた見解を持っていたのだ。『唐宋詩醇』のような詩集を読んでも、そのなかの詩の多くには、政治的感想が入っているのだ。政治と文学との関係の濃厚なる事、東洋は西洋の比ではなかった。

敗戦後の日本では、文学者の多数が戦時中、軍部や政府の方針に迎合したことが非難攻撃され、文学者自身も懺悔後悔して、その罪ほろぼしに平和運動に努力しようと心掛けている者も少なくない。それは当然の事であろうが、その理窟から云うと、過去の文学者も非難攻撃さるべきものである。彼等をして墓の彼方で懺悔後悔させていいのである。日清の戦い日露の戦いに際しては、文壇人の殆んどすべてが、国家の方針と心を同じうしていたのであった。福沢諭吉でも日清戦争の時には、何とか理窟をつけて戦争の後押しをしたのであった。日露戦争の時には、二葉亭四迷なども狂熱的戦争鼓吹者であった。戦争にも正義の戦争もあり、邪悪な戦争もあるのであろうが、そのいずれかを見別けて、一つを讃美し一つを憎悪するような文学者はなかった。戦争はいさましいもので、戦争礼讃詩は西洋にも多かった。強権者に媚び、強権者の治世方針に順応するのは、文学者として古来珍しい事ではなかったのである。むしろそれが普通であったので、強権者に反抗することこそ、文学者としては特殊現象であったのだ。今日のような乱世に於いては、心の弱い文学者は処世態度に迷うのであろうが、今後は以前のように政治から超然としてはいられぬようになりそうだ。「私小説」のうちにも、以前の私小説とはちがって、政治的感想の文字が散見するようになった。正面切って本格小説を書きたがるような作家が、時世を気にして政治を作中に取り入れるのは、さもあるべき事だが、気の小さい、謹み深い「私小説」家が、政治に関心を持つようになるのは、哀れなようにも思われる。これは私自身についてそう思っている。政治に超然としていられなくなったことは、文学者として哀れなことである。「私小説」家も共産党へ入ろうかと考慮したりするようになりそうだ。

昔、独歩や泡鳴は政治的感想をよく吐露していた。独歩の政治論は常識的であったが、泡鳴は、「天皇即国家」を力説していた。そんな事はどっちだってどうでもいいじゃないかと、私など彼の力説を眼中に置かなかったが、この頃になって回顧すると、泡鳴の政治観は彼の文学観と連関して面白いのである。強者が弱者を喰い、弱者は強者に喰われるのが、宇宙間の自然の法則でいかんともしがたいと云うのだ。小説でも一元描写が、小説作法の大道なので、自分がすべてのものを喰って小説光景が発展されるのである。描写が多元的で、あちらの立場からも書き、こちらの立場からも書こうとするのは遊び事であって、真剣勝負の小説は、燃焼している自己が中心でなければならぬのである。政治上の主義が何であろうと、強者が弱者を喰って行くという泡鳴式原則にはかわりないようなものだ。弱者は強者に隷属して忠勤を尽したら、身心の平和が得られるという遺伝的の人生観は、昔の如く今も、我々人間の心にからみついているのである。

この頃、歌舞伎役者が続々と死んだ。幸四郎、宗十郎、それに菊五郎。伝来の技芸に熟練した老優の去ったあとの歌舞伎は、甚だ見すぼらしくなるだろうと私達には想像されるが、優秀な若手の歌舞伎役者が幾人も出現しているから、旧劇の前途もそう危むには及ぶまいと、その社会では幾分の希望を持っているそうである。日本の代表芸術として、歌舞伎は保存すべきもので、案外若い見物も、こんな馬鹿らしい演劇に魅力を覚えているそうだが、それは、一般に云われているような形の上の魅力だけではないのじゃないかと、この頃私は思ったりしている。あの古めかしい封建道徳封建情調にも、若い見物が幾分か魅力を覚え、精神的に感銘するのではあるまいか。敗戦後、おきまりの民衆的にもなり、旧いものを潔く脱ぎ棄てて、心一杯に新しくなっている筈なのだが、一方では、気づかないように、旧いものがぶつ〳〵燃えくすぶっているのではあるまいか。青年の頭だって、新しそうで案外ふるめかしいのではないか。戦後、講談的小説、徳川末期の人情本的小説が、広く読まれるようになっているが、それればかりではない、捕虜の経験など戦時を回顧した記録文学中に現れたる情味や、物の感じ方は、揃いも揃って古めかしく感ぜられるのである。一皮めくって見たら、明治時代どころか、徳川時代の文筆家が、明治大正昭和の言語を覚えて書いていると思ってもいいようなものだ。私は必ずしもそれを非難するのではない。チョン髷を切って、ザン切り頭でダンスをやっても、我々は我々の先祖の子孫なのだから、止むを得ないのである。

そうして見ると、文学者の政治観だって歌舞伎なんかに現れている政治観念と共通しているところがあるのではないか。日本的民主主義、日本的社会主義、日本的基督教であって然るべきで、それで結構だが、この頃の私は、他人の事を見るにつけ、自分を省みて、自分がちっとも「お国がら」を脱していないのに気づくのである。私は石川達三の『風にそよぐ葦』を興味を寄せて続けて読んでいるが、あれにだって、胸のすくような新味はないのである。上つらの筆の運びは誰彼の作品に比べて、すが〳〵しく新しいようであるが、上つらの文字をはねのけて見たら、その古さは誰彼の作品と左程ちがいはないようだ。この小説中には、自由主義者と公認されている数人の実名が出ていたが、これ等の人々は自由主義者としての新人ではない。そして作中の人物も、公定相場程度の新思想家であり、自由主義者であるに過ぎない。そこに現代の真実が、公定相場程度に現れているとして、この小説を推讃してもいいのであるが、それ故に通俗の域を脱しないと云ってもいい。よく整った、行き届いた、腕達者の作家の骨を折った作品であると、私には思われるが、この整った形を崩して一皮めくって、底から暗憺たる現実がむく〳〵と盛り上って来るようだったらと、余計な事を思い〳〵、私はこの新聞小説を読み続けている。

丹羽文雄、石川達三の両雄は、現代の政治に関心を持ち、その実景を、自分の手でさばいて行こうと企てているのじゃないかとも思われる。自由主義の立場から批判して現代を見るのか。それは穏健な態度であろうが、この目まぐるしく動揺している乱世に於いて、彼等の製作態度もどう変るかと、その変り振りは興味をもって注意すべきである。現代の代表的作家によって、時世の動きはよく見られる筈である。丹羽の『日本敗れたり』は、終戦直前の御前会議の光景を描写した、所謂記録文学なるもので、筆者の文学的技能を充分に示したものではないのに極っているが、それでも、現代政治に対する作者の観察振りは、不用意な記述のうちにも現れている筈である。

この乱世に於いて、政治から超然としているのは、知慧足らずの鈍漢のようであるが、私は政治なんかは、空の風は何処を吹いているかという程度に冷眼視して、自分の文学の境地に悠然と遊んでいられれば結構であると空想している。明治の文壇は貧乏ながらもそういう風であった。しかし、そんな風にしては生きていられないように次第になりつつあるのではないか。

「日本文学のスケールの小さな理由は、政治的行動の場面が描かれていないためだ。もっと基本的に云えば、政治と文学の交流がないためだ。」というような批判は、我々は一応受け入れるのであるが、そこを踏み越えて、政治を無視したところに、スケールの大きな文学を創造されないものか。

（「群像」昭和二十四年十一月）

批評の骨

「文学界」十二月号所載の、「文壇、ジャーナリズム、作家」を話題とした座談会を読むと、思い当る所が多かった。それで、自分もその座談会に加っているつもりで、自分の思いついたことを云って見ようと思う。

「一ぺんもジャーナリズムに持て囃されなかった人間はいい、しかし、一旦もてはやされてそれからおっぽり出された人間くらい悲惨なものはない、それが晩年の広津柳浪だ。」と、広津和郎が何かに書いていた事を取り出して、こんな事は日本では例外で、相当知名の作家は世間から棄てられない。老境に入っている作家が文壇から除外されそうなのを淋しがるのは、無用な淋しがりであるなどと、列席の数氏が語り合っているが、真相に徹して考えたらそうは云えまいと、私は思っている。一時は持て囃された山田美妙や、斎藤緑雨の末路は、柳浪以上にみじめであったようだ。田山花袋は、「落ち目になりたくない。」と歎息していたそうだ。彼が『源義朝』を刊行した時我々十数人が田端の旗亭で祝賀会を催した事があったが、その時快く酔っていたらしかった彼が、ふと「僕がいけなくなったから、諸君がこういう会をしてくれた。」と、涙じみた声で云ったので、ちょっと座が白けた。私は花袋が衰運に向っているとは思いもそめなかったので、彼の言葉を意外に感じたが、あとで考えると、いつまでも文学青年のように文学に熱情を持っていた花袋が、文壇の風潮が変化して自分達は棄てられかけているのではないかと、不吉な予感に襲れたのは、さも有りそうな事なのだ。どの社会の人間だって落ち目になるのはいやであろうが、芸術家は殊にそれについて敏感である筈だ。佐藤春夫氏などの淋しがりを、無用の淋しがりだと云い、何故こう僻《ひが》むのかと云うのは、人間心理を理解しない言葉だと思う。私などはそういう無用の淋しがりに同感である。老人の淋しがりよりも、売り出しの若い作家、栄えている壮年作家が、些細な毀誉褒貶に一喜一憂しているのを哂《わら》いたくなるのである。芸術家は褒められると勢いづき、けなされると萎縮するのだから、批評家は成るべく悪口を云わぬのがいいと云うのも当然であるが、この頃の文壇の実情を観察していると、もっと手きびしい批評が出現していいのじゃないかと思われる。座談会で一しょになったりすると、お互いに妥協的になって、批評に骨がなくなるのである。

文壇の垣の内とか外とかは、いつまでも問題になっているが、文壇というものの出来たのはいつ頃からか。硯友社という党派が出来て文壇臭を帯びていたのが、文壇の起りのようなものだ。その頃から、小説家は学問がないと云われ、世間知らずだと云われ、怠けものだと云われ、貧乏商売だとさげすまれて、それが文壇の実景であった。世間知らずとはどう云う事か、政治社会を知らぬ事であろうか。それならどうでもいいではないか。明治の初期に、末広鉄腸などが政治小説を書いて評判になっていたが、今から見ると甚だ詰まらないものである。鉄腸はあの頃政治社会を知っていたのであろうが、それが彼の小説に深みを加えもしなければ、幅を広くしたのでもなかった。世間知らずの小説家も、世間知らずなりに世間を見ているので、政治家とか教育家とか、或いは待合の女将や宿屋の番頭などに比べて、世間知識が乏しいとは云えまい。文藝春秋十二月号に出ている小杉天外翁の小説『陣笠』には、私などが文壇に進出した時よりも一時代前の文壇光景が書かれているが、そのなかには、まだ三十歳にも満たぬ若さで文壇で権威者の如く振舞っていた森鷗外と、貧乏文士の標本のような斎藤緑雨とが簡単鮮明に描写されているのが面白い。当時の青年文人は、そんなに鷗外を重大視していたのかと、私でさえ不思議に思うのだ。貧乏なくせに、緑雨は花柳界の通人をもって任じ、天外翁が再読三読、現文壇で最高級を占むべき名文だと信じていた緑雨作の『かくれんぼ』には、柳橋の芸妓と、周囲の状景が的確に描かれていると、作者自身も己惚れていたらしかったが、今日読んで見ると、通人ぶった文字の戯れだけで、人間も環境も、よく現されてはいないのである。緑雨の世相批評、諷刺や皮肉にしても、甚だ皮相浅薄なもので、心核に徹したものはなかった。その当時は、多少穿っているとか、当てこすっているとかの興味があって、緑雨の名が文壇に些少の異彩を放っていたものの、今読んだら詰まらないものなのだ。天外翁は文学志望の青年として、はじめて緑雨の貧乏の実態に触れた時は、目を見張りもし、息の詰まる思いにも襲れたそうだが、私は緑雨に会った事はないが、文学者の貧乏振りはほぼ想像し得られるのである。それほどの貧乏でありながら、柳橋というような、当時の一流の花柳界の光景や遊蕩児を描いたところに、当時の文学者精神、文学者気質が見られるのである。紅葉は『三人妻』に於いて、柳橋芸者を縦横に描いたのであった。紅葉も緑雨も、新進の青年文学者として、一流の色町の一流芸者を憧憬していたので、その境地を色っぽい筆で描かんとしたのだ。身を以ってそれ等の土地で遊蕩の経験をした揚句の筆すさびではなくって、空想裡でその境地を美化し、その境地の讃美者として描いたのだ。緑雨は、競争相手の紅葉の『三人妻』を罵倒して、「幾ら小説家だと云って風俗も分らず、土地の習慣も知らず、畑から掘出して来たような女に、聞きかじりの着物を引張らせて、これが柳橋一流の芸者で御座いじゃ困るじゃないか。あんな意気も性根も腐ったような芸者は、柳橋には一人だってないねえ。」と、天外翁に向って云ったそうだが、緑雨だって、柳橋界隈の風習などを多少聞きかじって取り入れているだけで、作中人物の心理や行動は型通りで、生気はないのである。まだしも、『三人妻』の方が、同じ空想の産物にしても、事件がのびのびに豊かに運んでいるだけでも、読者を惹きつけるのである。とに角、当時の二十歳の青年作家が、あの社会を天国のように心得ていて、一しょ懸命色っぽく艶っぽくと、努力の筆を運んだその製作心理を考えると、作品それ自身の巧拙如何に関らず、或る時代の文学者の人生図として面白いのである。『かくれんぼ』も、『三人妻』も当時の純文学なのだ。紅葉も緑雨も、或いは露伴も、純文学とか、文壇の小説とか、通俗の小説とか、自分の作品を区別せず、ただ面白可笑しく書いていたのであった。

文壇という狭い社会であくせくしているから作家に世間が分らない、世間知らずの書いた作品だから、広い世間の人が読まないというのは、一応尤もらしく聞えていても、当を得ていないのである。世間の事は何でも知ってそうに云う人間は、案外何も知っていないのだ。上つらだけ知っているに過ぎない。酸いも甘いも舐めつくしたという人が必ずしも人生の真に徹しているとは云えない。海山千年の女なんかは、案外上つらだけしか知らないものだ。宿屋の番頭が人間を知っているという意味で人間を知っているのは、作家として重んずべき事ではないのだ。漱石は書斎人であって、広い世間を知っているとは云えないが、その作品は多数者に読まれるのによって見ると、この作者は人間を知っていて、その作品におのずから人間の味いが出ているのであろう。

ところが世は急速に変遷しつつあるので、文壇という空想的領土も、おのずから消滅するのではないかと思われる。文壇打破、文壇保存の論議が長い間闘われていたが、在来の意味の文壇は無くなるだろうと思われる。垣はおのずから崩壊するだろう。アメリカ文学なんかも盛んに輸入されているし、新聞小説は勢力を揮っているし、在来の、誰が極めたともなく一種の作風として、存在して持続していた純文学は肩身が狭くなり、隅っこに押し詰められるようになった。この頃評判の新聞小説には、広い世間が描きだされていて、誰が読んでも面白いものが出ていると云われ、それが定説になっているらしい。多数の読者に読まれるものという創作意識が、それ等新聞小説作家の頭にも筆にも現れているのである。それでいい事で、私なども、小説を書くぐらいなら、大当りに当る新聞小説を書いて天下を取ったらいいじゃないかと思うこともある。たとえば、私は『自由学校』を一回も読んでいないが、何処へ行ってもこれは評判がいい。誰も面白いと云っている。旧い意味の文壇人とか、純文学者とか云われる人でも、これを面白いと云っている。何とかかとか、その理由を挙げて今までのところ、私は誰からもこの小説をケナした話を聞いたことがない。そうすると、一回も読んだことのない私でさえ、この作者はえらい作者に違いないと思うようになった。それを確信するようになった。昔、菊池寛が頻りに新聞小説を書いて、大当りに当てていた時、田山花袋は、そういう小説を書くのは詰まらん事ではないか精神の浪費であり、文学の上から見て、無意味であり無価値であるというような感想を述べていた。しかし、前に云ったように、花袋は衰え、文壇的にも落目になり、菊池はますます栄えた。物質的に栄えただけでなく、文学者として、文壇に於いても、社会的にでも尊重され、権威を揮うようにもなっていた。今日から見て、菊池の小説、或いは菊池風の小説は、花袋の小説、或いは花袋風の小説に比べてどちらに真価があるであろうか。単なる面白さから云っても、あの頃の菊池の小説は今でも面白く読まれるであろうか。菊池は、死後に自分の小説が面白く読まれようとも読まれなくっても、そんな事は意に介しなかったであろうし、今日の新聞小説家も、その日〳〵を読者に面白く読ませて喝采を博すれば、それで執筆の目的は達せられるので、明日の批評如何の取越し苦労はしていないであろう。

それはそれとして、今の文壇にも、多人数のなかには一人くらい田山花袋のような人がいて、あんな新聞小説は詰まらないではないかと、云い得るものがあってもいいではないか。それが無いらしいことによっても、私は文壇が影が薄くなった事を感ずるのである。文壇は次第に崩壊し、「純文学」という名で、ほこりを覚えていた明治以来の文学も勢いを失うのであろうと推測されるのである。私自身が評判の新聞小説を一回も半回も読みもしないで、彼此批評がましい事を云うのはよろしくないのであるが、長い間、あの如き文壇に活躍し、純文学見たいなものを製作しつづけた私は、通俗の誰にも喜ばれるような新聞小説について、皆んながそれで足れりとして讃美するのを、むしろ歯痒く思うのである。

それで、文壇の影が薄くなり、文学雑誌が衰えるのは自然の運命であると、私は認めているのであるが、座談会の二三氏の話のうちの「十年経ち二十年経って現在を振り返って見たときに、割合に残る作品があるということ。」「今年はやはり文学史に残る一つの年じゃないかと思うこと。」「日本の文学の理想は才能のある人達が、多少その端緒をつくってくれたんじゃないか。そういう希望が今年はもてたこと。」などは、果して然るかと、多少の疑いは寄せられるが、我々としても考うべき事である。私は、新聞小説のあれよりも、文学史に残りそうだと云われるこれ等の作品を読みたいのである。文壇が崩れ純文学が衰えたにしても、緑雨紅葉の小説よりもこの頃の小説の方が進歩しているにちがいない。明治時代は、長い間の封建制度の圧迫から解放され西洋文明の清新な空気に触れたのだから、文学芸術には目ざましいものが出現しそうな筈であったのに、詩でも小説でも、案外幼稚で貧弱で、夜の明けた時のような溌溂さは見られなかった。それなのに、敗戦後の今日、劃期的な新味あるものが出て来そうだと云うから不思議である。大岡昇平の『武蔵野夫人』と、三島由紀夫の『愛の渇き』と福田恆存の『キティ颱風』とが二十五年に出た作品のうちで傑出しているという事だ。大岡三島の新作の優秀については、私もすでにおり〳〵噂を耳にしているが、私の耳に入るような噂が文壇の噂なので、そこに私の文壇人たる所以があるのか。日本人は島国人であるから量見が狭くって、少し頭を持上げかけると、周囲のものが寄ってたかって叩き倒す傾向がありオ分のあるものを育て上げようとする寛大な気持がないと云われているが、必ずしもそうでもない。批評家にも妥協精神はあって、自分の好まない作家に対しても、峻烈な批評を続けることは稀である。批評家のために出世の鼻先をへし折られた作家は無いだろう。長い経験によって、私は作家も批評家も、文壇的には甚だ気の弱いことを知っている。座談会や合評会では、肝胆相照らしたり、打ち開け話のうちに互いにおのれの蒙を啓いたりすることがあるが、それとともに卑俗な妥協に堕することもあるのである。

妥協癖のない、孤独の批評家があったら面白いと、私は思っていたが、そういう者は存在しないだろう。存在に堪えられないだろう。しかし、空想裡にはそういう批評家に興味を持っている。高山樗牛は、批評の独立性を保つためには、文壇人と交らない方がいいと云っていたが、当人は自分の知友に対して筆鋒が鈍っていた。これは人間として止むを得ない事であるが、全然、妥協のない批評があったら、それを読んですが〳〵しい感じがしないだろうか。一度褒められると、涙を浮べるほどに喜び、一度けなされると、また涙を浮べて怨むのが、芸術家の通有性のようでもあり、また仲間うちで助け合い褒め合いするところに、豊かな美しい人間性が認められるのであるが、そういう美質を無視した、情け用捨もない、孤独の批評も一つくらいあってもいいように、私は空想している。無論、ただの悪口をいいと云うのではない。座談会にあって、列席者がお互いに馴れ合って、座にいない世上の人間の悪口を云って、いい気になっているのは、我等は読みながら、彼等の面が馬鹿な面に見えるのであるが、すべてに対して無私無妥協の孤独の態度で、批判のメスを揮うのは、人生の快事のように私は思う。政治についても宗教についても芸術についても左様である。

（「文学界」昭和二十六年一月）

文壇浮き沈み

上

或る文学集が手許に届いたのでそれを披いて、偶然、そこに収められている菊池寛の小説戯曲の数篇それから雑文をも読んだのであった。久し振りにこの作者のものを読んで、どれも面白いと思った。昔読んだ時よりも面白いと思ったぐらいだ。兎に角読み易く分り易く、その小説も戯曲も雑文と云った趣がある。持って廻った芸術家気取りの技巧はないが、誰にでも納得出来るように人間を見ている。

『無名作家の日記』『忠直卿行状記』などは現実の人間心理、史上の人物の心理をよく現されている点で、菊池の代表作と云ってよかろう。『真珠夫人』によって売り出して以来、順風に帆を挙げて文海を渡った彼は、純文学とか通俗文学とかの差別に拘泥しなかった。彼は、純粋とか通俗とかの理論を無視して、好むままに振舞って、文壇の王座にあぐらを掻いていた。文壇以外の社会のいろ〳〵な方面から、文壇の代表者見たいに見られていた。それが、終戦後は人気が下落し、あれほど面白がられた作品も次第に世に迎えられなくなったらしいが、何故か。

一体に、通俗小説とか大衆小説とか呼ばれたものは、作者が死ぬると、影が薄くなって、いつか世に忘られるのが常例となっているが、大方菊池にしても、その例から免れないのか。現世主義の彼は、死後の名声なんかは念頭に置かなかったようだが、しかし、おれの全集は死後にもよく売れるだろう位の、楽天的現世的のうぬ惚れは持っていたらしかった。

田山花袋が、菊池全盛時分に書いた文学感想のうちに、「菊池君はなぜああいう小説を書くのか。それは精神力の浪費ではないか。」と云ったことがあった。つまり菊池が婦人雑誌などに連載している評判のいい小説なんかには文学価値はないので、菊池ともあろうものが、なぜかかる低調卑俗なものを書くのかと、彼のために惜しんだのであった。花袋の事だから、菊池の名声を嫉んで、それにケチをつけようとしたのでなくって、真面目にそう思って、才能の浪費を惜しんだのであった。しかし、そんな評語は菊池に何の刺戟を与うる筈はなかったし、一般人も文壇人も花袋の説に共鳴するところはなかったであろう。

花袋の作品は純真の文学であるかないか、そこに議論の余地があるが、少なくも、菊池の作品は、通俗であれ非通俗であれ、花袋のものよりも、遥かに面白く、遥かに活気を帯びていると、多くの読者評家に思われていたのだと察せられる。花袋の所説にひそかに同感したのは、私一人であったかも知れなかった。

菊池ほどに、作品の評判がよくって、原稿料がどっさり取れ、本が売れて莫大な印税が入り、生活も派手になると、一般の俗物どもがその作家を讃美するばかりでなく、文壇人も一途にその作家に重きを置くようになるのである。駄作でも愚作でも、菊池のものには後光が差すように思われるのである。文学でも美術でも演劇でも、そういう風に世に迎えられるところに面白味があるので、栄えていると、その人のものは何でも面白く、ケチがつき出すと、今まで面白がられたものも、見るに価いしなくなり下るのである。それで死後の菊池の作品には、生前の彼の作品と、物は同じであっても、味いは涸渇しているのであろうか。私はそう思っていたのだが、今度久し振りに読むと、そうは思われず、却って逆に思われだした。

菊池の現代物も歴史物も、この頃の流行作家のよりも、サク〳〵と歯切よく筆が運んでいて快い。この頃頻りにはやっている歴史小説よりも、全面に新しい感じがした。無論菊池の歴史観だって封建的でふる臭いのだが、臭気鼻を突くほどではない。雑文的のサッパりがある。菊池が彼独得の通俗作品を提げて文壇を風靡している時分には、不思議にまだ、通俗蔑視、純文学尊重の、片意地な文学観空気が文壇に漂っていたので、私はその空気をふと思い出し、今の文壇の実情と比較して、人世の推移を感じ、津々たる妙味を覚えるのである。

あの時分は、純文学気取りの作家は、今の如く栄えている通俗作家、新聞小説作家の鼻息を伺ったりなんかしなかったのであった。

中

菊池の死後、久米正雄が或る雑誌に文学生活回顧録を掲げたことがあったが、そのうちに、秋声花袋誕生五十年祝賀会に触れた記事があった。その祝賀会の準備会の席上、当時の知名の小説家の作品を集めて、祝賀用の出版をするについて、或る作家の小説をそのなかに採用すべきか否かの議論が闘わされ、ついに準備委員の投票によって決することになったのだが、その席には、その問題の作家も準備委員の一人として出ていたのであった。当人の前で、その作品の採否を投票して極めるので、投票の結果は落選となったのだ。菊池は準備委員の重な一人として出席していたので、その光景に深い感銘を覚え、凡そ作家となってあんな目に会うのは堪らないと、あとで、久米に話したそうである。

私は、新橋駅の楼上で催された筈のこの準備会には出席しなかったので、そういう特異の文壇光景を目睹《もくと》しなかったが、その会に出ていた近松秋江から、同情的な感激的な口調でその場の有様を聞かされた。除外された或る作家は長田幹彦であったのだ。

長田はその頃、才筆を揮って新聞小説や婦人雑誌小説を多量に製作していて、どれも読者受けはよかったようだ。その通俗的流行作家ぶりが、純文学的見地から文学の邪道として嫌われたのであろうか。あの時代の文壇は、通俗に対して、それほどきびしい仮借なき批判態度を持っていたのであろうか。

長田の数多き作品のどれもが、祝賀文集に採用された他の多くの作家の作品よりも見劣りしていたのであろうか。芸術作品の価値定めは不思議なものである。

あれほど珍重されていた菊池の作品だって、戦後には影が薄くなったようだが、今度私はそれを読んで、新たな興味を覚えた。『真珠夫人』からはじまった多くの通俗作品は、花袋の批判したように、労して効なきものであったかも知れないが、世の移り変りによって魅力を失うものばかりではないらしい。久米正雄についてもそう思われる。

かつて華やかであった久米の文学活動も戦後には次第に鈍って文壇の批評家から軽視されるようになったが、彼の作品が同輩の作品よりも特に劣っているようには思われない。

芸術院制度が設けられて以来、現役でない過去の作家までも、会員として編入されているのに、どうして久米はその一員として推薦されないのであろうかと、私は不断不思議に思っていた。彼の同輩が殆んどすべて会員になっているのに、彼だけが除けものになっているのを、私は不当に思っていた。あの時長田が除外されたように久米も通俗作家としてきびしい批判を受けていたのであろうか。文壇の批判心理も他の社会同様に微妙なものである。祝賀文集投票の時の菊池、久米の感慨を追懐すると、昨日は人の身の上、明日は我が身の上と云った感慨が催されるのである。芸術院なんかどうでもいいものであり、祝賀文集に入る入らぬは尚更どうでもいいのであるが、自己一箇の信念を持して、世間の思惑に動かされない事は、芸術家として六ケしいのである。

「凡そ作家となって、あんな目に会うのはたまらない。」と、気象のさっぱりした菊池でさえ、あの時久米に向って云ったではないか。そして、長田事件に刺戟されて、菊池は、『入れ札』のような、人生の機微を穿った小説を製作したではないか。

文壇で謂う所の通俗非通俗について、私も疑いを持っている。美術や演劇については、そういう際立った区別はないようである。多数者に愛玩され、従って売り値も高い物が、高い地位を占めるのである。日本画家も西洋画家も、旧劇の俳優も通俗非通俗の区別に拘泥されないで、批判され鑑賞されているらしいが、文学だけには截然とした差別があるらしく、文壇で取り扱れて来た。何故であろうか。

美術演劇などとはちがって、文学には他の芸術とはちがった境地があって、そこには通俗態度では達し得ない純真の何かがあるのか。

下

私は、文学には他の芸術には見られないような何かがあって、純文学者は丹念に忠実にそれを捜索しているのかと、空想を逞しうして考慮したことがあった。しかし、それは私の空想だけで、実際はそうではあるまい。日本のカブキのような演劇は、まぎれなしの通俗芸術であり、大衆芸術であり、西洋のドラマと同一視すべきものではないので、団十郎程度の改革さえ不成功に終ったほど卑俗なものであるが、小説だって、要するに遊戯芸術で、絵画や演劇同様、大衆を面白がらせ、大衆の心を遊ばせるだけのものかも知れない。技巧の上手下手があり、人間性の観察に鈍鋭のちがいがあり、読者の心を捉える力の豊かであるか、乏しいかによって、作品の価値が極まると云ってもよさそうだ。

小説を読んで究極の人生を知ると、私などが思っていて、それを基準として小説批評を試みようという気持が心にからみついていたのであったが、それは間違いであったのか。

そういう問題は、事面倒になるので、ここでは除いて、私は、菊池の『忠直卿行状記』などの歴史物を読むにつれ、この頃あちらこちらの雑誌で読んだ歴史小説歴史脚本を心に浮べた。大衆小説と云われた歴史物は、昔から講談雑誌などに続出していたので珍しくはないのだが、それがこの頃は、文壇にのさばって来て、幅を利かせるようになったのに、私は気づいた。旧劇向きの新作の多くが昔ながらに歴史物であるのは云うまでもない。歴史物は、読者や見物を夢見心地に誘い易いのであるか。

私も新作の歴史小説を、おり〳〵面白く読んでいる。大衆小説系統の作者の歴史物をも、なか〳〵面白いと思って読んでいる。みんながうまくなっているように思っている。それとともに、読む数の増すにつれて、どの作家の歴史小説の製作態度、史中の人物や事件に対する観察振りや批判振りや或いは描写叙述振りが、つまりは昔ながらで陳腐であることが、次第に感ぜられだした。上面だけ見ると、現代的批判があり、人間性の自然が捉えてあり、徳川末期明治初期の戯作者の物語小説に漂っていた荒唐無稽は影を収めているような作品もあるが、そういう新作でも内面は昔ながらに陳腐であり荒唐無稽なのだ。戦争には懲りている筈であっても、日本人は（外国人もそうかも知れないが）戦争が好きなので、小説に於いても、斬り合いが好きなのだ。

今の歴史小説家も、例外なしに斬り合い讃美なのだ。それを製作の信条としていることは徳川時代の物語作家と同じことなのだ。

森鷗外の歴史小説は、あまり空想を駆使しないで、いろ〳〵な文献に依り史実を調査して、それが実存していた通りに、謹厳的確な文章で記録したような作品である。歴史小説の模範とすべきもののようだ。『阿部一族』の如きは、鷗外の歴史小説の代表作であるらしく、映画にもなって通俗見物にも喜ばれていたようであった。私も一読して、武士社会の一面を見たことの興味を覚えた。鷗外は、有りのままに書いただけでこういう武士行動について是非の批判は示していない。稍々《やや》もすると批判を加えたがる露伴とは態度がちがっているところに、鷗外作品の妙味があるのだが、鷗外も武士道を傍観的に見て、作中の人世、作中の人物を叙しているのではない。鷗外も武士道讃美の一人である事がその歴史作品を通じて看取されるのである。切腹を人生最高の理想としている奇怪なる人間生存を、有りのままに写し、外面から内面まで有りのままに描いたら、あんな奇麗事で済む訳はなさそうに、私には思われる。自然主義作家が、有りのままに書いたら、泡鳴の小説のように作品が汚らしくなったが、鷗外のは、奇怪な武士的行動を奇怪とせず、奇麗に収めようとした武士道物語である。鷗外その人も武士の一人である如く推察される歴史小説である。(因みに云う、武士の一人の如くとは、私は褒めて云うのではない。)

最近に読んだ歴史小説では、榊山潤の『日本のユダ』が、有り振れた歴史小説型の陳腐さがなくって面白かった。

(「東京新聞」昭和二十九年四月)

小説是非

上

この頃新たに刊行されている菊池寛全集のうち、短篇小説集を一冊通読した。どれか二三篇、飛び〳〵に目を触れるつもりであったが、読みかけると面白くって、つい全部を読み尽すことになったのである。無雑作に筆を運んでいるにかかわらず、作者の云わんとするところが、明晰に読者の心に映るのである。テキパキと常識的に事を片附けていて、菊池流の浅薄さを感じさせるようでもあるが、必ずしもそうではない。読み終って意味深長な思いを残させるところもある。

私は『三浦右衛門の最後』と『ある抗議書』とに、最も心を惹かれた。ドストエフスキーなどの事々しい人生観などよりも、『三浦右衛門の最後』に、簡単直截に示されている菊池の人生観に、手軽に同感するのである。

この戦国武士が、手を斬られ足を斬られ、ついに首を刎《は》ねられてまで、その首がキットるのである。

「命が惜しうござる。」と言いたげに口をもぐ〳〵させたに違いないと、菊池は看破している。

「戦国時代の文献を読むと、攻城野雄雲の如く、十八貫の鉄の棒を苧殻《おがら》の如く振り廻す勇士や、敵将の首を引き抜く豪傑は沢山居るが、人間らしい人間を常に忘れていた。自分は、浅井了意の犬張子を読んで、三浦右衛門の最後を知った時、はじめて、そこに、また、人間が居るの感に堪えなかった。」と、菊池は、彼の好みにかなった感想を吐露している。浅井了意は、この戦国武士の型を外れた臆病者の最後を書いたにしても、その武士の心境に同感したのではなく、こんな武士も居ったのだと、珍しい例として、むしろ哂《わら》い者にするつもりで挙げたのに過ぎなかったのであろうと、私には想像されるが、菊池はそうではなかった。

菊池は、そこに真の人間を見たのである。

戦国時代の文献を読むまでもなく、今日の雑誌小説、単行本の小説を読むと、敵の首を引き抜いたり、自分の腹を掻き切ったりする勇ましい事が、日常茶飯視されていて、読者はそれを面白がるのである。作者は変な知恵を絞り出して、いろんな趣向を凝らして、その作品の上に英雄豪傑の殺人術を見せ、それを人間行動の極致としたりするのである。私の見た範囲では、どの時代物作家もそうなのだ。ところが、菊池は、両手を切られても、

「命ばかりは助けて下され。」と、三浦右衛門の呟いたのを、「人間の最高にして至純なる欲求」と断定し、その願いをあざ嗤ったその場の君臣を、至純なる欲求の侮辱者としている。

菊池でも、その作中に殺人を美化したところもある小説を幾つも書いてはいるようだが、彼の本心は、所謂英雄豪傑なるものを、「人間らしい人間を常に忘れた生物」としていたようである。私は、菊池は一見常識家であり、通俗人生観の保持者であるように思っていたが、新たにこの短篇を読んで、今日一般に流布している作家作品と根底に異なるところのあるのに気がついたのである。『ある抗議書』は、一篇の趣旨に、私はすべて同感。『忠直卿行状記』と『恩讐の彼方に』は、菊池の作品のうちでも、趣向が凝っていて、最も一般受けのした名品であるが、これはお極りの封建思想の漂っている通俗ものなのだ。

菊池は、第一次世界戦争、日本大景気の時期に出現し、文壇第一の人気作者となり、その作品は持て囃されたのであったが、戦後は、急速に菊池寛の影が薄くなったようである。一たん影が薄くなりだすと、復活は難いようである。菊池に取ってはそれでもいいのだ。「後世というものを信じない自分には、作品の生命が十年もあれば満足だ。」と、彼は放言している。しかし、その菊池が、三浦右衛門をして、「命が惜しう御座る。」「命ばかりは助けて下され。」と極言させているのは、人間心理の矛盾のようでもある。

「自分の作品の生命も惜しう御座る。文壇的名声も惜しう御座る。」と言わなかったのは、菊池は、あの頃まだ文壇的に三浦右衛門の境地に陥っていなかったためであろうか。

下

「風報」という小雑誌の五月号の巻頭に掲げられている榊山潤の『雑誌を辞める』と題する感想文を読み、これもまた面白しと思った。彼が、此間まで勤めていた「文芸日本」の編集長としての経験である。その一つは、或る女性が、はじめて書いた小説だと言って送って来た原稿を読んで、些かキモを冷やしたと言うのである。はじめから終りまで、悉く若い男女の寝台の描写で、不潔なだけで何の取り得もないものであったので、彼はハガキで訓戒の語を送った。そうすると、折り返してその女性から長い手紙が来たが、その趣旨は、「いったい男と女の交渉以外に、人生に何があるとおっしゃるのですか。先生が私のあの小説に敵意を持たれるのは、先生がすでに老年で、人生の肝腎なことに興味を持つ資格がなくなったからではないでしょうか。」云々と言うのである。

この反駁語には、多少の意味のない事はない。田山花袋なども、男女の交渉に人生究極の真意を見て、熱情をもって、それを説きそれを描いていた。古今東西の文学の主要な題目は、男と女との交渉であると言っていいかも知れない。私は幼少の頃から稗史《はいし》小説のたぐいを愛好し、おのずから、男と女との交渉について、いろ〳〵な事を知らされた。自分の生活に於いては、私は女性との親しみは乏しく、女性の真相については殆んど何等の知識も持っていないと言っていいのだが、小説を通して、空想裡にいろんな事を教えられた。

それが、私自身の精神の成長に害になったか、益になったか。

この頃の日本の小説作家のうちには、榊山を相手に直言した女性と同様の人生観文学観を持っている者が多いようで、榊山や私などの如く、「すでに老年で、人生の肝腎な事に興味を持つ資格がなくなっている」人間には、ただ不潔であり、ワイセツであるとしか思われないことを、臆面もなく書くことが一般の流行となっている。榊山が見せつけられた或る女性の作品のように、首尾を通じて、彼女の所謂人生の肝腎な事を書いて、一篇の作品に仕上げないまでも、いろんな作中に、断片的にでもワイセツな文句を弄ばなければ、虫が収らないと思っているような作品に、私は、屢々出くわすのである。これは現代文学の特色であろうか。若い女性作家も、若い男性作家に負けないように、昔言葉で言おうなら「姫御前《ひめごぜ》のあられもない。」言葉をぶちまけているのが少なくない。老女性作家でも、一時代前の女性作家は持っていた些少のたしなみを放棄している。

しかし、たしなみを忘れたところから、男まさりの傑れた作品がたまには出ていると言えないこともない。

かくの如くして、私は、多年親しんで来た文学についても保守的思想に捉れるようになって来た。年齢の作用はどうしようもないのか。これは大声叱呼すべき事ではないが、或る小説を読んだ時など、こんなものは発売禁止にしたらいいと思うことがよくある。言論の自由、芸術の自由は、我々に取っても最も快心の事であり、日本の今日は、歴史に稀なぐらいにその自由を弄んでいられるのだが、しかし、言論や芸術も官権で取締り得る法律が存在しているのなら、それを眠らせてばかりいないで、時々は活用したらどうだろうかと、私は空想している。私が若し芸術取締り役を奉職していたら、責任は果すべきだと空想している。某々の如き名文作家のワイセツ描写なら、お目こぼしを施してもいいとして、舌足らずのような下手くそな文章で、おく面なくワイセツを書いているのなら、発売禁止刑に処すべきではあるまいか。

菊池寛の『話の屑籠』を読むと、彼は日本の小説は西洋の小説に劣らないと力説している。現代日本の短篇小説と、西洋現在の短篇小説とを読み比べてそう断言している。現世主義楽世主義の彼らしい感想である。

少年時代から西洋崇拝の気運に化せられて成長した私は、軽々しく菊池説に同意し得られないのであるが……私ばかりではない。文壇一般が、昔ながらに、或いは昔以上に西洋に対して劣等感を抱いていることに、いつも気がついて感無量の思いするのである。

（「東京新聞」昭和三十五年五月）

大学派の文章家

帝国大学出身者で、文章を専門とする人こそ少ないが、本職の余暇に文筆を執って、或いは雑誌新聞の上に或いは著書に於いて、それぞれ特有の才能を顕す人は極めて多い。法科や医科からも随分能文の士が出ているようである。併し其等を一々論ずるのは容易ならぬ事で、吾人見聞の狭い者の為《な》し能《あた》う所でないから、茲《ここ》には只文科出身の中で、文壇に名声嘖々《さくさく》たる人々について、簡短なる月旦を試みるに止めて置こう。

概して大学に入る人は、日本青年の果報者というべく、小学卒業後十年内外人世の風波には接触せずして、専心学問の研究をしたのであるから、学殖は最も深い筈で、十人並の才気さえあらば、其の議論文章が世間を指導する位のことはありそうな者だ。吾人は長い間生活難を紙上の文字以外に感ぜず、学窓を出て後も平々凡々たる教師生活をして足れりとする学士博士諸氏より、創作を求めようとはせぬが、芸術上の評論西洋文学の輸入に於いては、大いに尽して貰いたいと思う。鷗外逍遙等諸氏を出《いだ》したる遠き昔は別として、此頃の大学出身の諸氏は、この点に於いても甚だ振わず、文壇で幾許の勢力もないようである。西洋文学を翫味《がんみ》し、其の得たる所を以て幼稚なる日本の芸術界を啓発する上からいっても、決して他の方面の文士に優っているとは思えない。姉崎嘲風氏と上田柳村氏とは近時の大学派で最も多く西洋の文芸を説く人であるが、常に独り合点の気味で、文壇に裨益《ひえき》を与えることは甚だ尠《すくな》い。殊に嘲風氏の文芸批判力に於いては吾人は常に疑いを持っている。氏は嘗《かつ》て木下尚江氏の火の柱を激賞し、其の叙景の清新にして、一字一句読者に明瞭なる印象を与えるを説き、柳浪氏の小説を罵倒し、叙事の冗漫にして無意味なるを論じ、両氏の文章を抄録して比較したことがあったが、嘲風氏の挙げた例証によって味って見ると、却《かえ》って柳浪氏の文章が明瞭なる印象を与えて、木下氏の文章が平凡で皮相なる観察の叙述に過ぎぬようであった。日本の文学に対してすらかかる見当違いをする同氏であれば、ワグネルを説きオペラを論じても茫漠として、雲を攫《つか》むようなのも無理もなかろう。『復活の曙光』は氏が帰朝以来の論文の粋を集めた者であるが、これも西洋引うつしで、日本の思想界を見破っての議論でないから、手応えがしない。『旅順口』其他の脚本を書いたのは、勇気だけは称すべきが、盲目蛇《めくらへび》に怖じぬ気味がある。要するに氏の本領は宗教学の学者たるにあって、文芸評論家或いは脚本家として、名実相応《ふさ》うのは遠き将来の事であろう。只洋行前には甚だしき悪文家で、或る宗教書の翻訳の如きは、其の意味さえ分りかねた程であったのに、近時は巧みとはいえぬ迄も、相応の文章を書き得るに至り、折々は中々色気のある美文めいた書《もの》を作るようになったのは、嘲風氏としては大進歩である。

柳村氏は趣味の多方面な人で、文芸に関する修養も深く、西洋文学のみならず、日本の音楽美術演劇などにも可成り通じているらしく、其の文章も技巧を重んじて彫琢を勉め、粗朴の点はない。文芸に対する感想も嘲風氏とは正反対で、嘲風氏が一種の思想のみを重んじて、木下氏の小説を褒め、紅葉氏の作などを似而非《えせ》写実として排斥するに反し、柳村氏は紅葉張りの凝った文章を喜ぶようである。氏の創作は未だ見当らぬように思われるが、短篇の翻訳は屢々《しばしば》目に触れる。散文にては数年前発行の『みをつくし』、韻文にては先頃発行の『海潮音』が氏の翻訳集であって、何《いず》れも綺麗な文字を列ねた者、氏の手腕は此等によって窺われるのであろう。文字の用法正格にして、優美閑雅を旨としたのは氏の特色であろうが、其の為に却って生気を失い造花のようになることもある。嘗てゴルキーの短篇を訳したことがあるが、用語が廻りくどくて力がなく、二葉亭氏のゴルキーの訳文のように野趣横溢人に迫る趣がない。文字言語の甚だしく異なる欧洲文学を日本に移すのは一種の創作であるとは氏の説であって、吾人も反対はせぬが、原文を日本の文章語で文字通りに訳す丈《だけ》では、上乗なる翻訳とは云われまい。吾人の記憶に存している者では『黒瞳』と題したのが、氏の訳文中で面白かった。言文一致の者は和文風のより一層拙劣、会話は殊に幼稚である。翻訳以外の海外文学研究も書物となっていて、多くの目新しい作家を紹介した点が取得であるが、これも西洋の雑誌などから抄録し来《きた》ったに過ぎぬらしく、自己の頭で充分に味って、其の感想を述べた所のないのは、柳村氏の如き卓越した趣味ある人の筆としては物足らぬ心地がする。又氏の評論では氏自身の独立した意見には左程《さほど》秀れた者なく、思考力の大なる跡も見られぬが、他の疵瑕《しか》を発見し、枝葉の誤謬を指摘する時は、大いに当を得ていることがある。これは博覧強記と語学的智識とのお蔭であろう。

夏目漱石氏は故正岡子規氏の親友で、以前から俳句には斬新奇抜の作もあったが、散文の製作は甚だ少なく、柳村氏などとは異なり、殆んど読書社会の注意を惹かなかった。然るに昨年一月「ホトトギス」誌上に『吾輩は猫である』の戯文を掲げてより、俄《にわ》かに評判高くなり、自分も大いに気乗りがしたと見え、頻《しき》りに其の続篇を出《いだ》し、又小説にまで筆を染めるに至った。今では大学派文士第一の人気物たるのみならず、文壇全体よりいうも、五指の中に数えられる程の流行児となった。其の健筆は驚くべく、此頃の「ホトトギス」は殆んど過半を氏の作にて占め、しかも西洋物の受け売りはなくて、自分の新天地を作り出したのは、大学出身者としては極めて珍しい。『一夜《ひとよ》』とか『薤露行《かいろこう》』とかの凝った者は氏の特長でもあるまじく、殊更に奇を求めたに過ぎぬようであって、吾人の通読した中では、矢張り「猫」が最も傑出し、小説では四月の「ホトトギス」に在った『坊っちゃん』が最も興味が多かった。人世社会の問題に触れるとか、煩悶や苦痛、人生の深い方面に接するとか、近時の他の小説家が描かんとする所とは全く範囲を異にして、万事を可笑《おか》しく滑稽に見ようとする。これ一は氏が俳諧的趣味に富める結果であろうが、さりとて脱俗的でもなく、人生全体を諧謔的に観じたのでもないと見えて、一篇の結構、首尾を通じての調子には大なる滑稽諧謔は認められぬ。部分々々の滑稽的観察を集めた者である。『坊っちゃん』の如き小説でも、作中の人物其物が滑稽を生むのではなくて、作家が冷笑的に批判して行くので、折々意地くね悪い嫌味もある。兎《と》に角《かく》滑稽的方面に作家がないのだから、漱石氏勉めて止まざれば、氏の人気は一時の者ではないであろう。

大町桂月氏は文章を以て立つ人、高遠なる議論をするのでもなく、新思想を呼号するのでもなく、他の大学派の人々とは趣を異にしているが、其処に氏の長所があるので。天真流露、刹那々々の感想を、ぎょうぎょうしい装束を着けずに、露骨に言い顕すのが面白い。稚気あるも衒気なく、平凡なるも厭味なく、さながら有馬の炭酸水を飲むが如く、読み終って胸のすく気持がする。登張竹風氏の論文も思うままを述べて、左右を顧みないのが特色であるが、桂月氏の文章に比べると、まだ〳〵垢《あく》抜けがしていない。

藤岡作太郎氏は平素あまり文壇に顔を出さぬ人であるが、多年研究の結果たる『近世絵画史』と『国文学史』とは、氏の文才と批評眼の卓越を示している。殊に後者は従来の文学史とは大いに面目を異にして、平安朝時代の作家の思想感情を叙述するあたり新しい着眼が多い。文章も国学者一流の死語の臚列《ろれつ》ではなく、清新なる章句に満ちている。

其他小山内撫子氏を始めとして「七人」の諸氏、斎藤野の人、片山孤村氏、桜井天壇氏等新進の才人については他日改めて論ずるとしよう。

（「文章世界」明治三十九年五月）

漱石と二葉亭

明治三十九年は明治芸術史にて忘るべからざる歳なり。文壇不振芸苑寂寥とは、歳末年首に於いて、批評家の常に口にする定り文句なりしが、五年十年の間を置いて過去を顧みれば、著るき進歩ありしに驚かるるなり。小児の脊丈の如く何時の間にやらのびて行くは明治文学の趨勢にて、恥しからぬ大人に成るも遠きことにあらざるべし、殊に昨年は発育に一期を劃したる歳というべく、少なくも小説と演劇との活気を呈したるは近年稀なる所なり。前半に於いては、藤村氏の『破戒』独歩氏の『運命』漱石氏の「猫」等、殆んど創作界の声望を独占したるが如く、紛々たる評家は只賛辞を捧ぐるに忙殺せられ、評家が作家に圧倒され、旧作家が新作家に屈服さるるこの年の如きは稀なり。後半期に移りても、如上《じょじょう》の三家に対する世論はます〳〵騒がしかりしが、独歩藤村両氏は自重して多く作らず。独り漱石氏の跋扈《ばっこ》に任せたり。而してこの間に突如として現れ、堂々たる雄姿の、新作家を蹴倒さんとの意気込あるを、老将軍長谷川二葉亭氏とす。漱石氏の『草枕』が後半期の新聞雑誌批評の中心なりし如く、二葉亭氏の『其面影』は作家評家の間に、常に話頭に上りつつあり。

漱石氏は英文学の大家にて、二葉亭氏は多年露国文学を翫味《がんみ》せる人なり。学殖深からざるを常とせし我小説界に、両氏の如く欧洲文学に通暁せる作家の出でしは異数というべし。而して両氏共に創作を専門とせるにあらで、其の余業たるも相似たり、小説に全身を捧げ小説的技倆を除けば、他はゼロたる諸作家とは異なるを見る。されど両氏は似たる点よりも異なる点多く、其の作風に於いては全然別種の者なり。

二葉亭氏は美妙紅葉諸氏と共に言文一致の開山にして、又翻訳界の泰斗なり。これ丈にても氏は明治文学史に特筆すべき功績ある人なるが、作家としても亦《また》忘るべからざる人なり。吾人は『其面影』を読むにつき、翻《ひるがえ》って『浮雲』を再読して、明治二十年頃、かかる作の現れしを今更ながら驚きたり。其の頃より近年までは硯友社風ならねば小説ならぬ如く思われ、評家も読者も脂粉の文字に眼眩《まなこくら》み、意気とかイナセとか、洒落《しゃれ》や地口に小説の本領があるが如く感じ、人情本の焼き直し、英米の二流以下の小説の煮返しを有難がりたり。この間に二葉亭氏は時々苦心惨胆大作の翻訳を試みしが、世は只筋や文章を味えど、内容は未だ解し得ざりしようなり。氏若《も》し浮雲張《ばり》の小説を続出するとも、決して読書社会の喝采を博すること硯友社派の如くならざりしならん。時未だ来らざりしなり。嵯峨の屋、不知庵諸氏の作も二葉亭氏のと同じく、十文の光彩を放たざりしは、当時の読書社会の嗜好と程度を異にしたればならん。数年前までの硯友社諸氏の作の、今日となりては多く読むに堪えざるに反し、浮雲尚読むに足るべく、嵯峨の屋の『流転』不知庵の『暮の二十八日』等明治四十年の文壇に出《いだ》すとも一佳作たるを失わざるを見て、吾人は硯友社の側《かたわら》を流れし一小流を忘るべからざるを思う。今日以後の小説界は過去の硯友社の水流によって灌漑されずして、寧《むし》ろかの小流と水源を一にして発展するならんか。

今は二葉亭氏等の小説の充分に翫賞せらるる世となりぬ。『其面影』は廿年来鍛練の腕を揮いたるも、世人期待の大なるは、近時の小説に類《たぐい》なき所ならん、従って未だ数回を重ねざる頃より至る所に其の評判を耳にす、而して結構の『浮雲』に酷似せりとは衆論一致すれど、巧拙如何については、意見まち〳〵なり。処女作以来さしたる進境を見ず、作中の人物は全く『浮雲』中のそれと異ならずして、今日より見ては旧式なりとは、一部の読者の批評にて、賛成者も少なからざるようなり。吾人も初め数回を読みて、前作と類似するの甚だしきを感ぜしが、技倆に於いては元より同一視すべからざるを認めたり。回を重ぬる毎に布置整然として、地の文の洗練を経て一語苟《いやしく》もせず、冗語なく稚気なきを見、優に再読するに足るの妙味あるを覚ゆ。『浮雲』の作者が老熟の域に達しなば、かかる作をなすは自然の順序にて、氏は或る種の作家の如く、其の小説に対する考えの全く変化することなく、初め歩み出したる道を進みて来りしなり。兎に角所謂《いわゆる》家庭小説家の描くような筋なれど、彼等のとは全く面目を異にし、一篇の中心着想をめぐりて、人物光景が活躍し、無用の人物無用の事件を捻出して、作の生命を稀薄ならしむることなし。この点に於いて漱石氏とは全然異なれり。漱石氏の作の多くは、岐路又岐路を生じ、殆んど帰着する所を知らざるを特得の長所とす。『二百十日』は円遊の落語の如く、面白くとも読み終りて頭に何等の印象も残らず、貴族を罵倒する所など、宛然落語家の調子にて軽妙なり、圭さんや碌さん、又は草枕の主人公はどんな人間やら更に分らず、又これを現さんとするは著者の志す所にあらざるべく、自《みずか》ら云える如く理窟でも何でも、筆に任せて、時々刻々の思い付きを面白く描けば足れりとし、従って読者も人間其物に興味を感ずることなくして、屁《へ》の講釈、鏡の説明等の奇警なるを観察の断片的に陸続出没するに魅せられ、読み終って唖然たり。『其面影』を読めば、明らかなる印象残りて、多少思わしめらるれど、『草枕』を通読するも、人物の行動、心の移り変りが茫漠たり。非人情的女のあれど、非人情なるゆえか、人形の如く、仙郷《フエヤリランド》の女王《クイン》の如く、米を食《くら》う女とも思えねば、吾人はこの女の行為に対して、別に喜憂する必要なし。著者の唱道せる俳句小説はかくして成功したりというべけんか。而して早稲田文学記者などが、夏目氏の作を以て実生活に触れたりと云いしは、吾人の解し能わざる所なり。氏の作は『草枕』以外の者には大抵《たいてい》実生活の苦闘の影をも見せず、又これが氏の企つる所にて、俳句的小説という一派を立する所以《ゆえん》なるべし。強いて藤村独歩氏と並称するは贔負《ひいき》の引き倒しならん、同じく警句に富むも、独歩氏のは鋭利なる刃《やいば》にて急所を刺し、漱石氏のは鋭くも針で突くが如く、多くは擽《くすぐ》ったき位なり。

漱石氏は多年文学を研究し、これに多大の興味を感ぜし人ならんが、自ら筆を執りて文壇に乗り出ださんとの野心は嘗《かつ》て抱きしことなかるべく、偶然世間に認められて、遂に蘊《うん》蓄《ちく》を傾くるに至りしなり。貧《あわ》れなる脳漿を絞りて製造する作家とは異なり、素質ある人が多年の沈黙を破りて、一度に才を発揮したるを以て、読者は作自身の価値以外に多少意外の感に打たれて、瞠目して驚歎せしなり、其の大学講師たることも氏の名声を実質以上に高めし原因ならん、読書社会が千篇一律の恋愛小説に倦んで、軽妙にして呑気な者を求めし頃なれば、氏の作が自然に其の需要に投ぜしも評家の言の如し。幸運の人と云うべし。されど過去一年間最も売れ行きよく最も評判よかりし漱石氏の作が、今年も明年も同じ声価を維持し、漱石流の作風が文壇に流布するか否かは疑うべし。『草枕』の一篇に対し、評家が筆を揃えて絶大の賛辞を呈するは、買い被りの気味なきに非ず。少なくも自意識強く、当代の世波に心身を悩ます青年は、軽い美しい物語のみにては物足らぬ感ありて、もっと底深き人間の描写を見んと欲す。而して『浮雲』以来、西洋近代の思潮の徐々として我文壇に流れ込み、江戸式の造花的文学、十八世紀張の皮相の小説の時を得顔に跋扈《ばっこ》せる間に、後日真人生を描きたる小説の現るる地歩を造りしは、二葉亭氏等の執れる方面を更に深く進めたる者に接せんと欲す。而して二葉亭氏等の翻訳与って力あり。氏の事業は花々しからず、従って流俗に持《も》て囃《はや》さるることなかりしも、其の明治文学史上の功蹟は、決して鷗外氏の下にあるに非ず。

吾人は『其面影』を読んで、作自身に対する興味の外に、作家の過去半生を追想して敬意を表するを禁ずる能わざるなり。創作にても翻訳にても嘗て濫《みだ》りに筆を執りしことなく、しかも文壇の表面に出でて大家顔をせんともせず。作文は氏の道楽に過ぎざるようにて、一作出ずる毎に専門家をして顔色なからしめ、二十年の長日月常に翻訳家として第一位にあり、文学上の見地亦《また》時代に先だつとも遅るることなく、新作の小説も二三の老大家の如くに、衰頽を示すことなし。

漱石氏は健筆家なり、『草枕』の大作も僅かに十日間に書き上げ、『二百十日』は二日を費せしのみと。しかも文壇を驚かせしを以て見れば、氏は凡々の士ならざるべし。

この特色を異にせる両氏が、丙午後期の文壇に相並んで世を騒がせしは面白き現象なり。吾人は尚今年以後の両氏の所作につき注意を怠らざらんとす。

（「文章世界」明治四十年一月）

有島氏の死

七月八日、梅雨降りしきる夕まぐれ、時事の夕刊を開けて、有島武郎氏情死の記事をふと目に触れた私は、「へえ、あの人が。」と驚くとともに、氏の善良なる紳士らしい容貌や柔和な目差しを思い浮べた。ヨッフェ氏と川上氏との日露問題の記事を読む時とはちがった熱心さをもって読んでいるうちに、数年前一夏を過した軽井沢を思い出し、三笠ホテルあたりの淋しい景色を思い出し、情死の光景を想像したが、薄気味の悪い気持がした。

婦人公論の婦人記者には、面接したことは一度もなかったが、丁度軽井沢の避暑から東京へ帰って間もなく、西片町の中央公論社へ寄った時に、美しい女が向うにいるのを一瞥したことがあった。背のスラッとした目の涼しい女であったが、多分あの人が有島氏を死地へ導いた女なのだろうと私は察した。

私は自然の死を待たないで、自ら身を亡ぼす人を哂《わら》うことが出来ない。藤村操の自殺を羨んだ頃から今にいたっても、自殺者に対しては峻厳な鞭を加える気にはなれない。ことに有島氏のように美しい女と一しょに、暗黒な生死の境を夢心地で飛び越えるのは、世にも羨ましいことのように空想したりした。こういう情死こそ後日になって幾多の美しい詩の題目になるであろう。

島村抱月氏といい、石原純氏といい、有島氏といい、「あの人が?」と、彼等の情事について我々は驚かされるのであるが、しかし、驚くのは我々がまだ人間をよく見ていないためなのではなかろうか。男女関係はどうにもしかたがないものである。機会があればどういう所へ落ちて行くか、人間は誰れでも分らないのである。ことに有島氏の如きは、長い間独身で、放蕩はせず、しかも、若い女の崇拝者どもが頻りに氏の側へ寄って媚びを呈していたのだから、何かが起らないのが不思議なのである。選り取り自由な境遇に居りながら、手をつかねていられるのは、化石化した人間でなくては出来ないことであろう。氏は温良の美質に富んでいたため、すべての人に好感を抱かれていたらしく、従って諸新聞の記事を読んでも、今までの所では、氏の死は同情をもって取り扱われているようである。(島田清次郎君は徳望がなかったために、この点で不幸であった、島村氏も岩野氏もそうであった。)しかし、学問や理窟で氏の死を特別扱いするのは、私には滑稽である。時々新聞にあらわれる匹夫匹婦の情死も、氏の情死も、つまりは同じことである。氏が、氏の宅の女中に向って、縊死の方法を訊ねたのも、小春が、首くくると喉突くとどちらがいいかと孫右衛門に訊ねたことが思い出される。氏が女の伊達巻で縊死したことについても世にあるいろ〳〵な例が思い出される。緋縮緬のしごきや女の伊達巻は、つねに男の首を締めているのである。「愛の永遠性」とか、「惜しみなく愛は奪う」とかいうようなことは、必竟人間の迷妄の沙汰だと私はつねに思っているが、有島氏は平生そういう夢心地を楽んでいたらしい。氏は無神論者だということだが、しかし、ああいう情死をしたのによって見ると、近松の心中物の主人公などと同じく、「未来は蓮のうてな」というような恍惚境を感じていたのだろうと察せられる。物の真相を見女の真相を見、無を無とし、死後の空を感じて、孤往悠然として死に就くことは出来ないものと見える。私は無理心中までもする人のことをも思って見た。

死んだ人々は、遺書によると喜んで死に就いたのだから、それでいいようなものであるが、可愛そうなのは愛児である。其れから、不幸な役廻りを課せられたのは、婦人の夫である。『アンナカレニナ』の夫、『マダムボヴァリー』の夫、『パウロとフランチスカ』の夫。みんな作家に卑しめられている。日本も次第にそういう風になるのかも知れないが、自分を夫の地位に置いて見るがいい。誰れしもいい気持はしないに極っている。自分の妻の情人が孔子様だろうとお釈迦様だろうと、本願寺の御門主であろうとも、あるいは有島氏であろうとも、否却って相手が有名な人であるだけに、却って憤懣堪えがたきものがあるであろう。これから新聞や雑誌で盛んに問題にされるたびに、苦痛を更に〳〵加えられるのである。

日本もこれから男女関係が今までよりも自由になるであろうから、こんな事件が頻発するであろう。従って家庭生活も不安になる訳であろうが、それについて、私は世に芸娼妓のあることを一概に非難されないと感じた。人間の性欲の不自然な圧迫は、他の家庭を乱すような動機をつくるとしたならば、現今の醜業婦の存在は、そういう危険の調節をしているのである。芸者や娼妓は社会の良風美俗を保つために役に立っているのではないだろうか。（七月十日）　（「婦人公論」大正十二年八月）

残花翁と学海翁――思い出す人々

私も六十歳という年齢を間近かに見るほどに、長く世を渡って来たが、要するに書斎人であった。幼少の頃から今日までの間に接触した人間は甚だ多いのに関らず、親しみをもって、或いは憎みをもって、記憶に浮んで来る人間は、殆んど皆無だと云っていいくらいだ。むしろ、書中の人物の方が、現実の人間よりも自分と関係が深かったようで、懐しく思い出され、今なお、新たにその風丰《ふうぼう》に接したくなるのである。

この頃、『罪と罰』を久し振りに復習して、三十年前に親しんだことのあるラスコルニコフと旧交を温めたが、この男や、『浴泉記』のペチョリンなどよりも、ツルゲーネフ作中の人物の方が、一層多くの親しみをもって回顧される。私ばかりではなく、あの時分の文学青年の多くと、ツルゲーネフの人物とは気心がよく合っていたらしく思われる。ルージン、バザロフ、ネズダノフなど、他人とは思えないようである。

現実の人間では、何と云っても、祖母とか父とか、肉親縁者の亡き影が、おりに触れて眼前に髣髴《ほうふつ》として現れるのであるが、それについての感じは、ここで述べて見ても、読者の興味にもならないだろうし、私自身も大びらに肉身縁者の噂をする気にはならない。それで、文学関係で、袖すり合うも多少の縁程度で思い出される人々を、強いて思い出すことにする。

私が最初に会った文壇人は戸川残花という人であった。残花翁は、「文学界」という雑誌の同人であって、新体詩などを寄稿していた私は田舎で東京を憧憬していた時分に、この雑誌を購読していたので、早くから翁の文名を知り、『桂川』と題する翁の新体詩をも熟読していた。ところで、私が十八歳の初春の頃、笈《きゅう》を負うて上京するに当って、隣村の伝道師であった某氏が、私のために何かの手頼りになるようにと云って紹介してくれたのが、この残花翁であった。翁は徳川幕府の御直参で備中の妹尾という所に領地を持っていたとか何かで、その土地に生れた伝道師とは、主人と家来と云ったような関係があったらしい。私は、新橋に着くと、二三の同県人に迎えられて、牛込横寺町の下宿屋に旅装を解いたので、近所に紅葉山人の住宅のあるのを早くも見つけたが、一週間ばかりして、当時薬王寺前町に住んでいた残花翁を、好奇心をもって訪問した。都会珍しかった年少の私には、横寺町でも薬王寺前町でも、楽園の何丁目かで、そこらには、田舎者とは頭脳の内容が全く異った雅味ある人物が奥床しく住みなしているのであろうと空想していた。最初の名士訪問だから私も多少おど〳〵していたかも知れなかった。門構えもない平家建ての古い家であった。直ちに奥まった居室に通されたが顔も身体も細っこい翁が細い兵子帯を締めて低い机の前に、ちょこなんと坐っていたことは、今も覚えている。威厳もなく気軽で、一見親しみ易く思われた。私の叔母が貧乏旗下の家に嫁して、車坂に住していたのを、間もなく、訪問した時も、そこの主人や老婆などが、間延びのした威厳のない顔をして、話も態度も気軽で組し易く思われたが、それにつけても、「小説や歴史によって、英気颯爽たる面影の想像されていた旗下八万騎なるものはかかる人の集合であったのか。」と、私はまず幻滅を感じ、これでは薩長の田舎武士の蛮力に打ち挫がれた訳だと気がついた。私は、残花翁と叔母の夫とによって、はじめて江戸ッ児なる者に面接したのであった。

「牛乳をお飲みなさい。」と、残花翁は先ず忠告してくれた。私の身体が弱そうなのを見たためである。「××から手紙であなたのことを知らせて来ましたっけ。」と云ったのによると、私を基督の道に志している純真な少年であるとの前触れが、××からあったらしかったが、それは、翁に取っては何の興味もなかったらしい。「東京は大きな風呂敷のようなもので、種々雑多なものが入っている。」と、翁は云ったが、どうして、東京を風呂敷に譬えたのか、あの時分にも分らなかったし、今でも分らない。私が紅葉の家を見たことと、早稲田に入学することとを話したので、翁は逍遙、紅葉の生活を実例として文学者の貧乏なことを話した。それも感慨を以て語るのではなく、通り一ぺんの世間話として気軽に口にしたに過ぎなかった。私の方でも、その頃は、文学を一生の職業としようとは毛頭思っていなかったので、「紅葉のような有名な小説家でもそんな貧乏なのか。」と、不思議に思っただけであった。上京後最初面接した名士から、何か肝に銘ずべき教訓を得るのかと思ったら、「ミルクを飲め」ということ以外に何もなかった。当時は牛乳の滋養価が過分に強調されていた時代であったので、江戸ッ児の翁も私に勧め、間もなく私も薬用としてそれを飲用するようになり、爾来数十年間連続したが、私の胃のためには、牛乳は腹にたまって却ってよくなかったようだ。

その日は、早稲田へ入学願書を出しに行くところであったが、翁の令息も、創立早々の早稲田中学に入学の手続きをする筈で、道の分らない私は、令息に連れられて早稲田へ行った。それっきり残花翁に近づくことはなかったが、二十年も経過して、私も一かどの作家になり、麻布の我善坊に住んでいた時分、執筆の間に近所の南葵文庫へ読書に出掛けているうち、或る日その文庫のひっそりした閲覧室で残花翁に出会った。翁の髪が白くなっていただけで顔付は昔の通りであった。あの時の田舎出の少年が世間に名の知られる人間になったことなんか、何とも感じないらしく、淡々として、現在の私の健康状態や現住所を訊ねただけであった。翁は手に珠数《じゅず》を掛けていたが、その頃仏の道に志しているらしくその話をした。その時私が坪内博士翻訳の沙翁戯曲を借覧していたのを見た翁は、「坪内さんの訳よりも原作で読む方がよろしいな。」と静かに云って微笑した。

雑誌か何かに発表されていた翁の感想で、私の記憶に残っているものが、ただ一つある。それは俳句に関係したもので、「紅葉さんはいい俳句をつくろうと努力している。あせっている。小波《さざなみ》さんは、出来不出来を気にしないで、心の向くままに作っている。自分は小波さんの態度が好きだ。」といったような意味の感想であった。残花翁の処世態度がそこに察せられるように思う。私の叔母の夫の態度もそういう風であったが、その結果は零落であり滅没であった。

残花翁と対照して思い出される古い文学者は依田学海翁である。残花翁は初対面の際にすでに老翁として、私の目に映っていたが、実際はさほどの老人ではなかったのであろう。学海翁はすでに七十五六歳で、私が会った明治文壇の老人のうちの最古老として印象が強かった。私が読売新聞社に入社して間のない頃、日露戦争当時に、佐佐木信綱氏の小川町の宅で会ったのだが、上田敏氏も座に加っていた。我々三人が佐佐木氏に招かれ晩餐を饗応されたので、最年少で田舎者たる私は、二先輩の話を黙って謹聴していた。翁は眼差しは年齢相応にどんよりして鈍く生彩はなかったが、白髯を蓄えた容貌は逞しかった。多弁で語調も烈しかった。翁は佐倉の藩士であったと記憶しているが、茨城県近くの人ほどあって、勇猛な風格を具えていること、旗下の末裔たる残花翁とは正反対であった。翁は、漢学者でありながら、脚本を書き小説を書き、演劇の改革運動にも加り、史劇は史実そのままでなければならぬとの極端な意見を固守して論争したりしていたが、翁の文学行為で最も傑《すぐ》れていたのは、小説の批評であった。私の郷里の家には、明治二十年代に最も勢力のあった雑誌「国民之友」の合本が蔵されているので、帰郷のたびにところ〴〵見ているが、同誌に掲げられている翁の小説批評は皆面白い。支那小説などから得られた鑑賞法であるが、着眼が適切である。当時の批評では群を抜いている。中にも、不知庵の訳した『罪と罰』についての細評は、この小説の構造、描写法を解剖して、原作者を激賞していて、西洋近代の批評家の内面的解釈とは全く趣を異にしているのだが、そこに東洋の文人らしい見方があって面白いのだ。

学海翁は、「ねえ、先生。」と、上田氏や佐佐木氏に呼び掛けて独りでしゃべった。頑固な翁の説に反対する者を、誰彼の用捨なく頭ごなしにした。トルストイが非戦論を唱えていることを上田氏が話すと、「馬鹿を云え。口で話して分らなければ腕で行くのはあたり前だ。」と、拳固を揮う真似をした。上田氏が、「先生の方がトルストイより年上ですよ。」と云うと「若輩の癖に生意気だ。学海先生の所へ意見を聞きに来るがいい。」と云って皆んなを笑わせた。ドストエフスキーの小説を激賞した翁がトルストイの平和論を罵倒したのだ。「伊藤博文という人には、或る点で感心している。」とか「この頃家の女中に十八史略を教えている。」とか話しだすと、上田氏は私の耳の側で小声で、「学海先生は、十八史略の外にも怪しからんことを女中に教えるんだそうですよ。」と笑い〱云った。「先生は此間の大掃除に、見巡りに来た巡査に小言を云われたのがお気に入らなくって、床下へ首を突込んでよく見ろとか罵倒なすったので、官吏侮辱罪で警察へ呼び出されたのです。私に一しょに行ってくれと仰有ったのでお供したのですが、武士が敵に向ったようにステッキを斜にかまえて、意気込んで出掛けられました。」と佐佐木氏が話した。我意を得たりと云ったように、翁は、「昔取った杵づかだ。」と云って悦に入った。

私は、住所が同じ方向だったので、上田氏と一しょに帰途に就いたが、途中で氏は「私は歳を取っても依田さんのように元気でいたいと思いますよ。」と云っていた。その言葉は今聞いているように思い出されるが、そう云った上田氏は、老境を経験しないで若くして逝去したのである。今から考えると、上田敏氏は博学な趣味の豊かな話の面白い人であった。

あの後間もなく、私が或る劇場の二階の劇評家席で芝居を観ていると、学海翁が平土間に来ているのが目についた。翁は幕間に楽屋の方へ行ったようであった。それを見た一人の劇評家が、「依田のお爺さん、楽屋トンビをしちゃ、役者にうるさがられてるんだ。」と冷笑した。

上田氏の感想もさる事ながら、私は学海翁の老人振りを讃美する気にはなれなかった。その後も二三度、何かの会合で翁の姿を見たが、翁は老体を運んでいろ〳〵な所へ出掛けていたらしい。或る会では、円喬を前に平伏させて訓戒を垂れていた。訓戒の最中に、後ろの方の演壇で島田三郎氏が演説していたが、学海翁は何か理由があったのか、勘ちがいしたのか、「あの男、またおれの悪口を云いだした。」と怒って座を立ち上って庭の方へ下りた。円喬はあっ気に取られていた。「代議士にろくな奴はない。」とか、何とか、翁が会う人毎に当りちらすので、島田氏はそれを耳に触れて当惑していた。学海、残花、両翁の処世態度のいずれを範として老に処すべきか。

（「文藝春秋」昭和十一年四月）

島崎藤村の文学

一

明治四十二年頃であったと思う。私は読売新聞社の文芸方面の担当記者として、島崎藤村氏を浅草区新片町（そう云うと堅苦しい野暮ったい町のように聞えるが、実は柳橋の芸者屋の密集している一区域）に訪問して、連載小説の寄稿を依頼したことがあった。その頃の新聞は、発行紙数が僅少であったためでもあろうが、通俗向きということをあまり顧慮しないで、作家の好むがままに自由自在に小説の筆を揮わせていた。徳田秋声氏の作品のうちでも最も非通俗な、当て込みのない『足迹』のような小説も、当時の読売に連載されていた。田山花袋氏の最初の長篇『生』もその頃の読売に掲載された。藤村氏も初めての、新聞小説『春』を朝日に寄稿したのだが、この小説など藤村氏の多くの作品のうちでも、最も大衆向きでないのであった。明治文学史に光を放っている傑作の多くは先ず新聞紙の上に発表されたので、当時の新聞は、自分で意識しないうちに、明治文化のために大なる貢献をなしているのである。「文化のために」と大上段に大刀を振り翳している時には、案外、内容のある何をもし遂げていないので、黙っていて、自分でも気の付かない間に、意義ある実蹟を残していることが、世間によく有り得るのである。

私が主筆の命を奉じて、藤村氏に、新聞小説の依頼をした時にも、小説の内容については、何の条件をも提出しなかった。作家が書きたいと思うことを自由に書いて下さいと頼むだけなのだ。依頼する時の重要な問題は、幾干の原稿料を支払うかということなのだが、この時の藤村氏の要求は、前例に依ったので、社の方でも直ちにそれを受け入れて、私も社と作者との間に立って面倒な思いをしないで済んだ。(一回分が五円で、その頃では最高と云ってよかった。)

この時の小説が、藤村氏の全作品中で傑作の一つである『家』であった。無論、『金色夜叉』とか『魔風恋風』とかのように読者に歓迎されたのではなかった。文壇人にもさして注目されてはいなかったようだ。依頼者たる私も、毎日紙面に出ているこの小説を読んだり読まなかったりで、「後日、一冊に纏まってからゆっくり読んで見よう。」と思っていたほどであった。

止切れる事はなかったが、花袋氏の速筆に比べて著しく遅筆であった藤村氏は、一日に一回分を書き上げるのは余程苦しかったらしかった。この『家』の連載中に、老社長本野盛亨翁が逝去されて、当時駐露大使であった本野一郎氏が嗣子として社の事業を新たに経営されることになった。この新社長は前社長とは異なり、西洋の新文化に通じていたようであり、文学についても一見識を有っていたらしかったが、藤村氏の『家』のような小説は好んでいなかったようであった。それで私の前で、或る日の新聞を披いて、「……三吉はこう云って」というような一節を私に読んで聞かせて、言文一致としてこんな文体は面白くないと云わぬばかりの口吻であった。

新聞には『家』の前半が出ただけで、後半は中央公論に『犠牲』と改題されて掲載されたのだが、それは、作者の方で、一時休息するために新聞を断ったのか、新聞の方から作者を斥けたのか、当時文芸担任を免ぜられ、間もなく退社を余儀なくさされた私は、その間の消息を審らかにしなかった。『犠牲』掲載事情については、中央公論編輯主任として有名であった滝田樗蔭君から聞かされたが、原稿料は一枚二円という、雑誌としての最高額を支払われるについて、経営者の方でにがい顔をしたそうであった。世界大戦争前の日本の文学者が物質的に貧しかったことは分り切ったことで、藤村氏が終始簡素な生活を心掛けていたのは、氏本来の好みであるばかりでなく、実際上止むを得なかったのである。

派手な生活をしていたらしく見られていた紅葉山人にしても、本当は質素な生活をなすべく余儀なくされていたのだ。ただ藤村氏は、簡素な生活に、味いの深そうな意味を見つけて、それを尊いように取り扱っていた。氏は、自分の実際生活をも文学生活をも、艱難の連続のように感じていたらしかった。『家』を読んでも、世路の艱難が写されていて、読者の方でも憂鬱な気持に襲われるのである。「どうかして生きたい。」と、作中の主人公がよく溜息を吐いているが、作者藤村は根気よく艱難に耐えてどうにか生き続けたのである。氏は「ユウモアの無い一日は、極めて寂しい一日である。」と云い、「世の中に何が歯痒いと云って、ユウモアの通じないほど歯痒いものは無い。」と云っているが、氏の小説には、ユウモアの現れているところはない。明朗軽快の感じの流れているところもない。重苦しい、憂鬱な気持がどの作品にも漂っているのである。しかし、読者が氏の作品に魅力を覚えるのは、氏の憂鬱は詩化されて、薄汚くはないためなのだ。氏の青年期の新体詩には、涙脆い柔しい情緒が現れているが、小説にも、その持ち前の詩趣はたっぷり現れているので、人生の悲哀も、世路の憂鬱も、棘々しくなく、いくらか和やかに受け入れられるようである。芸術の芸術たる所以はそこに有るので、現実そのままを、色も艶もなく描き出したものは、芸術としては物足りないと云っていいのかも知れない。藤村氏も自然主義の作家として認められ、自分もそれを否定しなかったようだが、現実そのままの描写が自然主義の特色であるとすると、藤村氏はそういう意味の純粋の自然主義作家ではないかも知れない。

詩から小説に転じた氏は、「どうかして人生を知りたい。」と絶えず望んで、根気よく痛切にそれを志したらしい。藤村小説集には、このどうかしてという気持がねばり強く出ている。他の作家に比べて、どれほど深く人生を洞察しているかは別として、どうかして人生を知らんと志したねばり強さは誰れよりも勝れているように私には思われる。

二

私は、藤村氏の作品は、児童物なんかを除いたら、大抵通読しているが、今度、作品全部を新たに読み直して見たいと思っている。氏が近代日本の文学史上でどういう位地を占めるであろうか。氏の多くの作品のうち、どれが最も傑れているか。世上の定説定評以外に考えて見たいと思っている。露伴、鷗外、漱石などと同様、藤村も大作家らしい重々しい風格を具えているのだが、これ等大作家の作品も、一つ〳〵を検討すると、凡庸拙劣の者が少なくないかも知れない。今藤村氏のさま〴〵な作品を私の記憶に浮べて批判的に見詰めていると、長篇では『家』と『新生』とが最も傑出しているように感ぜられる。『破戒』にはわざとらしい所がある。作為の跡がある。詩から散文に転じたこの作者は、かねて心酔していた西洋近代の小説に刺戟されて、そういう西洋風の小説を自分も書いて見ようと思い立ったのであろう。今までの日本の文壇に無かったような新しい小説を製作しよ

う と志したのであろう。それで『破戒』に現されているような奇抜な着想を摑んだのだ。『罪と罰』から思いついたらしくも思われる。信州の自然を丹念に観察して作中に取り入れたところは、ツルゲネフの自然描写に学んだようでもあるが、作中人物の心理や生活態度はドストエフスキーの作品に学んだとも云われよう。しかし、ドストエフスキーのような極端に風変りの人生観は、藤村氏の素質に適応しないので、『破戒』は穏和な、底の浅い、作り話に過ぎぬものとなった。奔放自在の空想は藤村氏の本領でないので、小説らしい小説を大成することは六ケ敷かった。『破戒』創作の際の抱負は大であったが、結果はそれほどでなかったと私は思っている。新旧文学交替期であって、新しい何物かを文壇が待ち設けていた時であったし、作者の製作努力が前から世に噂されていたため、作品が多少買い被られたのだ。山路愛山がこの『破戒』を罵倒して、信州の田舎がよく描かれているのではなくて、西洋らしい風景が書かれていると云ったのは、必ずしも暴評であるとは云えないようだ。

『春』から『家』と、作者は、小説らしい趣向を凝らした小説を書くことを断念して、自己の生涯を回顧し身辺の現実を注視し、それを、作品の素材として人世を描くことに努力するようになった。日本文学特有の「私小説」「身辺小説」に、藤村氏も主力を注ぐようになった。そして、『新生』に至って、その素材と云い、創作態度と云い、作者の文筆行動は最高調に達したのである。作者を非難するにしても、讃美するにしても、『新生』が藤村の文学精神の結晶と云っていいのだ。作者が死に身になって筆を執ったのは、この一篇であったであろう。こういう小説は下手に書かれたら、読むに堪えない厭味なものとなるであろうが、作者は、純芸術の境地にこの作品を引き摺り上げている。それで、読者は、話の筋だけでは不快至極でありそうなものに魅惑されて、人生的興味を催し、芸術的感慨に耽るようにもなるのである。『罪と罰』の作者ドストエフスキーや、『復活』の作者トルストイの理想から云うと、『新生』の主人公の態度は甚だ不都合であるので、責任逃避を是認する余地はないのだ。シベリアへ追われようとも、世間から棄てられようとも、自分の傷つけた女性に殉ずるのが、至上の人の道であるのであろう。しかし、彼等ロシアの文豪の小説は、彼等の理想を具体化した作り物語であり、藤村の小説は現実をいたわって描いた真実の作品であるとも云える。「どうかして生きたい」ために人はいろ〳〵と心を砕くものである。

晩年の大作『夜明け前』は、自伝風の小説とは異なり、視野が広くなり、執筆の際の空想力も必要になった筈だが、藤村氏の本領は、こういう歴史的小説ではなさそうに思われる。『家』や『新生』に比べると、『夜明け前』では筆が萎縮しているように思われる。作中人物も、前の二作のように鮮明に描かれていない。会話なんかも型のようでいき〳〵としていない。過去の事実を調査し検討したのだから、『破戒』のような作り物語らしくはないのだが、『家』を通読して感銘されたような、厚味のある迫力のある感銘はなかった。木曾山中の小村落の平凡な実生活を根拠として、動揺の激しかった時代の光景を描き出そうとする作風は、新しい歴史小説の型と云ってもいいのだが、作品それ自身は大成したものではなかった。

フランス滞在記録の『エトランゼ』は、他の多くの人々の海外紀行文に比べて遥かに味いの深いものである。荷風氏の、青年らしくフランスに心酔している『ふらんす物語』と対照して、藤村氏の淋しそうに巴里の空にふるえ、おど〳〵して異郷に生きている有様に私は興味を覚えた。

詩人藤村は小説家藤村よりも、文学史上に一層重きをなしているように云う人もあり、氏の天分は詩の方面に豊かであった。と云うのは当を得ているのであろうが、生きんとする人間の努力は、他の作家の作品よりも藤村の鈍重稚拙な小説に却ってよく現れているようなのに私は心を惹かれている。そして明治以来の誰れの作品よりも、藤村の作品研究に一層多くの興味がありそうである。鷗外伝よりも漱石伝よりも、藤村の伝記が一層面白そうにも思われる。

（「月刊読売」昭和十八年九月）

秋声氏について

私には親しい友人は甚だ少なかったのだが、秋声氏とは、数十年間、可なり親しく交っていた。世間からもそう思われていた。これは、我々二人が長い間、似寄った文壇生活を続け、作風も同じ傾向であると認められていたためでもあった。その実、氏と私とは作風が甚だ異なり、人生観にも類似した所は無かったと云ってもいい。著書の売れなかった点はよく似ているのだが、秋声氏は兎に角小説の上手な人であり、私ははじめからしまいまで下手で通して来た。近松秋江氏は早くから小説鑑賞家として面白い意見を有っていたが、秋声氏の描写のうまさをよく推賞していた。そのうまさを私は秋江氏に時々教えられていたようなものだ。昔、紅葉門下の有力な作家として、風葉と秋声とは並立さされて、秋江氏や滝田氏などは、一人を派手な作家とし、一人を地味な作家として讃美していた。私が一度蘆花氏に会った時、氏は何かの話の次手に、「風葉秋声或いは春葉のような人は、叩き大工から仕上げた人だから、小説はうまいものです。」と云っていた。しかし、その頃若かった私は、それ等の作家の作品を小説としてうまいと思いながら、自分など企て及ばざるものであろうと思いながら、心の底から感心することはなかった。小説家としては上手ではなさそうな、花袋や独歩の作品を読むような態度で風葉や秋声を読んではいなかった。芸術の鑑賞法も様々で、秋江氏のような態度もあり、私などのような態度もあり、どちらが絶対に正しいとは云えないようである。しかし私の小説鑑賞も歳を重ねるにつれて多少変化したらしく、秋声氏の小説に新たなる妙味を覚えるようになった。秋声氏の小説ばかりでなく、紅葉風葉の作品にも、昔とはちがった興味を新たに覚えるようになった。紅葉も長生きしたら、世相の客観描写の巧みな作家として秋声氏のような方面へ進んだかも知れなかった。

私は秋声氏との長い交際に於いて文学上の議論を取りかわしたことは殆んどなかった。そんな事はどちらでもよかった。私は読売新聞のよみうり抄記者になったばかりの時、文壇人の消息を蒐《あつ》めようとして、社の挿絵担任者の梶田半古氏に、硯友社では誰れを訪問したらいいかと訊くと、氏は、「それは風葉がいい。秋声は人づきがよくない。」と答えた。それで、私は早速風葉を訪ねて、紅葉の病状などを聞いたのであったが、秋声氏にも偶然、社の編輯室で会って、案外気軽に話をすることが出来た。氏は主筆の足立氏に原稿を売り込みに来たのであろうと察せられた。『足迹』はその頃か或いは数年後に、読売に連載されたのであったが、無論読者受けはせず、文壇の注意も惹かなかった。風葉なら、『青春』など、自作を新聞に発表する時には、世間受けを顧慮して意気込んで筆を執るらしく傍目に見られたが、秋声氏は『足迹』や『凋落』などを読売に出していた時に、何の野心も抱負もなさそうに私には見られていた。『凋落』の出かけた時に、秋声贔負の秋江も、「凋落は書き出しから凋落を書いているのは面白くない。」と云って、その意見を読売紙上の文芸欄に寄稿した。私も同感であったが、主筆の足立氏はそれを読んで、「折角新聞に出ている小説を文芸欄でケチをつけるのはよくないじゃないか。」と苦笑した。私は主筆の説にも同感した。凋落をはじめから凋落として書こうとも、栄華の有様から書きはじめて次第に凋落する径路を書こうとも、作者の随意で、作品の真価如何はそんなことで極められる訳じゃないのだが、そういう点を顧慮しない所に、秋声氏の当て気のない特色が見られるのであろう。

私が氏と親しくなったのは、私が数年間森川町の下宿に住んでいたので、氏と同じ町内にいたという縁故に依るのであろう。当時独身であった私の方が屢々氏の宅を訪ねて行ったので、氏の方から私の下宿へ来たことは稀であった。氏は道楽に花を引く。たまには俳句をつくっていたようであった。私には全然そういう興味がなかった。氏は義太夫が好きであった。その頃の私は、上方の浄瑠璃よりはむしろ江戸浄瑠璃の方が好きであった。私は泡鳴とは碁を打つとか、玉を突くとか、たまには哲学宗教を論ずるとかしていたが、秋声氏とは共通の遊びも楽みもなかった。それにかかわらず、秋声氏に接しているのは、泡鳴に接しているよりも、気が楽でよかった。氏と話していると、自分の心が乱されなくてよかった。どこという取り留めたところがなくって氏に対して親しみを覚えていたのであった。

（「新潮」昭和十九年一月）

秋江に就て

私は「近松秋江と岩野泡鳴の作品は、歿後に於いて世に認められるであろう。」と、早くから感じていて、人にもそう云っていた。人としての態度行動に安っぽく見られる所があり、いやがられる所もあって、作品までも軽視されるような傾向があったが、死んだ後では、生存中の彼等の臭気が取れて、愛憎好悪の偏見を離れて、人として、作家として、見られるように、批判されるようになるのである。

秋江の撰集三巻が、大地震翌年或る書店から出版されることになり、谷崎、佐藤の両氏及び私とが一巻ずつの序文を書いたのであったが、この撰集は第一巻が出ただけで中止された。第一巻の序文は谷崎氏の筆に成ったのだが、そのなかに氏が秋江の作品の前に帽を脱ぐと云っていた。察するところ、自己の愛慾生活について、普通人なら、世間の思惑を顧慮して書き得ない事を、秋江は少しも遠慮しないで、美醜善悪の別なく、自己の感情も行動も書き徹した意気込みに、谷崎氏も及び難しと感じたのであろう。

第二巻の巻頭に掲げらるべき筈の私の序文は、発表されずに埋没されたのであったが、あれから二十年の歳月が経過して、今は秋江の作品も、世に認められそうな形勢を呈して、私が新たに彼の撰集に序文を書くような場合になったのである。感慨の催される所以である。

秋江文学の最初の一篇とも云うべきものに、『食後』と題した短篇があった。妻君から前に関係のあった男の話を聞かされて、興味を覚えるとともに、云いようのない嫉妬を感ずる気持を叙しているので、後年の秋江の作品の特色はちゃんと此処に現れていた。秋声が私に向って、この作品を推称していた。

秋江の小説を前後二期に分つと『別れたる妻に送る手紙』と『疑惑』とは、前期の代表作である。綿々たる思慕の情と、疑惑を重ねる煩悶焦慮が、巧まざる筆で遺憾なく叙述されている。こういう種類の小説は、明治以来の文壇に幾つもありそうに思われるが、実際には、ここまで書きつくしたものは他に無いのである。

私と秋江とは同県同郡の出身で、学校も共に早稲田で文学部に学び、数年間同じ素人下宿に住んだこともあり、その人となりもよく知っているのだが、学生時代から女性については観察が甚だこまかであった。私のように、島田と銀杏《いちょう》返しの区別も分らないような世間知らずとは異っていた。素人下宿の近所にいる若い女にもよく目を留めていて、何かの機会には話しかけたりなんかしていた。

学校卒業後、ある日、当時売れ行きのよかった黄色新聞「万朝報」を見ると、徳田浩司（秋江の本名）という名で、投書欄に一篇の論文が出ていたが、それは社会の不公平を説いて、貧者弱者に同情するような調子のものであった。社会主義を基調としたものと云ってもよかった。文章の明晰で、分りよく読み下された。私は、秋江もこんな思想を持っているのかと、意外に感じた。それから、秋江が学生時代から徳富蘇峰など民友社の文人の作品を愛読していたのは、当時の文学好きの青年の常識として不思議はなかったが、内村鑑三の講演を聴きに行って、それに感動するような事を云っていたのは珍しかった。

しかし、社会主義者見たいな事を云ったり、内村精神論に感動したりするのは、新時代の青年の所行として有りそうな事なので、ただ徹底的にその道に進むものは僅少であった訳なのだ。私は蘇峰の論文の愛読者であり、内村崇拝の一人であったので、それ等を話題として秋江と屢々話し合っていたが、しかし彼の方では、そんな話よりも女話に興味が多かったにちがいない。

（僕は馬琴のような歴史小説を書きたい色恋の事は本当は書きたくないんだ。）と、屢々云っていたが、そういう歴史小説なんかは全然彼の柄にないので、幾つかは発表されているが、どれも特色のない平凡なものである。彼の作品として将来名声を保つものは、自己の愛慾行為女性愛着の情緒を蔽うところなく叙したものである。児女に対する父親の愛情を叙したり妻子を養育する家庭人としての彼らしい苦闘振りを隠すところなく描いたりしたものに、読者の心を捉う力を具えた傑作が幾つか存在してはいるが、結局秋江文学として、文学史上に特異の光を放つのは、彼自身の愛慾描叙の小説なのだ。

私が読売新聞の編輯員として、毎日曜の文学附録を編輯していた時、秋江や泡鳴の原稿も頻繁に採用していたが、秋江のは、「文壇無駄話……」という題目の下に、彼の感想が自在に書かれていたのだ。これは、あの頃（日露戦争後）の文壇の情況、社会の趨勢を知る上にも役に立つ作品なのだ。この文壇無駄話や泡鳴の、大上段に振り翳《ふかざ》した論文などは、彼等の生活費の一部となっていたらしいが、その原稿料なんかは微細なものであった。明治の初期の文士貧乏は周知の事だが、日露戦争後にだって、戦争が勝利で文化が起りかかったとは云え、文学者の収入は乏しいものであった。これは、秋江の作品に反映しているのだ。相当才能のある文学者が努力しても、慾しい金が得られなかったために、女性の愛を捉えることが出来なかったのである。秋江にしても少し、物質的収入に恵まれていたなら、所謂「別れた妻」との家庭生活ももっと順調に行っていたであろうと察せられる。彼の小説のなかにも「こういう時に泥棒でもする気になる。」というような事が書かれている。しかし、貧乏だった事が泡鳴の作品や秋江の作品を深みのあるものとしたとも云えるのである。泡鳴は健筆家であり、書く事が好きであったが、秋江は筆不精で、金があったなら何も書かなかったかも知れなかった。

秋江は、「文壇無駄話」に於いて、文壇人の噂話を伝えたが、彼自身、若い頃は、なかなか噂の種にされたものだ。笑い話の種になったものだ。中央公論へ送った小説が、編輯員のS君に斥けられて、採用されなかったことが彼の耳に入ると、秋江は途上でS君が俥で通るのに出会ったトタンに、「馬鹿野郎。」と大声で叫んで、スタ〳〵と行き過ぎたそうだ。

彼は初期の中央公論記者に、半年や一年なっていたことがあったが、その間に記者として石黒軍医総監を訪問したことがあった。不在で会えなかったところ、路上で、総監が俥で帰るのに出会ったので、秋江は「石黒さん〳〵。」と、手招きしながら追い掛けた。秋江は浴衣掛けであったり、態度がいかにも馴れ〳〵しくて、相手の威厳を害するところがあったのか、石黒男爵は「無礼もの。」と叱りつけたそうである。

彼がペンネームを「近松秋江」と名づくるようになったのも傍人に滑稽視されたが、これは、自分で言い訳しているような、近松崇拝のためばかりではない。徳田秋江と称していては徳田秋声の弟分か門弟か、何か秋声と縁故があるように思われるのを嫌ったのが、重な原因であったと私は信じている。

秋江は子供を欲しがっていなかったし、また子孫を後世に残すような型の人物ではなかったのだ。それで、彼に子供が出来たと聞いた時には、私は異様な感じに打たれた。私には子供がないから、児女の愛に溺れる秋江の気持は実感として味い得られない。女性に対して徹底的に惑溺する秋江のような気持も、充分には味っていない。そうすると、秋江は、人間的体験に於いて私など遥かに凌駕しているのである。私も生存中の彼を稍々《やや》もすると軽視していたのだが、それは私の方が浅見であったのだ。晩年の彼の病苦は痛ましかったが、私なども、死ぬる前にどういう種類の病苦に悩まされるか、分らないのである。人間的体験に於いて、彼に劣っていた私は、死を前にした病苦に於いても、どうか彼に劣るようにと願っている。

早晩秋江の全集が出版されるであろうが、その時には、常例によって、日記や手紙が蒐集されるであろう。日記はあるかどうか知らないが、彼の手紙が集められたら、明治後の他の作家の書簡集に比べて遜色のないものとなるであろう。彼は小説や論文を書くことは面倒に思ったらしく、述作の数も少ないが、手紙は書く事が好きで、私などの所へも送って来た。それがどれも面白かった。『別れたる妻に送る手紙』によっても、彼の手紙の面白さは想像されるだろう。人物評なども、世間に公表されないようなところが甚だ面白かった。私は、人から来た手紙は保存しないのを常例としていたので、彼の多くの手紙も、惜しくも反古にしている。偶然残されたものがあっても、戦災で消滅している。

全集の用意に、彼の手紙を保存している人を、今から捜して置くべきである。（昭和二十一年夏軽井沢にて）

（近松秋江『別れた妻』昭和二十二年二月）

泡鳴を追憶す

昔の知人の面影は、次第に私の記憶から遠ざかるようにはなったが、そのうちで、岩野泡鳴の風丰《ふうぼう》や言行は、まだしも鮮明に記憶されている方である。今此処に、一つ〳〵順序を追って思い出して見よう。

初めて泡鳴に会ったのは明治三十年代も尽きんとした頃であった。私が読売新聞社に通って、文芸美術の記事を担当していた時である。時候は春だったか秋だったか記憶していないが、或る日彼は飄然として社へ来て私に面会を求めた。私はその頃泡鳴については、詩人としての彼の名前を知っているだけで、彼の詩も論文も殆んど読んだことがなくって、彼に対して何の関心も有っていなかった。「原稿を売りでも来たのか。」と思って、兎に角応接室へ通して会って、用事を訊くと、彼ははじめから打ち解けた、笑い話でもしそうな顔して、「実はね、君が頻りにわれ〳〵の詩をケナしてるから、僕の意見を云って置きたいと思っているんだ。」と声高く云った。「僕には詩は分らないんでね。」と、私は面倒な詩の話なんか聞くまいと、はじめから身構えした。美術や演劇に関しても暴評を下していた私は、新体詩についても無遠慮な悪口を云っていたのであったが、それは紙上の議論だけで、当事者と面と向って議論を闘わそうなんて毛頭考えてはいなかった。泡鳴の方でも強いて議論を吹っ掛けようとはしなかった。

「君の意見を日曜附録（文芸附録）に出してもいいよ。書いたら送ってくれたまえ。」

と、私が何の気なしに云うと、

「新聞に出してくれればいつでも書くよ。」

泡鳴は元気よく云ったが、彼の訪問は彼に利益したのであった。彼は早速原稿を送って来た。私はその原稿に感心したのではなかったが、二ページ大の日曜附録の大部分は有り合せの原稿で埋められるのを例としていたので、泡鳴のも直ちに採用したのであった。彼が続々と、しかも長いものを寄稿するので、私も閉口したが、大抵毎号載せることにした。当時近松秋江（まだ徳田秋江を名乗っていた時分）は「文壇無駄話」と題した雑文を毎号のように寄稿していた。泡鳴秋江は、文学新聞であった読売に、連続して何か書いていたことが、文壇に名を知られ、特色のある風格を発揮する上に大に役立ったのである。

それから泡鳴とは懇意になった。会合の席では、イプセン研究会と龍土会とで、いつも一しょになった。イブセン会は柳田国男、小山内薫などの発起で、学士会館で数度開催された。田山花袋、長谷川天渓、蒲原有明、島崎藤村等が参会していた。『野鴨』『幽霊』などが研究題目になっていたことを、私は記憶しているが、この会では、シェークスピアなどは無視されていた。早稲田の文芸協会で、沙翁物を上演するのを嘲笑する有様であった。泡鳴は「マーロは沙翁ほどボンくらでない。」と云ったりしていた。その頃刊行された「新小説」の新進作家号に掲載された私の短篇『醜婦』について、泡鳴は、「あれは僕の考えと同じだ。」と、その会の席上で、ふと大きな声で私に向って云った。どういう所が同じなのか私には全く分らなかったが、何しろ泡鳴と類似しているのは意外であったし、また喜ぶべきこととは思われなかった。イブセン研究にしても、柳田長谷川などの意見には、適切らしいもの興味を覚えさせるものが多かったが、泡鳴のは大ざっぱで、独り合点のように印象された。

原稿を届けるため、原稿料を受け取るために、泡鳴が新聞社に来る時に、私はよく一しょに外へ出た。私は散歩のための散歩をよくしていたものだが、泡鳴は、「僕は無目的の散歩なんかしようとは思わない。行く先の当てがあって歩くのだ。」と、云っていた。はじめて赤坂台町の彼の家へ連れて行かれて、二階の書斎に和洋の書籍が夥《おびただ》しく置かれているのを見た時には、見かけによらぬ読書家であるらしいのに感心した。しかし、家の中は汚れていて荒涼たる光景を呈していた。妻君は顔出しせず、お茶も出なかった。それで、彼は私を誘って溜池の洋食屋の東京亭へ行った。食事を採ったあと、階下の玉突場へ行って、彼はその家の若主人山田浩二君を相手に玉突きの稽古をした。後日闘球術の名人になった浩二君は、まだ白面の好青年であった。私はこの時はじめて玉突きというものを見たのであったが、これを縁にこの遊びに親しむようになった。その後は泡鳴に会うたびに大抵どこかの玉突屋に寄ることにした。泡鳴のは彼の人となり相応に荒っぽくて、無器用で、六十点という所に止まっていた。私は無論こういう技術には不適当な人間なので、半年一年稽古しつづけても、泡鳴にさえ及ばなかった。泡鳴とは時々碁をも打っていたが、私は囲碁に於いても、下手糞の泡鳴よりもひとつ下手であった。私には闘志がなかったのだ。「そんなに大儀そうに突いとっちゃ当る筈がない。」と、私の玉突振りを見て泡鳴は大声で笑っていた。彼は玉を突いたり碁を打ったりすると、心が引き締って思索に便利であると云っていた。

「スペンサーは一生下宿住いであった。君も独身の下宿住いでいいじゃないか。」と、森川町の私の下宿屋を訪ねて来た時に、彼は真面目にそう云った。当時は彼自身、妻君を嫌い家庭生活そのものをいやがっていたらしかった。

「僕は頭が働かなくなったら、舌を噛んで死のうと思う。頭が駄目になって生きているのは無意味だ。」と、或る老耄《ろうもう》した知人の噂をした時に、彼はそう云った。

彼はその頃日本主義を強調するとしても、半獣主義を鼓吹した。日本主義と半獣主義との間にいかなる関係があるのか。私などは、岩野式主義には共鳴も同感もしなかった。

「半獣主義とは不徹底だ。全獣主義と云ったらいいじゃないか。」と、田山花袋が笑って揶揄すると、泡鳴もそれを是認するかの如く、ただ笑っただけで何とも答えなかった。

彼の父親が亡くなったので、泡鳴は赤坂台町から父の家へ移転した。父の家というのは、麻布の我善坊の隣り町の、芝区八幡町の下宿屋であった。彼は妻君をして下宿屋を経営させることになったのだ。私は二三度其処を訪ねた。長い下宿屋生活を続けていた私が、下宿屋の主人の居室へ遊びに行くのは下宿屋の楽屋を観るようで面白かった。泡鳴は楽屋に机を置いて、洋書や原稿紙を供えて、読んだり書いたりしながら、稼業について、妻君や下女に指図していた。止宿者の勘定書なども書いていた。彼の五部作中の重な人物になっているお鳥という女性は、偶然ここに下宿していたために、泡鳴と関係が出来て、不幸な生活を経験させられることになったのであった。泡鳴の妻君は、泡鳴よりも年上であって、私が二三度会った時の印象を追懐すると、色も香もなき婆さん姿であって、客に対しても無愛想であった。作中にお鳥という名で出ている女性は、泡鳴に連れられて私の家へ来たことがあったが、この女性も甚だ無愛想であった。貧弱なメリンスの衣服を着し、冴えないしかめっ面をしていて、この女性の何処に魅力があるのかと私には思われた。芝公園の近所の、縁日の露店商人の家の二階に室借りしていたこの女性の部屋へ泡鳴に連れられて、ちょっと立ち寄ったことがあったが、この時は、泡鳴の小説のなかに書かれている。「無作法な奴だ。」と、彼女は私のことを云っている。「それでも、あの男の方がお前より若いだけいい。」と、彼女は泡鳴に向って云っている。

私が長い下宿生活を止めて、森川町から東片町に移転し、ここに老婢を雇って一家を構えた時分に、泡鳴は女性同伴でやって来たのだが、そのうち、一人で来訪して樺太行の計画を物語った。自分の身内の者と共同で、樺太で蟹の缶詰を製造しようと云う事なのだ。突飛な話で、聞いていると面白いが、その成功は無論予期されなかった。その時、名義だけは私の従兄に当る男で、相場師の成れの果てと云っていい人物が遊びに来ていたが、泡鳴の元気のいい話を傍聴したあとで、「その事業はなか〱面白そうですが、しかし、あなたがおやりになるのはどうですかな。文学者はやはり筆を持って、その方で力一杯の仕事をなすった方がよろしいんじゃないでしょうか。」と勿体振った口を利いた。泡鳴は笑って聞き流した。私は泡鳴の大計画に対して同意も不同意もなかったが、彼は従兄が帰ったあとまで居残って、彼の語調としては異例なしめやかな声で、私に向って、資本金を少し貸してくれないかと云ったのは、私に取っては甚だ意外であった。私にそんな金があると思うのも変だが、樺太までも出掛けてやるような大事業に、私なんかを金主の一人に頼もうとするようなみじめさでは、この事業はまず駄目に極ったと、私は自分だけの心のうちでひそかに極めてしまった。「僕は余分の金なんか持ってやしないし、またそういう事業に資本を融通してくれる人を一人も知らないよ。」と云うと、彼は、「そうか。」と云ったきり、重ねて何も云わなかった。

それから数年後に、私が或る所で従兄に出くわすと、彼は雑話のうちに、「あの缶詰業をやると云ってた男はどうした?」と訊ねた。「あれは無論失敗した。」と云うと、「だから、あの時僕が忠告したじゃないか。」と従兄はさも先見の明があるらしく云った。その程度の先見の明は、いろんな場合に誰れでもが振り廻し得られるのである。そして、他人の失敗はその成功よりも聞いて快く感ぜられるものなのだ。

泡鳴は樺太から尾羽打ち枯らして帰って来た。樺太の事業は手間ひま取らずの失敗だったが、彼は直ぐに東京へは帰れないで北海道をうろ〳〵して、しまいには北海道から追放されたような有様ですご〳〵帰って来たのだ。よく〳〵窮乏に陥っていたらしく、私にあてて、旅費を電報為替で送ってくれと頼んで来た。私も詮方なく送ってやった訳だが、缶詰業資本を幾干でも融通していたならそれは丸損になっていたことを思うと、大迷惑が小迷惑で終ったと云ってよかった。この話は近松秋江などにしたのだが、秋江は間もなく、或る雑文のなかに、「提灯持ちをさせるためには少しは投資しなければならぬ。」というような意味の文句を並べていたが、それは、泡鳴が時々私の作品に対して好意ある有利な批評を下すのは、私の方でも彼に対して、便利を計ってやっているためなのだと、ひそかに当てつけていたのだ。面と向って云わないで、文章で書いて、自分の鬱憤を晴らし、溜飲を下げていたのは秋江特有の態度で、甚だ厭うべきことと私には思われていたが、しかし、文学者の態度は多くはそういう風であったのだ。私自身も類を同じうしていると云っていいかも知れない。泡鳴は秋江風とはちがっていた。直截であった。

彼は尾羽打ち枯らして、寒々とした身装《みなり》で、私を江戸川べりの陋宅《ろうたく》に訪ねて来たのだが、精神は見かけほど弱っていなかった。兎に角、女性との接触が最も必要であるらしく、「蕎麦屋の女と、教養のある女と、候補者は二人いるのだが、どちらにしようかと迷っている。」と呟いていた。「樺太の事業は資本さえつづけば成功したのだ。」と云っていたが、その失敗をさして口惜しくは感じていなかった。

つまり教養のある女の方が撰ばれたのであったが、それが清子女史であった。女史と同棲するようになって、泡鳴の生活もいくらか文化的になった。頭の髪も長くなった。一軒の独立家屋に住んで女中を使うようになった。朝から風呂を立てて日に何度も入るようになった。女史との同棲が文壇噂の種となっていた時分、二葉亭四迷の追悼会が上野の精養軒で開催されて、泡鳴も出席していたが、彼の側に柴田流星という作家が腰掛けていた。二人が口論をはじめたのが、近所にいた私の耳に触れた。注意して聞き取ると、二人は清子女史について論争していたのだ。流星が、女史の過去の清からぬ行為について新聞紙上に暴露的記事を出したことを泡鳴は憤慨していた。流星が、「君のような友人の言う事はちっとも耳に入れないで、婦人の言うことばかり信ずるのはいけないよ。」と抗議すると、「いや、女は弱いから僕は庇ってやるのだ。折角安定な生活に入ろうとする女を、君達が傷つけるのはけしからん。」と、泡鳴はいきり立った。はたでその論争を聞いていた連中は、一人として泡鳴に同意を表する者はなかった。人情としても、その頃の日本人の習わしとしても、自分の関係した女の肩を持つのは二本棒として侮辱されていたのである。しかし、泡鳴は他から侮辱されているとは、いつも考えていなかった。

独歩なんかは、龍土会の席上などで泡鳴に対して、侮蔑的言語を弄していたが、泡鳴はそんなことは気に止めなかったようだ。「汝等の言論は世道人心に害がある。」と、演説口調、芝居の台詞《せりふ》気取りで、酔顔の独歩が、半獣主義デカダン礼讃の泡鳴を罵倒したなんか、今となっては文学史的興味として思い起されるのである。独歩はあの頃の青年を代表したような精神家であった。キリスト教的潔白性をも保有していた。茅ケ崎の病院で独歩の病気が重態に陥りかけたと伝えられた時分、私は泡鳴と一しょに見舞いに行って、風葉や花袋をはじめ、多数の見舞客にも会って、東京文壇の一部が此処に集るのを見ているような気持がした。その時、独歩は、病床から青褪めた顔で見舞客を見上げながら、中央公論所載の秋声の小説を読みかけたが、あんな陰気な小説は、病人には読み切れないと云ったりして、ポツリ〳〵文学論をしていたが、ふと、泡鳴を見て、「僕はワーヅワースに感化されたのだ。自然主義と云っても、ワーヅワースなら僕も同感だ。」と云った。泡鳴は、「ワーヅワースなんか、」と云いかけたが、「そんな話は病気が治ってからにしよう。」と、話を外らした。暫らくして、花袋泡鳴孤雁などと海辺へ出た時、泡鳴は花袋に向って、「ワーヅワースの自然主義なんか為様がない。」と云って、花袋も「そうだね。」と同感した。当時の日本の自然主義者の仲間では英国の自然主義なんか取るに足らないものとしていた。ただ独歩は日本の自然主義の作物よりも英国の詩人などを好んでいたにちがいなかった。

泡鳴は、ボードレエルなど頽唐詩人がアブサンを愛飲していたと聞いたので、蒲原有明などと共同して、亀屋から、そのアブサンなるものを一本購入して、有難がって飲んでいたものだと、回顧談をしたのを、私は聞いたことがあった。酒を好まない私の如きは、アブサンすなわち蛇酒のような劣等種を飲んで作られたような詩よりも、ライダルの山の水に詩心を潤した詩の方に心が惹かれそうである。独歩は不良青年らしい所があったが、しかし彼の思想や芸術観は甚だすなおであって、奇矯を好む癖はなかった。

私が泡鳴と頻繁に往来していたのは、私が独身であり、泡鳴も清子女史以前の放浪生活をしていた頃の事であった。私が読売を退社して、泡鳴との原稿関係が杜絶し、彼が清子と家を持ち、北海道材料などで文壇的地位も得られるようになってから、次第に交際が疎遠になった。私が最後に彼の家を訪問したのは、大正二年の夏、中央公論の秋季附録号の原稿を書き上げた時で、私は腹胃をいためていた。家は本郷の何処かであったと薄々記憶している。泡鳴は風呂から出たばかりのテカ〳〵した顔をしていて、甚だ元気がよかった。その時、どういう訳か、山田孝雄氏が訪問していた。五分刈頭の氏が正座して扇子をつかいながら、泡鳴の盛んな気燄に相槌を打っていた有様は、今もハッキリ記憶している。山田氏も、「あの時どうして泡鳴を訪問したか分らない。」と、後日或る人に話していたそうである。その時、我々は泡鳴からスシを饗応された。

兎に角私が泡鳴の住宅を訪問したのはこれが最後で、その後は何かの会合の席で会うくらいのものであった。出版界も欧洲大戦の余波で好景気となり、泡鳴の作品も盛んに世に現れるようになり、清子と睦まじく家庭生活を営んでいるのだし、さぞ大得意であろうと想像されたが、私と彼とはこの頃から疎遠になった。加能作次郎の『世の中へ』の出版祝賀会の帰りに一しょになった時、彼は、原稿料も一枚二円は取らなければならぬと力説していた。この二円説は、彼の身にも実現されたらしかったが、その後の文壇的好景気は、彼はついに知らずじまいであった。

大正九年の初夏の頃、彼の死んだ時には、私は東京にいなかった。それで、病気見舞にも行かず、葬式にも列せず、全集の相談にもあずからなかった。蒲原英枝女史にも会わなかった。死後七年目の追悼会には出席して、テーブルスピーチもやらされたように記憶している。

以上、私は泡鳴との交際を回顧して何かと書きつらねたのであるが、案外材料が乏しい。これによって推察すると、他の知人との交際だって、記憶に留まっている状況は甚だ薄弱なのではあるまいか。或る知人の死んだ時、「死ぬ奴は馬鹿だ。」と泡鳴は叫んだ。生々主義で、生きる上にも生きたかった彼であったが。

泡鳴は詩人であったが、彼の小説は所謂詩人の書いた作品のようではない。詩味がない。日本の和歌や俳句に現れているような詩趣は全く欠いていると云っていい。しかし、泡鳴に云わせると、日本伝来の風流趣味は浅薄なもので、詩の本領はあんなものじゃない。彼自身の小説なんかにこそ本当の詩が存在していると云うのであろう。彼の晩年の詩は他の詩人のとは甚だ異って、在来の詩の型を破っていたようである。詩とか歌とかは、情味のあるものであり、感傷的な趣のあるものであり、泡鳴の詩の如きは詩の形を取った散文であったのかも知れない。

「小説には都会を書かなければいけないよ。」と、彼は私に忠告するように云っていた。田山花袋が『幼きもの』という小説を書いたのを読んだ泡鳴は、よく小さい児の事なんか書く気になるもんだと笑っていた。泡鳴は幾人も子供を産ませた筈だが、幼児の事に興味を持ち愛情を持って、小説にもそれを現すことはしなかったらしい。

「鷗外逍遙漱石なんか二流作家だ。」と、彼は公言していた。

「藤村は臆病な気取り屋だ。」と、たび〳〵ケナしていた。

洋行をするには、予め自分の学説を西洋に向って発表して置いて出掛けるべきだと、彼は云っていた。それで自分の半獣主義のようなものを、英国の雑誌に掲載することを野口米次郎氏に頼もうとしていたらしい。彼の説を欧米の学者が問題にして、彼を迎えて議論を闘わしでもするように空想していたらしい。ここらが常識外れの、ドンキホーテ型の、彼の精神の現れであると云ってもよかろう。

彼は博士号は欲しがっていた。博士論文は書こうとしていたらしい。

彼の如き人間もまた運命の児であって、戦争中にはその得意の学説、熱烈な所論の一部が時世に適応して、彼相応に幅を利かせていたであろうが、戦後の今日では、世に排斥せられて、元気のいい彼も声を潜めていなければならなくなったであろうと想像される。彼の小説も彼の思想で裏打ちされているのであるが、そこは小説の有難さである。露骨に彼一流の考えが現れているのではないからいいのである。そして、彼の小説を回顧すると、晩年のものには、『征服被征服』的の、いや味な考えをむき出したものが多く、一元描写などとわざと作風を窮屈にしたものも多い。『断橋』『放浪』或いは、『毒薬女』という変な題の作品などに、彼の面目が、具象的にのび〳〵と現れていて、粗雑らしい筆致におのずから人生詩のあふれている所もあり、男性的の爽快味も漂っているのである。都会を写せと私に云った彼は、北海道の壮大な天地を背景としたことによって、作品に漂々たる味を加えたのである。

（「人間」昭和二十二年二月）

小山内薫を追想す

久保栄著『小山内薫』という近刊書の予告を見た時に、私は一巻の単行本として出版される小山内薫の評伝に心を惹かれたのみならず、著者の名前に懐古的興味を感じたのであった。昔「歌舞伎」という演劇雑誌に、そういう名前の人が、おり〳〵西洋の演劇に関する記事を寄せていたことを思い出し、その人が小山内を主題として一巻を著すのは特異の事であると感じ、どんな風に、小山内薫の面目が現されるであろうかと、私はその書の発刊を待ち設ける気になったのであった。ところが、刊行された書物を手にして、その一端を読みかけると、私の思いちがいであった事が直ぐに分って、我と我が頭のぼやけている事に気がついたのであった。この著者はまだ若い人であるらしい。「歌舞伎」などに筆を採っていた筈がない。それで努力して記憶を捜して見ると、私の想像していた人は、大久保栄という人なのだ。この人が、或るドイツ人演劇鑑賞家の『闇の力』見物記を断片的に「歌舞伎」誌上で紹介したことなど思い出される。それによると、作者トルストイもその時自作の上演を観ていたのだが、「演技があまりで陰惨である。」と、不服を洩らしていたそうだ。

しかし、大久保栄ならぬ久保栄氏の「小山内」評伝は、著者が骨を惜しまないで調査し研究したものと云っていい。地味な評伝である。私などこれによって、いろ〳〵と小山内に関する新しい知識を得たし、今まで気がつかなかった事に気づいた。私も長い文壇生活の間には、さま〲な知友があった訳だが、そのうちで、深く交ったことはないのに、印象鮮明に残っていて、回顧して親しみを覚える知友の一人は小山内薫である。彼は帝大の文科出身であり、私は早稲田の文科の卒業生であるが、同じ時代に文壇に出たのである。小山内がまだ学生であった頃、真砂座の伊井一座のために、『ロミオとジュリエット』の翻案をしたことがあったが、私は読売新聞の劇評家としてそれを批評した。翻訳に原文の味の出ていないことを非難したように記憶している。小山内は「評の評」と題して、諸新聞の批評に対して、歌舞伎誌上で反駁を試みた。秀才小山内薫の名はその頃から私の心に印銘されていた。「歌舞伎」の主宰者であった三木竹二は極端な芝居好きであり、感激性の強い人であったが、小山内兄妹を贔負していて、劇評家の座席で、傍人に向って屢々この兄妹を推賞していた。私の処女作の掲げられた「新小説」に、小山内八千代女史も、芹影という雅号で小説を発表していたが、竹二はその雑誌を手にして、口を極めて芹影の才能を讃美し、一葉の再来のように云ったりした。そして、私の作品については一言も触れなかった。数年後、「新小説」の新年号に新進作家の小説特輯が出た時私や小山内が競馬として出たのであった。ところで、この時の私の作品はまずいものであったが、小山内のものもちょっと気が利いたという程度のものであった。二人とも西洋近代の文学に接しての感化を受け、その作品に多少の清新味はあったが、さしたる独創味はなかったのだ。当時は多くそうであったが、私など新進作家として西洋かぶれで翻訳的思想を持っていたのだ。小山内は内村鑑三に師事してキリスト教に帰依していたそうだが、その頃私も内村の所説に心酔していた。芝居にしても、早くから西洋劇を憧憬していた。後年、小山内が

「日本の作家のものは今のところ演出慾を唆らないからやらない。」と築地の創立記念の演劇講演会で云ったことが問題となり、「演劇新潮」の同人たち山本、菊池、久米などから詰問され、返答に窮したらしい噂を耳にした私は、ひそかに小山内の方に同感していたのであった。日本にも新味のある脚本が盛んに発表されていた時分であったとは云え、私などはまだ外国物の翻訳に、より多く心を惹かれていたのだ。築地小劇場では翻訳芝居を観たかったので、あそこで日本物なんか観たくなかった。

私が初めて小山内に会ったのは、龍土会の会合の席であった。私がまだその会に出なかった時分に、小山内がその会で小島文八と云う人と、女に関係したことで言い合いをして、しまいには泣き出したという話を、会員の一人から聞いたことがあった。木場の材木屋だとか聞いていた数井某氏の出資で「新思潮」という清新な文学雑誌を小山内が出した時、その創刊号に私も寄稿した。その頃、柳田国男氏などの発起で、イブセン研究会が神田の学士会館で数回開催され、その会上の談話の筆記が「新思潮」に掲げられていたが、その会に私も出席したことから、小山内といくらか親しくなった。小山内はチェーホフの『桜の園』をその会の席上で紹介したが、桜の枝を切る音で幕のしまる有様は、私などの耳には珍しく、甚だ魅惑的であった。それから、チェーホフの『牡蠣』という短篇の、はじめて牡蠣を喰わされた少年が、牡蠣の殻まで噛ったという話も、小山内の口から出ると、甚だ面白く聞かれた。

「新思潮」は、数ケ月発刊されただけで廃刊されたが、売れ行きが思わしくなく、一時の気まぐれで投資していた金主もいや気が差したのであろうが、小山内自身も雑誌に熱意がなかったのじゃないかと思われた。一時熱しても直きに冷めるのが彼の性分ではないかと察せられた。しかしこの雑誌は、後進に利用されて、第二次第三次の「新思潮」が出現して、いつも新味ある気運を起す機縁となったのだから、小山内、数井二氏の気まぐれの所行も無意義ではなかったのである。

銀座裏の日吉町に、プランタンというカッフェが出来て、画家や文学者がよく集っていたが、小山内が人前もかまわず泣き出したのを私は傍観したことがあった。小山内と私とだけで中沢臨川に随行して、芸者の出る料理屋で飲食したこともあったが、中沢が酔っ払って独りで管を捲いている間に、小山内が如才なく私をあつかって、座の白けないように計らったことなんか記憶に残っているが、彼等遊び馴れた人の間に、私のような無愛想な野暮ったい人間が加るのは、甚だ不似合いなのであった。彼はたった一度私の森川町の下宿に立ち寄ったことがあった。その時食事時だったので、刺身など取り寄せて一しょに箸を執ったのだが、彼は、その刺身の二三切れをお義理で口に入れているといった風であった。彼はパトロンのお伴なんかして、うまいものを食べつけているので、下宿屋のたべ物なんか食べる気にならないのであろうと私は察していた。雨声会の連中が、たび〳〵のおよばれの返礼として、一度西園寺公を紅葉館に招いた時、彼はそこの料理に殆んど箸をつけなかったということを、私は徳田秋声君から聞いていたので、小山内も、西園寺風に舌の味覚が発達していて、下宿屋ものなんかに箸をつけられないのだろうと想像したが、これは無論私の買い被りであったのだ。小山内にそんな贅沢があろう筈はなかった。話好きの人で話のうまい人で、会うたびに、世間の面白い噂を私に伝えてくれた。「岩村透さんが、君の小説集を読んで、これは、下宿にいて新聞社へ通っているだけの人の書いた小説だと云っていた。」と話したことがあった。岩村と云う人は、長くフランスにも行っていた美術研究者で、気の利いた皮肉な批評をするので知られていた。「松居松葉が西洋から左団次の所へ送った手紙のなかに、君に警戒しろと書いてあったそうだ。新作を上演する時にひどい悪口を云うにちがいないと気にしていたそうだ。」と知らせてくれたこともあった。口が軽くって、人から人へ噂の噂を伝える癖があったのか。森鷗外の『青年』のはじめの方に、私らしい青年の言行を書いたところがあるが、あれは、小山内が面白ずくで下宿屋に於ける私の事を鷗外に話したのを、鷗外が作中に取り入れたのであろうと、私はひそかに考えていたが、それに関して小山内に向っては何も云わなかった。

小山内の詩、小説、戯曲の何れも、才人の作品であるが、才人以上の境地には達しなかった。三宅周太郎氏が、いつか或る雑誌で、「近松と黙阿弥と小山内」とを演劇史上の三天才のように云っていたのには同感し難いのである。日本の新劇の発達に貢献したところ多しと雖も、少なくもその作品には天才の面影は見られない。翻訳的才能を発揮したのに留まる趣がある。『第一の世界』は、小山内の思想を最高所に於いて現したものと云ってもいいが、これは明らかに翻訳心境である。自己の真実に徹しているとは思われない。私は戯曲では、『西山物語』が最も出来がいいのではないかと思っていた。読んだ時よりも上演されたのを観て面白かったのだから、劇作家としての真価をそこに認めていい訳だ。しかし彼は戯曲家として文学史に残るほどの物は創作し得なかった。これは彼自身無念に感じたであろうと思う。彼同様新劇に活躍した島村抱月にも自作のいい戯曲は残さなかった。何と云っても坪内逍遥はえらかったと云っていい。『大川端』を読んだ滝田樗蔭が、「あれは年少者に読ませる芸者遊び案内見たいなものですよ。」と云っていたが、小山内の小説には、悪どく自己に徹したものもなく、噂話か案内記見たいなものが多かったように、私は記憶している。今改めて読んで見たら、何かの新しい味いか、深いものが見出されるであろうか。『背教者』にも、背教者としての悩みが出ていた訳でなく、さら〳〵と書き流した自伝に過ぎなかったように思われる。中央公論に掲げた『江島生島』など、二三の物語は彼にふさわしい作品であったように思われる。

劇評は、はじめから西洋の演劇論に啓発されて日本の芝居を批評するので、新味があった。彼の才能の発揮にふさわしかった。「歌舞伎」に掲げられた『勧進帳』や『高時』の批評など斬新であったが、晩年に朝日新聞に掲げられた劇評もさすがに傑出していた。彼の演劇論は多量であるが、彼は、演劇を心の糧として取り扱い、従来「お芝居」として民衆のための遊び場であったところの遊芸を精神修養機関と見做しているが、私はそこに彼の翻訳精神を見るのである。黙阿弥でも近松でもシェークスピアでも、芝居を娯楽場として処分し、高が無学者の学問所か、勧善懲悪を示す所くらいに思っていたのであろうが、近代の西洋では、劇場をも戯曲をも、高級なる文化の現れとして重く見るようになり、小山内や私などは、早くそれに感化されたのである。一時キリスト教を信仰したばかりでなく、大本教に凝ったり巣鴨の何かに熱中したりしたのも、西洋渡来の近代人の悩みを翻訳的に身に感じた結果なのだ。私は一時キリスト教を信仰して、何時となしにそれを離れたのだが、何か神秘的なものに帰依して心の安きを得んとする人には、多少の同感をいつももっている。神秘的なものを信仰するのは甚だ旧弊らしいのであるが、私はそこに近代人らしい心の動きを見んとするのである。彼は自分で云っている通りの背信者であり、一生一つの信仰に徹し得ないで移り気であるが、しかし、誠意をもって何かを求めんとしているだけは、私は認めていて、傍観的に彼に好意を寄せていたのである。

私は、あの頃の文壇の知人のうちでは、帝大では小山内薫、早稲田では水野葉舟が美青年であると思っていた。従って彼等の女性関係の噂はおり〳〵私の耳にも伝えられていたが、大抵は非難の意味を含んでいたり、冷嘲的口調を帯びていたりした。他人の情事は羨ましいためにケチをつける気になるものか。小山内は演劇その他の芸術を愛好し、宗教にも心を傾けるとともに、世俗的享楽児としての行動を恣ままにしていたらしいが、俳優や興行者などから一面安っぽく見られていたのは、そのためではなかったか。演劇を心の糧とし、舞台の所演に魂の活躍を見んとした彼ではあったが、旧歌舞伎系統の俳優にも新派の役者にも、左様な殊勝な心掛けを有っている者の有る筈はなく、あの頃の伊井一座の連中でも、市村座の連中でも、時々彼を以て、酒席に於ける一介の取り捲きくらいに思っていたかも知れなかった。黙阿弥は狂言作者としての手腕が傑れていたためでもあったが、俳優や興行者に馬鹿にされないだけの心構えはいつも保っていたらしい。岡本綺堂でも、岡鬼太郎でも真山青果でも、演劇界のもろ〳〵の人物に対して、自己の見識を崩さぬように多少用意していたらしく思われるが、小山内にはそんな所はなかった。頭かくして尻かくさずと云ったようなところがあった。しかし、そういう所に、小山内の固定しない流動性があって、他にまさった人間興味を私に覚えさせたのであろうか。

光陰矢の如く、あれから殆んど二十年も経過しているのであるが、私が外遊の船に乗る前に、菊池君の発起で山王の茶寮で送別会が開かれ、その時、小山内も来会して、いろいろと洋行中の心得なども話した。夫婦連れの洋行では旅費が三倍かかるという経験者の話を伝えたりした。それは、西洋へ行くと、女はその土地々々の風俗に倣わなければならぬので、頭のものや服装などに余分の費用がかかると云うのであった。それに、女連れだと、電車ですむところを自働車に乗ったりするので、無駄な費用が入ると云うのであった。私は謹聴したが、しかし、自分が世界一周をして経験したところによると、彼の云っていたようなものでもなかった。横浜出帆のおりには、大勢の見送人のうちに小山内の姿は見えなかったが、船に乗ってから、彼からの電報が来た。身体の加減が悪くて見送れなかったというのであったと記憶している。

私達は桑港《サンフランシスコ》から飛行機に乗ってロスアンゼルスに向い、暫らくそこに滞在した後、上山草人氏の自働車に同乗してサンデーゴへ行ってそこで年末の数日を過したのであったが、その町に在住している日本人の家で、日本語新聞を見ると、沢正の死と小山内の死とが掲げられてあったので、草人も私も、驚いて感慨無量といったような有様であった。

「二人連名で弔電を打とう。」と、草人が云った。その時そのサンデーゴには、洋画家の三宅克己氏夫妻が来遊していたが、氏夫妻は、小山内兄妹とは懇意な仲であると云って、彼等に関するいろ〳〵な事をしめやかに語った。異郷にいて、遥かに知人の死を追悼するのも、情趣深い思いがされた。沢正はこれから劇界に大活躍をしそうに世間から期待されていたので、惜しみても余りあるのだが、小山内にしても、新時代の演劇に関する経験も知識も豊富になっていたので、これから意義ある仕事が出来そうな境地に立っていたのであった。

私は、欧米諸国で、オペラや正劇、その他さま〴〵な演芸を見て何か感ずるところがあると、小山内が生きていたら、帰朝後、誰れよりも彼に向って、その話をしたかったのにと、遺憾に思っていた。私は西洋見聞談は、小山内薫と田山花袋との二人に向ってしたかった。話し甲斐があると思ったのだ。真面目に聞いてくれると思ったのだ。ところが、小山内は早く死し、花袋は私の帰朝当時から病気であって、訪問する機会も得られなかったうちに逝去した。

私は、以前からよくそう思っていて事に触れてそう云っているのであるが、小山内も有島も、翻訳時代の代表的芸術家である。藤村や花袋などよりも、翻訳的心境に身を置いて、彼等の心の動揺も、芸術の行動振りも、その心境に基いているように私は思っている。私自身も西洋の翻訳と云った気持が昔から今に至るまで、心に潜在しているように思われてならない。いいも悪いもない、そうだからそうなのだ。

此処まで書いて筆を擱こうとしたら、小山内の『演劇論叢』が一冊見つかったので、久保氏の新著で骨組みだけ分った小山内の演劇に対する態度や実際的行動がよく分った。ここに集められている論文は、彼の青年時代のものであるが、それだけに意気込みは盛んである。島村抱月の「芸術座」が二元の道を説き出したのを攻撃する筆法は鋭いのだが、これなんかはいつの世にも問題となる事である。「二元の道とは何の事だ。簡単に云えば、一方では神に仕えながら一方では人に仕える事だ。そういうのが若しむつかしければ、一方では金儲けをしながら、一方では芸術家になろうというのだ。即ち少しは俗衆に媚びても、先ず金をうんと儲けた上で、それから損得を顧みない純粋な芸術を見せようというのだ。」

今日の世でも、我々は、いろいろな方面で、二元の道を考えている。倒れるまでも一つの道を進もうとするに躊躇する傾向は明らかに存在しているのである。小山内自身にしても、つまりは一つに徹することはなかったのである。

（「人間」昭和二十二年八月）

逍鷗紅露

幸田露伴逝く。

私の年少時代には、坪内逍遙森鷗外尾崎紅葉幸田露伴の四氏が、文壇の最高層に位しているように云われていた。これは動かすべからざる定説であるように、私の頭に印象された。それ等巨匠のうち、紅葉が最も早く、四十歳未満の若さで倒れ、鷗外は六十歳あまりまで生存して老熟の境地をあらわし、逍遙は七十七歳まで、老いの来るを知らざるような働き振りを示し、最後に露伴は八十を越すまで耄《もう》することなく頭脳の活躍をつづけた。

明治の四巨匠は、露伴を最後として、すべてこの世を去ったのであるが、今から回顧すると、この四人は一代の大家としての風格をそれ〴〵に備えていたように思われる。紅葉は、戯作者の系統を引いた小説家であったが、文学には誠実であったと云っていい。私は、はじめから彼を低調な作家として、敬意を寄せてはいなかったが、しかし、その作品は面白いと思っていた。可成り愛読していたのである。モリエールを翻案した『夏小袖』や『俄医者』など。幾つかのデカメロンの翻案。『西洋娘気質』や『心中船』その他の西洋物の翻案を私は面白く思っていた。『不言不語』も西洋通俗小説の翻案なのだろう。『夏小袖』なんか、モリエールから遠く離れているであろうが、日本流に、或いは落語風に砕いているところが面白かった。私は幼少の頃、徳川期の戯作を耽読していたから、その趣味が心の隅にこびりついていて、紅葉の戯作調を面白く受け入れるようになっていたのかも知れない。

露伴の作品は、少年時代の私には近づき難かった。『一口剣』くらいは面白く読んだが、『五重塔』でもさして妙味を覚えなかった。『風流微塵蔵』の大作は、六ケしい面倒くさい作品として敬遠していた。晩年の彼の小説は鷗外晩年の伝記物の如く他に類の無い作品であり、小説を外にして、東洋の文豪という趣が呈していたようだが、概して私には露伴文学は理解し難いと云っていい。露伴は将棊に於いても、釣魚に於いても研究心が強く、何かやりはじめると、その道に徹底しなければ気が済まぬようであったらしい。この傾向は他の三文豪も同様で、いい加減でやりっ放しにしないで、何かを志した上は徹底的にやり遂げんとしていたようである。鷗外の文学は、余技であり、遊びであったように、あの頃一部の文壇人に云われていたが、あの伝記文学に於ける材料の調査振りを見ると、いやしくもしない努力振りが現れている。紅葉が文章に苦心したことも噂に残っていた。逍遙の倦《う》まざる勉強振りは、私は多年見聞していた。

私は勤勉努力の信者ではなく、物事に凝る人を特に尊ぶ気持にはなれないのだが、しかし彼等四人は兎に角えらかったと云ってもいい。私は意識的に彼等の感化を受けたことはないが、坪内逍遙には学校の先生として、さまざまな事を教えられた訳で、多少の感化は受けたにちがいない。教室や自宅で不用意に話された文学や演劇に関する断片的ないろいろな話を私は記憶に残している。それがたび〳〵思い出されて、私の役にも立っている。近年は、鷗外は偉大なる文学者として、ます〳〵尾鰭《おひれ》がつき、頻りに論評されだしたが、逍遙は甚だしく閑却されている。シェークスピアの翻訳をいろ〳〵な人が利用しているくらいなものだ。しかし、私の眼底に映ずる逍遙が、文学者として鷗外に劣ること幾干《いくばく》かと考えると、今日の一般的評価について、甚だ疑いが起るのである。逍遙と鷗外との差は、花袋と藤村との差のようであると云ってもいいところがある。「没理想論」では、鷗外の方が勝ってはいるが、逍遙が英国の古めかしい僅かな文学書を読んだだけで、没理想を思い出したのは、直観力が傑れていたと云っていい。あの論は後年の自然主義説と相通じる所がある。逍遙は鷗外ほど泰然としていないで、いろ〳〵に迷っていたらしい。さまざまな事を企てても、つまり何も出来なかったと自から省みた結果、せめてシェークスピアの翻訳だけでも完成したいと決心して、勤勉努力をした所に、私は人間的興味を覚えるのである。それに関らず、鷗外は自己の行動や心境を作品に直写したが、逍遙は鷗外ほどの自己暴露を試みなかった。当時の文壇の流行に化せられなかったのである。

私は一度だけ藤村と二人きりで雑話に耽ったことがあったが、その時彼は、「坪内さんは、いい意味の通俗文学者だと思います。極くいい意味の通俗文学者です。」と云った。これは逍遙を安っぽく見たのではなかったようだ。私はこの説に反対しようとは思わなかった。しかし、通俗文学者と純粋文学者との区別は六ケしいもので、或る意味で、漱石だって通俗作家であると云えそうであった。泡鳴は、逍遙鷗外漱石などすべて二流文士と呼んでいたが、これは泡鳴の立場から見ると、そうも見られた訳だ。秋声は、『アンナカレニナ』を通俗小説だと云っていたそうだ。「トルストイも極くいい意味の通俗作家である。」と云ってもいいのであろう。

私は紅葉の小説は愛読した。今でも座右に彼の作品集があったら、時々読んで見たいと思っている。落語を聞くような気持で読むのだ。しかし、私は紅葉の小説からは何の感化も受けなかったし、若し硯友社文学がいつまでも勢力を張っていたなら、私は小説に筆を染めなかったであろうと推察される。露伴に対しては、私は無縁の人である、と云ってもいいようだ。

鷗外の感化は受けているが、それは彼の創作よりも翻訳に於いてである。二葉亭の翻訳もいいが、あまり二葉亭になり過ぎていると思われる。私には鷗外の翻訳が最も気持よく読まれる。鮮明でいい。私は明治以来の日本の文学書のうちでは、第一に鷗外の翻訳全集を持ちたいと思っている。鷗外の評論は近来頻繁に出るようだが、これは、評論の題目とするに便利なものを鷗外が多量に持っているためである。

時代が若かったために、彼等四人は早くから名を成した。二十代で大家あつかいされていたのである。それは幸福のようであるとともに不幸でもあったのだ。早くから人の師となり、また人の師であるような態度を執るのは自己発展のために害になるのである。紅葉は殊に門下生に取り捲かれて、親分気取りで談笑することが好きであったらしいが、この人は、他の三人と異なり、小説一本鎗であったため、長生きしていたら、精神苦が烈しくなっていたであろうと察せられる。時代に取り残される憂目に会ったかも知れない。「紅葉は客観的だからまだ延びて行ったであろうが、一葉は主観的だから行き詰まったかも知らぬ。」と、逍遥は云っていたが、果して左様であろうか。私には逆のように思われていた。しかし、私は紅葉の小説は好きだ。

（「早稲田文学」昭和二十三年一月）

永井君のこと

永井君が健在であることを誰からか聞いたり、昔ながらの艶のある筆で世相を描いているのを何かで読んだりすると、私はいつも心丈夫に思っている。同君と同じ年に生れた私は、その事だけでも、同君を念頭に浮べて、一種の人類的親しみを覚えている。私と年齢の同じい作家が、元気よく文壇的行動を続けていることを知って、心つよく感じている。私の知友はすべて逝去した。人世寂寥の感に打たれる事が多い。永井君にはたまに何処かで会ったことがあるだけで、しみ〴〵話したことはないのであるが、その作品は殆んどすべて読んでいると云っていい。幾度も繰り返して読んだのもある。

青年時代の荷風君がフランスから帰朝した時に、同君は、私の主宰していた読売新聞の文芸附録に、西洋の音楽事情を寄稿した。私には音楽の事なんかちっとも分らなかったが、小山内君がそれを激賞していたから、多分いいものであったのだろうと信用した。その他、二三の短文を寄稿されたようであった。

そのうち、同君の名声は文壇を風靡したのであったが、私も、『すみだ川』を読んで感歎これを久しうしたことを、今も記憶している。『あめりか物語』や『ふらんす物語』を読んで、私のかねて抱いていた外遊慾は強烈に刺戟されたのであった。羨望に堪えない思いがされた。

しかし、同じ時代に生長しながら、荷風君と私とは、文学を鑑賞する気持も人生に対する感想も、甚だしく異っているのじゃないかと、私はかねて思っている。荷風君は江戸芸術の愛好者であるが、私と雖《いえど》も、ちがった態度に於いて、江戸のさま〳〵な遊芸に興味を感じていた。荷風君はフランス文学の心酔者であり、フランスその物にも異常の愛着を覚えていたようであった。が、私とても、ちがった意味でフランスとフランス文学に「憧憬」しているのである。フランスだって江戸だって、人類史上の一現象としてどうにでも翫賞し得られるのである。『ふらんす物語』のなかに、月夜ディジョンからスエズ行の汽車に乗っている旅客を、夢の国へ出立する者のように羨ましく思って見送ったことが述べられているが、私自身五月の頃そのディジョンからスエズへ向った時に、荷風君の記事を思い出して、いざ夢の国へ向わんと、心踊る思いしたのであった。『ふらんす物語』に、外交家が有り振れた浮世に飽いて、ペルシアへ行くことが書いてあった。ペチョリンがペルシアへ行って埋没したことが、レルモントフの小説に書かれてあった。私もペルシアを、パリから、江戸から、或いは東京から脱出して行くに価いしている境地として空想していたことがあった。

わが老骨を埋む地として、私はペルシアを幻想せんとす。寄語す、荷風はいかに感ぜらるるや。

（中央公論社『荷風全集』昭和二十四年五月）

現代作家論

上

私はかつて菊池寛を観ていたような気持で石川達三を観て来た。その作品に、豊醇な文学味がある訳ではないが、文学を手段として、広く現実の世界に生きんとする意欲の動いているのに、私は彼等の作品と、その文学態度に、興味を持っている。それで私は石川の作品でも、感想文でも、かなりよく読んでいる。個人としての彼はほとんど知らないし、また知ろうとも思っていない。文章の形において現れたる範囲だけの彼を観察し検討せんとしているだけである。『蒼氓《そうぼう》』をはじめ、『生きている兵隊』『使徒行伝』『結婚の生態』『蓮女抄』『望みなきに非ず』『風にそよぐ葦』最近の戯曲その他戦争当時の新聞雑誌の作品の、あれやこれやを読んでいる。完備したものであろうがなかろうが、粗野であろうが、鈍味であろうが、現代味豊かな一個の人間として、一個の文学者として、私の空想裡に、可成り鮮明なる影を落している存在物として面白いのである。我等の生存している時代に対して或いは順応し、或いは反抗している微妙な態度も面白い。明治初年、北海道の農学校に一、二年教師となっていたクラークとかいう外人は、学校を去るに臨み、若き教え子に向って「ボーイ等よ、アンビシアスであれ。」と、別れの帽子を振って激励の語を吐いたそうである。「ビー、アンビシアス」と、文学の神は石川に向って言っているようである。この警告は他の壮年青年の文学者に向って言うよりも、石川に向って言われるのが、最もふさわしいのである。彼はそういう激励語を受け入れるのにふさわしい文学的体質をそなえているのである。もっと具体的に言って見れば、或いは私の空想裡の石川について言うと、彼は、芸術院賞や読売文学賞などは、眼中にないので、ノーベル賞を狙っているのである。虎視たんたんと、その得るに甲斐ある獲物を狙っているのである。志小でないと言っていい。

彼は、花袋の『田舎教師』藤村の『新生』秋声の『縮図』などを、どこがいいのかと、ある雑誌所載の感想録のなかで、簡単に言い切っていた。他の同輩の作家はそれ等旧作家の代表的作品に因習的敬意を多少払う傾向があるが、彼はそういう感じを持っていないし、むしろ持っていない事をほこりとしているのである。文学青年のにおいがないのである。花袋は「個に徹する」ことを言っていた。藤村もそういう気持をもっていたのであろう。石川は個に拘泥しないで、時代を観ようとした。時代の動きを見ようとした。それだけなら、かつてのプロレタリア作家の態度の如く、あるいは、文学意識のない、政治家や政治評論家などの通俗的心境の如く、浅薄凡庸と言っていいのであるが、彼は風格面丰《めんぼう》は異っていても、おのずから、彼は彼なりの文学精神を具えている。個に徹せんとしている。彼は虎視たんたんとしながら、そしてふてぶてしく自信の筆を運んでいるようでありながら、意識的に或いは無意識的に迷っていることは、幾つかの作品を読んでいると感得されるのである。

『風にそよぐ葦』は、一通り時代をうつさんとした、さまざまの作家のさまざまな作品と同様に、真に徹しないで、ややもすると通俗に堕しているようにも思われるが、そのへまなところ、とちっているところに、時代の生きた影を、私は見るのである。『結婚の生態』は花袋の描く或る作品に似ているようなところのあるのなど、意外であるが、花袋の甘さには涙があるが、石川の甘さには涙がないのである。

『蓮女抄』には鷗外と言ったところがある。しかし鷗外の方が古い。

私はこの頃文学の行衛を考えている。文学の行衛は、私などにとっては、人世の行衛と言ってもいい。あるいは日本の行衛といってもいい。文学も要するに時代の反映であり、右往左往して、落ちるなら落ちるところへ、おのずから落ちて行くのである。それで、時代を反映して、右往左往している現代文学の姿を、私は、誰のよりも、石川の作品において見るのである。あの時の札幌農学校の生徒のうちには、アンビシアスであれといった恩師の言葉を服膺《ふくよう》して世に進んだ者もあったであろうが、時代の波の動き次第で、志を達したものもあろうし、沈没したものもあったであろう。強い素質を持っている彼石川は、どういう風に泳ぎ抜けるか。

石川は幾十巻の長篇大作を書き通す逞しい吉川英治を目標とするような口吻をどこかで洩らしていた。さもあるべき事である。それでは吉川はどういう作家であるか。

中

私の年少の頃、内田魯庵は『文学一斑』と題した、今日なら「文学入門」と名づくべき書物を発表した。私など教えられるところが尠くなかった。そのなかに、平家物語は日本のイリアッドであると言っていたので、私はそういうものかと、何の疑いもなく受け入れていたのであったが、後日、イリアッドを読んで、この東西の古典はどちらも叙事詩であるとは言え、似ても似つかぬものであることを知った。近松は日本のシェークスピアであり、馬琴は日本のスコットであると断定するよりも、もっと類似性の乏しいものである。魯庵はイリアッドを読みこなしていなかったのだ。

しかし、平家物語は、日本人にとっては、いつまでも魅力のある叙事詩である。この物語に叙せられている源平両家の興亡や闘争には、一つ一つ詩趣があるのである。そして、それ等の一つ一つが、後世の詩の題目となっているのである。吉川英治が、作中のあれやこれやを断片的に取り扱うのではなくって「オール平家」として、終始を通じて題材としたのは、志小ならずといっていい。吉川流にアンビシアスであるといっていい。平家物語の新解説ともいえるし、この物語を素材として、あのころの時代と人とを、今日の頭で批判的に描かんとしているともいえる。私は、この新物語の連載されている週刊誌によって、幾つかを断片的に読んで面白いと思った。文章も「武蔵」よりもあくが抜けて、品がよくなっていると思った。淡々たる筆致に多少の詩趣があると思った。「源三位頼政」の条下を偶然見たのだが、これなどは、今の時世の人間を観ているような、その心境と人間振りが素直に、ある意味で言うと純文学的に写されていた。重盛の如きも、在来の型を破って、しかし、伝説的重盛を無視しないで、伝説に添って、そのうちに現代人も、この運命の人の心に入って行けるように描いている。老巧である。衰運の影がちらついていながら、まだ栄華をほこっている平家の日常の姿を叙しているあいだに、将来の新英雄源義経である少年牛若が、ひそかに、見えつ隠れつ、その可憐な姿を保って存在を続けている有様の描写には、老練な小説的技巧がうかがわれるのである。

それで、今度私は「新平家」の最近刊行の一巻を通読した。そうすると、いろいろな事を取り入れて、自分が史的調査をしたさまざまな事をみんな取り入れようとしたためか、作品が水っぽくなって読者の印象が稀薄になるのである。例の妓王妓女仏御前の出没している所に出くわしたが、このあたりは平凡な叙事文になっている。こういうところは吉川の素質に適していないので、さすがの大作家も持て余しているのである。この一巻を通読しながら、私は頻りに「真平家物語」を追懐した。あれは、類い稀なる純粋の詩である。この物語の一片を取って題材とした能楽演劇小説詩歌はさまざまあるが、つまりはどれも本家には及ばないのである。

摂政基房と清盛の孫との車争い所謂「髻《もとどり》切り」などを例としても、悪い事はすべて清盛の所為とし、いい事はすべて重盛の所為としたのは、在来の伝説に過ぎないので、後世の歴史家の古史料の研究によると、その間違いは明瞭であり、清盛は大政治家であり当代の偉人であると認められるようになり、昔の『平家物語』の作者などは正しい批判を欠いていたことになるのであるが、それに関らず、この物語は日本に稀なる優秀な叙事詩である。史実に拘泥しないで、詩人の好みのままに、あの時代の世相と人間とを唄ったので、その声はいつまでも日本人の心を魅するのである。

清盛が、妓王と仏御前の出家を聞いて「わからぬよ、どうもおれには、性来、おれは女の心を解さぬ男に出来ているのだろうか。それにしても、どうして若い女どもが、やたらに髪を切りたがるのであろ。こんな流行りは止めさせねばいかん。男の入道とはわけがちがう。――清盛の室の花であろうがなかろうと止めさせねばいかん。浮世の眺めが寂しくなる。」と、例の調子で言ったであろうと想像するのは面白い。こういう砕けた気持の清盛が、全体にもっとたっぷり出ていたら「新平家」に新味が増してもっと面白かったであろう。「武蔵」には、徳川期以来の大衆文学のくさ味がたっぷりしていて、その種類のものとして傑れているにしても、私の鑑賞力は絶えずそれに反ぱつを覚えるのである。とに角そこを脱出せんとしているような文学的精進を私は認めるのである。

これについても、私は文学の行衛を考える。

下

新聞に出ているうちにひどく評判であった『自由学校』を、私は、一冊の本になってから読んだ。面白くって一気に読んだのだが、今日回顧すると、どういうストーリーであったかと、はっきり浮ばないほどに印象不鮮明である。感銘稀薄であるのは、私の頭脳が老齢のために衰頽していることに依るばかりでなく、作柄も私の心をとらえ、私の心に深く刻まれるような種類のものではないのである。特異の女性特異の事件が今日の日常生活のうちに出現しているのであるが、作者はただの笑い話のように書き流していた。毎日を面白可笑しく、多数の読者に読ませてやろうとの作者のお計らいであったようだ。

私は、今度『てんやわんや』を面白く通読した。これは読んだばかりだから、作者の創作意図がよく解っている。面白可笑しくの、飄々乎《ひょうひょうこ》たる筆が紙上に遊泳しているばかりでなく、主人公の心理行動が現実の姿をとって克明に叙せられているといってもいいのである。精神のしっかりしていない主人公を、戦争直後の時代の波に漂わせているうちに、人生批評も浸み出ているのである。「無限大を求める代りの無限小を求める求心運動」―

が、四国の末端で、茶気のあるある和尚によって起されているのなんか甚だ面白い。言論の自由信仰の自由もさる事ながら、それよりも、欠乏からの自由、恐怖からの自由に魅力を感じ、西洋からの受け売りでない、田舎者は田舎者なりの空想を逞しうしているところに、人間のいたましい心の動きの一例を見るのである。「臆病者の天国」それはわれわれ、無知無力の人間が、何かにつけて夢見る天国の一模型である。面白可笑しくの笑い事ではないのである。

私は、四十年も昔に書かれた上司小剣のふるい小説『木像』を、このごろ始めて読んで、これは意味深い作品であると、ひそかに感動した。これも、精神力稀薄な、文化的教養のない一匹夫の心の動揺を克明に描叙したもので、彼は誰に知恵をつけられた訳でもないのに、人間生存についての懐疑に襲われて、その解決に悩み、臆病者の天国を夢みては、浮世の波に襲われ、その夢が破れ破れするところを、私は人事ならぬ思いをしたのであった。『てんやわんや』を読むにつれて、私はその『木像』の主人公を連想した。『木像』に出ている老婆もしっかり者で、人生に対し彼女らしい解決をしていたが『てんやわんや』にしても、その若い主人公は、きょときょとして、どぎまぎして、事に触れては安定を破られているに関らず、その相手の若い女性は周囲の風波に怯まないで身を処している。日々の人生をてきぱきと解決している。現実の世界において実際にそうなのであるか。作者が面白ずくでわざとそういう風に書いたのか。この女性は「あたし今度の事業が失敗したら、共産党に入ってやるわ。」と、相手の男にたよりを寄せているが、行き詰まった時の女性の解決は、単純で早い。主人公たるこの男は、女性の音信に同感し、共鳴しながらも、決行においては躊躇するのである。あるいは南国の熱血児の狂言的求心運動にも融け込むことは出来ないで、依然として「私は流浪の旅人である。」と嘆息するのである。この四国に来た一年前もこの地を去る一年後も、彼の心理状態は変らなかった。「私の前途ただ不安あるのみである。」差し当っては、震害で不通だった線路が今日から開通するので、混雑を予想される宇和島駅へ、一刻も早く到着しなければならないという、それだけが、私の大理想であると、彼は自分で結論をつけている。てんやわんやの世の中での大理想はこんなものか。

女性の微妙なる心理、めんめんたる情緒は、私の読んだ範囲では、吉川も十分に表現し得ないのである。妓王や仏御前のくだりにおいて見られる如く、それは甚だ手薄である。獅子文六にしても同様であるらしい。

石坂洋次郎の『青い山脈』の結末に、こういう事が、ある女性の口を通していわれている。

「それあ貴方が仰有るように、外国の恋愛小説などを読んでおりますと、豊かな、素晴しい恋人同士の会話が出て来たりしますけれど、私共の社会生活はまだそれほど成熟しておらず、ずっと幼稚な段階にあるのだと思いますわ。その地盤が出来ておらないのに、真似事のきれいな会話で飾り立てるのは、かえって惨めで、滑稽なことではないでしょうか。」

その通りである。日本の小説には、文華栄える現代の小説でありながら、そこに素晴しい読む人の心を蕩《とろ》けさせるような恋人同士の会話はまだ見られないのである。

なお、私は大佛、石坂の作品を幾つか読むことは読んだが、与えられたる紙面に余地がなくなったので、それについての感想は他日に譲る。

（「読売新聞」昭和二十七年六、七月）

太宰治小論

かつて、太宰治の短篇『おさん』『桜桃』『ヴィヨンの妻』などを読んで、興味を覚えたことがあった。女をよく知っているらしくも思われた。そして、この、私などには縁の遠いらしいこの作家のものを、もっと読んで見ようかと思っていたのであったが、ふと、彼が変な死に方をして、世を騒がせ、その作品もひどく持て囃されるようになったので、こういう時に、世評に雷同して、あわただしく読んで批判を下すよりも、少し間を置いて、冷静に読んで、周囲の声に心を乱されないで、自分一箇の鑑賞を試みようと志した。この作家は年月を経ても作品価値を低下されることはあるまいと、私は信じていた。

そう思い〳〵今まで新たに彼の作品を読む機会はなかったのであったが、今度この雑誌の編集者から、「太宰に関する何かの感想を。」と依頼されたので、かつての意図を思い出して、その依頼を安受合いに受け合った。昨今頭脳疲労している場合、可成多量な彼の作品集を見ると、圧迫感が起って、読むことも批評することも躊躇されたが、依頼者の熱望を拒絶しかねて、渋々読んで見ることにした。汽車のなかで読み、芝居の幕間に読み、注文した料理の運ばれる間に読んだ。

読めば、詰まらぬ者にでも、下手な作品にでも、それをそれと認めながら興味を感ずる私である。

太宰の作品には、かつて予期していたほどの妙味は感ぜられなかった。小説には人間が人間を書いているのだから、同じ人間の一人である私は、読みながら共鳴を感ずるところが少なからずある筈で、太宰の作品にも私自身の影のちらつくのを見ることはある。しかし、私が彼の作品に引き摺られるところは案外少なかった。私を天上に引き上げるところも奈落に引き落すところもなかった。無論私を陶酔させるところも、戦慄させるところもなかった。

『ヴィヨンの妻』のなかに、「人間の一生は地獄でございまして、寸善尺魔とは、まったく本当のことでございますね。一寸の仕合せには一尺の魔物が必ずくっついてまいります。人間三百六十五日、何の心配も無い日が、一日、いや半日あったら、それは仕合せな人間です。」と、作者の影とも覚しき人間が云っている。私は同感である。しかし、この気持が、痛烈な真実性を持って、読者たる私達の胸を抉る如くに書けてはいないのだ。私自身がその気持を持っていながら、そして作者冥利それを心行くまで文字で表現しようと志しながら為し得ない如く、太宰とても為し遂げてはいないのである。『ヴィヨンの妻』も、空々しい。

私は太宰の作品は、今のところ、幾つも読んでいないのだが、読んだ範囲では、『人間失格』と、『グッドバイ』とがいい、評判の『斜陽』は形だけのもので、斜陽の斜陽たる光景も人間心境も、鮮明に現されていない。鋭利な批判は無論欠けているが、淡々たる絵模様にも出ていない。斜陽を詠歎している詩の趣もない。異様な自殺までした作家でありながら、この作家の作品には詩が無いのである。人としての行動にも、片々たる感想録にも、詩人らしいところがありそうに思われるに関らず、その小説には詩が乏しいのである。

小説には必ずしも詩が無ければならぬと云う事はない。ぎり〳〵の真実の人生を克明に描写し表現したものも面白いのであるが、詩がありそうな作柄でありながら詩のないのは甚だ物足りない。『斜陽』『ヴィヨンの妻』などその一例である。

「僕はね、キザのようですけど、死にたくて仕様がないんです。生れた時から、死ぬ事ばかり考えていたんだ。皆のためにも、死んだほうがいいんです。それはもう、たしかなんだ。それでいて、なかなか死ねない。へんな、こわい神様みたいなものが、僕の死ぬのを引きとめるのです。」と、『ヴィヨンの妻』のなかに云っている。最後に自殺を決行したこの作者にはこういう心理が不断存在していたのかも知れないが、その心理が、作品のうちにおのずから流れてはいないのだ。波打ってはいないのだ。その心理を露骨に公言しないでも、その気持は、作中に、自分或いは他人を描いているうちに、おのずから現れて、読者をして、その気持に魅惑させるものがあってこそ、至上の作者と云うべきである。死に対するアコガレも取って附けたようで、私などをして、身にしみ〴〵と感ぜさせ、読みながら、或いは読み終って、詠歎これを久しうすと云う趣がない。

『グッドバイ』には、雑駁な世相の一片を、何となしに書いているうちに、「この世いとわし」の感じが、おのずから出ているのが面白い。「乱雑。悪臭。ただ荒涼。」居たたまれなくって、早くそこを脱出せんとする気持が、読みながら私の気持にも起るのである。この最後の未完の作品の巻頭言として、作者自身、唐詩選の五言絶句のうちの「人生足別離」の一句を引用している。この句は、日本訳すると、「サヨナラだけが人生だ。」ということなのだと、作者はその意味を受け入れている。唐人の詩句によって、作者自身の心を詩に化しているのである。「まことに、相逢った時のよろこびは、つかのまに消えるけれども、別離の傷心は深く、私たちは常に惜別の情の中に生きているといっても過言ではあるまい。」と、作者が註釈を加えているところは、作者の詩のあらわれが見られると云ってもよかろうか。

『人間失格』には、人間に対する恐怖心が出ているのが、私には面白かった。私の心にそういう恐怖性の潜在しているのに気づいて、理窟なしに共鳴を覚えた。この作中の主人物は、幼少の時から人に媚び人の歓心を得るため、道化た真似をしたりするのが、天性の恐怖心に基くのである。私は幼少の頃そういう態度は執らないで、むしろ、反抗的態度を持していたのであったが、その反抗的態度の底には人間恐怖が渦巻いていたと云ってもい い。人に突っかかる態度も、道化た真似して媚びるのも、恐怖心の現れが、唯形を異にしているに止まるのである。『人間失格』の主人公は、成長して後、酒、煙草、淫売婦などに溺れるのも、必竟、人間恐怖を、たとい一時でも、まぎらす事の出来る手段である事を、自分に認めるようになっている。それどころか、共産党員になって捕えられ、たとい、終身刑務所で暮すようになったとしても、平気であったのは、世の中の人間の実生活というものを恐怖しながら、毎夜の不眠の地獄で呻いているよりは、いっそ牢屋のほうが、楽かも知れないとさえ考えるようになったというのである。恐怖性の起す人間心理の変態である。作者はこれを『人間失格』の例とするのであるが、人間は或る一面からいうものなので、それは人間失格ではなく、本格の一面かも知れない。

「私は死にます。こんどは犬か猫になって生れて来ます。」

突き詰めてこんな遺言を製作したりするが、犬猫だって恐怖心を具えて動いているのではないか。

意外に思ったのは、この作者の感想断片のうちに、「内村鑑三の随筆集だけは、一週間くらい私の枕許から消えずにいた。私はその随筆集から二三の言葉を引用しようと思ったが、だめであった。全部を引用しなければいけないような気がするのだ。これは（自然）と同じように、おそろしい本である。」と云っている事である。この本に引きずられたと告白し、内村鑑三の信仰の書にまいってしまったと云っている。太宰の恐怖心は、留まるところを知らず、ダンテの地獄篇を一日に一曲ずつ読み、三十三夜眠れなかったという内村の恐怖心に感染して、趣のちがった恐れ心を起したのか。これは人間失格か、人間本格か。

彼は志賀直哉に対して我無者羅に毒舌を弄している。狂犬の如く嚙みついている。川端康成に対しても悪声を放っている。自分の作品を非難されたことが原因であるのである。これも恐怖心の変態的あらわれではあるまいか。内村の信仰に恐れ入った彼が、志賀に対する世間の讃辞である崇高とか、節操とか、潔癖とかを嘲っているのは、矛盾しているようであるが、これは太宰の人間失格がまだ徹底せず、崇高節操潔癖などにまだ未練を残しているためである。内村の信仰も、志賀の崇高も、人間失格者の目にはどうでもいいので、恐れ入る気にも嘲る気にもなれない訳である。

彼は、志賀の幸福らしい生活振りを羨み、自分は、血を吐きながらも、本流の小説を書こうと努め、その努力は却ってみんなに嫌われ、三人の虚弱な幼児をかかえ、夫婦は心から笑い合ったことがなく、障子の骨も、襖のシンも破れ果てている五十円の貸家に住み、戦災を二度も受けたおかげで、もと〳〵いい着物を着たい男が短か過ぎるズボンに下駄ばきの姿で、子供の世話で一杯の女房の代りに、おかずの買物に出るのであると歎息している。これはただの詛《のろ》いの声ではなく、真心からほと走る声である。太宰の全作品解釈にも役立つ言葉である。「本流の小説」に努力しているのが、つまりは彼の本心であったのか。本流だの、本流外れだのは、世評で勝手に云われるところで、人間失格者が自分でそんな事は拘泥しなくてもいい訳である。

かつて青野季吉の話で伝え聞いたのだが、或る座談会の席で、太宰は私の作品を批評して、一介のジャーナリストたるに留まるのではないかと、一言ではねつけたそうである。ところで私はその批評を甘受するのである。私は若き頃、ジャーナリストで一生終始してもいいと思っていた。「本流の小説」については、私は不断論評はしているが、自分自身は、「本流の小説」なんかを、死に身になって書かねばならぬと思ってはいない。元来本流の小説家として、失格するもしないも、そんな事どうでもいいではないか。

(「文芸」昭和二十八年十二月)

岩野泡鳴

私は泡鳴とは一時よく往来していた。彼れは、原稿の捌け口を志して、ある日突然私を読売新聞社に訪ねて来たのであった。その頃石川啄木も突然訪ねて来た。私は、青白い顔をした虚弱らしい小柄な啄木と、五分刈頭のノッポの、元気のいい、しかし粗野な泡鳴とを心の中で比べて、詩人にもいろ〳〵あるのだなと思っただけで、こういう人達に寄稿を頼む気はなかった。（註、当時白鳥は読売新聞記者、啄木も泡鳴も詩を書いていた。）その頃の私は、当時の詩人をあまり好んでいなかった。ところが、その後、小山内君（薫）主宰のイプセン研究会に出るようになってから、泡鳴とも懇意になった。森川町の私の下宿へもおり〳〵やって来た。私の方からも彼れの家へ訪ねて行ったが、最初行った時には、彼れは、赤坂台町に住んでいた。家は汚かったが、彼れの二階の書斎に洋書がドッサリ置かれているのを見て意外に思った。彼れは私を誘って溜池の東京亭へ連れて行った。食事をした後で、彼れは階下へ下りて玉を突いた。その時私ははじめてキューを手にしたのであった。

私は、彼れが巣鴨へ移転した後は彼れの家へ足を向けなくなったが、それまでは頻繁に往来した。最も親しくしていた一人であった。一しょに球戯場へ出掛けたり、囲碁に耽ったこともあった。絶えず熱烈な議論を聞かされたり、身の上話を聞かされたりした。しかし、私は、世間で云っているように、泡鳴の話をそう面白いとは思っていなかった。……でも、気の置けない、表裏のない親切気のある人間のように、その頃の私には思われていた。小説などに表れている彼れは、気の荒い無法者のようであるが、あれで、案外、人の気を兼ねる男で、世俗の習慣に捉われている常識家であった。そうでなければ、私があんなに長く交際を続け得られる筈がなかった。

『耽溺』（明治四十一年発表）という長篇は、小説家としての彼れの出世作で、いろ〳〵な点で、彼れの小説の見本と云ってもいい。『坊っちゃん』が漱石全集に於いて占めている地位に似ている。しかし、文壇の一部の人々に認められただけで、世間一般の読者に受け入れられたのではなかった。『耽溺』も『坊っちゃん』も、作家が一生の半ばを過ぎて、浮世の経験も豊富になっている四十歳近い頃の作品であるが、この二つの作品の面目は著しく異っている。当時漱石は官立大学の教師であり、泡鳴は月給二十五円ぐらいの大倉商業学校の教師であったことが、作品に対する世俗の信用を異にした所以で、さながら、書画骨董の売り立てに於いて大々名の所蔵であるか、一平民の所蔵であるかが、買い手の心持に影響するのと同様であるが、作風も、泡鳴のは、漱石のように通俗的ではなかった。卑近な正義感を含んでいなかった。……それに、漱石は、はじめから才気煥発と評価していいような目覚ましい筆使いを見せたが、泡鳴の『耽溺』はまだ稚拙であった。

この小説は所謂「自然主義」時代に現れたので、その頃には『耽溺』という言葉が流行していた。その以前には、樗牛の唱えた「美的生活」あるいは「ニーチェ主義」という言葉が、卑俗に曲解されて流行していたが、それ等の系統を追うて露骨になったのが『耽溺』という用語であった。小栗風葉にも『耽溺』という小説があった。そして、題目を同じうする二小説が比較されて、風葉のは、無反省な耽溺で、泡鳴のは、現代的苦悶のある耽溺であるなどと批評された。

ところが、今読み直して見ると、泡鳴の『耽溺』なんかは、大した耽溺でも、現代的苦悶のあるそれでもないのである。花袋氏の『蒲団』を、今の目で見ると、有り振れた甘いものと思われるのと同様である。自然主義の幹部として非難の矢を浴びていた二氏の如きも、あの頃はまだ初心であった。彼等によって創《はじ》められて、小説作法の常態となった自己の現実暴露は爾来二十年を経て、次第にすれっからしになった。

要するに『耽溺』の一篇には、当人の意気込んでいるほどの苦悶が含まれているのではないが、彼れは、此処から進んで行った。自己の熱烈な努力とともに、境遇が彼れを追い立てて歩を進ませた。

○

明治四十二年の末であったと記憶している。私は目白坂のほとりに住んでいた。……泡鳴が樺太の事業（註、缶詰製造）に失敗して、北海道をうろついて、ようやく帰って来たと云って、私を訪ねて来たのはその頃であった。不思議にも洋服（馬乗洋服だそうだ）を着用していたが、外套は着ていなかった。頑健な彼れの顔もやつれていて、尾羽打ち枯らした浮浪人のような印象が与えられた。五部作の最後の『憑き物』に描かれているような極度の窮乏と淋しさを経験していた時なのだが、そういう事情は、私にはよく分っていなかった。例の通り愚痴や泣き言は、彼れの口から出なかったから、私は彼れの失敗談も面白ずくで聞いていた。彼れは、差し当って原稿の捌け口を見つけることと、女を手に入れることとを志していると云って、「一人は蕎麦屋の女で、一人は教育のある女だが、どちらにしようかと迷っている。」と、真顔で云った。こういうことをアケスケと云うのは、世の笑い草になるのであるが、しかし、私は、今度彼れの五部作を読んだ後で、こういう彼れの話を思い出すと、笑う気になれなかった。仮面を脱した人間の真実の声のように思われた。あの場合、どんな女でも側に置かなければ、生存に堪えられなかったのであろう。そして、間もなく選ばれたのは、「教育のある女」たる清子女史であった。泡鳴は女史によって救われたのであった。彼れは全身を捧げて女の愛を求めたに違いない。彼女が増長したのは自然の勢いであった。

彼れが樺太へ出発する少し前に、私を東片町の陋宅に訪問したことがあったが、その時、私の知人である株屋が座に居合せた。株屋は、泡鳴の計画を聞き糺した上、

「それは止した方がいいね。そんな危いことをしないで、文学者は文学をやった方がいいじゃないか。」と、真面目に忠告した。私も同感の意をあらわした。

二三年後に、その株屋に会うと、

「いつか君のところで会った蟹の缶詰をやると云った男はどうした？」と、彼れは訊ねた。

「無論失敗して、一文なしで帰って来た。」

「だから、おれがよく云って聞かせたものを。」と、株屋は冷笑した。

しかし、今考えると、泡鳴の樺太行は文学者としての内容を充実させるための行為でもあったのだ。その樺太行の失敗は表面だけのことで、内面的には決してそうでなかった。夏目漱石は、書斎にあって、傑れた天分をもって人間の心理の研究をして『心』や『行人』や『明暗』などの名作を出した。しかし、泡鳴が漱石のような生活を続けていたなら、粗雑な凡作しか世に出せなかったであろう。北海道の風雪にぶたれながら、奮闘をつづけているために、彼れの作品に自から深さが加ったのである。

○

私は今度、彼れの五部続きの長篇である『発展』『毒薬女』『放浪』『断橋』『憑き物』を通読した。

小説の題目からして、泡鳴式に殺風景である。『毒薬女』なんて、意味を成さないいやな題である。全集にはこういう題をつけられているが、この小説はたしか『毒薬を飲む女』として、中央公論に出ていたものであろう。全集編纂者が体裁上題字を縮めたためか、あるいは何かの都合で、勝手に改題したのであったなら、無責任である。

『発展』その他は、『耽溺』の後を受けた作者の自伝小説である。父親が病死して、息子の義雄が家を継いでからのことで、波瀾の多い数年間の事が義雄を中心として叙述されている。小説家が大きな意気込みをもって長篇小説に従事しようと思い立つのは、大抵作者の自伝を書くことであるが、それは自然主義勃興以来の日本文壇特有の慣例になっているので、泡鳴もその風潮に習った訳である。しかし、彼れの如きは、その主張から云っても、文壇の常套に従って、義雄その他の小説名を用いないで、すべて実名で通したらよさそうに思われる。彼れの排斥する遊戯分子が、そんなところにまだ名残りを留めている。

しかし、この五篇は、緊張している。貧乏と情慾に苛まれながら奮闘している一箇の勇士の面目が躍動している。『毒薬を飲む女』は、中央公論に掲載されたため、文壇の注意を惹き、小説家としての泡鳴の価値を重からしめたもので、そのために中央公論の彼れに払う原稿料が少しばかり値上げされたことは、日記を読むと推察されるが、しかし、五部作のうち、この一篇が特にいいのではない。五篇を通じて、彼れの通った世界が展開されているのだが、他の四篇は、東西の新聞などにきれ〴〵に出されたために、多くの注意を惹かなかった。

無批判な批評家は、島崎藤村でも岩野泡鳴でも、自然主義の作家として、一つの檻の中に入れてしまう癖があるが、この二人は作風が非常に違っている。田山花袋は一面は藤村に似て、一面は泡鳴に似ている。藤村氏はかって、「云いたいことを何でも露骨に云ってしまう人間は思慮が浅い。」というようなことを、何処かで書いていたが、泡鳴こそそう云う人間で、「詰まらん坊」（近松秋江の泡鳴評）とも思われる所以で、含蓄を志している藤村氏と非常に異っているのである。しかし『春』以来の藤村氏の幾つかの生活記録を通読して学ぶところの少なくなかった私は、氏とは性癖を異にし作風を異にしている泡鳴の五部作を通読しても学ぶところが少なくなかった。……泡鳴の文章は粗野で、色彩なんかまるで欠けている。長篇を通じて、感傷的の文字は殆んどないと云っていい。優美なところなんか、薬にしたくもない。小説好きの婦女子に好まれる気遣いは全くないのである。

しかし、私には面白かった。あの粗野な文章にも一種の力が籠っている。あの野蕃な会話に、他の作家の模し得られない力と、一種の調子を持っている。私は今度幾篇を読みつづけているうちに、泡鳴の小説の会話に、何とも云えない無技巧の妙味のあるのをはじめて感じた。漱石作中の会話が巧みであるとともに、作られたわざとらしさと、もどかしさを感じさせるのとは異っている。

○

『放浪』『断橋』『憑き物』は、一文無しで孤影悄然として北海道をうろつきながら、まだ一分の未練を事業(樺太での缶詰事業)に対して残していた間の経験記録で、泡鳴一代の傑作である。私は、以前きれぎれに読んでいたのを、今度はじめて通読して、予想外の興味を覚えた。芸術として欠点だらけであるにしろ、人を動かす力は、明治文学中の何人にも劣らないのである。

……私はこれ等の小説を他の明治の傑作に比べて見た。鷗外の『渋江抽斎』『伊沢蘭軒』などには、人間の悲喜哀歓の心理について揣摩臆測を逞しうしないで、ある時代と、そこに生存していた一個人の外観の行動を叙しているだけで却って、ある人間の真面目が浮び出ているように思われた。漱石の『こころ』などは、ある心理の追究を尽したものである。この二作家は、明治の作家中の最も学究的の作家であったが、一生かかって磨き上げた彼等の心に、晩年に於いて映った人生は、如上の作品に現れている。その目とその心とその筆とが渾然として、芸術家としての彼等の特色を現している。また有島武郎の『或らしいところに、彼れの独特の生き〳〵した心熱主義の芸術があるのである。

等に比べると、泡鳴のは著しく粗野である。一見非芸術至極である。しかし、その非芸術

る女』は、女性の強さ弱さ美しさ醜さを、微細に豊かなる文章によって現している。これ

○

泡鳴の新体詩をところ〳〵読んだ。殆んどはじめて、彼れの詩に接したと云っていいのである。史詩『豊太閤』は、彼れの崇拝していた英雄を唄っているに関らず、通俗な豊公感を述べたに過ぎない。旧套的七五調がそこでは八七調となっているにしろ、それを単調につづけて行くのが、昔流行していた新体詩の調子を思い出させる。私は、こういう新体詩がきらいであった。それで、詩の悪口を新聞によく書いていたので、泡鳴が最初私を突然社に訪ねて来た時にも、私の無理解な罵倒について不平を述べていた。

しかし、今度『恋のしゃりこうべ』と題した詩集に収められた小詩を読むと、どれも面白い。小説では蕪雑な汚らしい無器用さが目立つが、これ等の詩にはそういうものがなくって、従って反感なしに私の心に入って来る。言葉と感じとが一つになって響いて来る。現実の生活苦を通って来た人の詩である。『死、外七篇』なんか、ことに愛誦に価いしている。泡鳴は本来小説や戯曲の作家としてよりも詩人としての天分を豊かに有っていたのではあるまいか。小説『発展』のはじめの方に書かれている作家の気持は、却ってこれ等

の詩に、余計なまぜ物なしに、よく現れている。作者の気持と周囲とが渾然とした象徴になっていて、わざとある物を対立させたような、作られた象徴詩ではない。『胸のきしめき』『火葬』『庭木の刈り込み』などからは、在来の漢詩和歌俳句などから受ける感じとちがった、もっと自分の心に密接した詩の感じを私は受けた。……私は、現代の詩人の作品を殆んど読んでいないから、泡鳴が他と比較して、どういう地位にいるか知らないが、今、彼れの幾篇かの詩を読んで、文学者岩野泡鳴の真価を新たに見直そうとしているのである。

日本主義を力説し、個人主義を主張していた泡鳴には、今日勢いを得ている思想から見ると、時世おくれの古さがあるのだが、よくも悪くも、彼れは人真似をしない独自のものを一貫して持っている。時代を隔てて読んでも、いき〳〵した印象の与えられる所以である。

（「文芸日本」昭和二十九年十一月）

荷風追憶

永井荷風逝去の報に接す。青天の霹靂《へきれき》の如きか。あるいは来るものがついに来たかという常套の感じか。

私は氏と年齢を同じうしていたため、氏の生活ぶりや健康状態に関心を持っていたが、親しく交ったことはなかった。お互いに明治以来、長い間、文筆業にたずさわっていたのであったが、作風も人生観も、全く異っているといっていいほど異っていたので、たまに何処かで会ったって、打ち解けた話の出来そうではなかった。

いつ頃からか、氏は人間嫌いであると、文壇の噂で極められていたが、私もいつ頃からか、人間嫌いのように、世間から極印を捺《お》されていた。しかし、私は、自分で自分の心境を検討して、決して人間嫌いではないと断定していた如く、荷風君だって、人間嫌いではあるまいと推察していた。人間嫌いであんな小説が書けるものではない。人一倍、人間が好きだったのではあるまいか。

その心理の研究は別として、私は荷風の作品は殆んどすべてを読んで、そのすべてを愛好した。『地獄の花』など、初期の作品は読んでいなかったが、数年間欧米に滞在して、帰りたくないのに、余儀なく帰って来てからの氏の作品に漂っている気持は、同年の私の青春を揺り動かしていたように追憶されるのである。「新潮」に出た『祭りの夜語り』（?）は、氏の帰朝後最初の作品であったと記憶しているが、あれが、私には最も感銘が深かったのだ。『新帰朝者日記』『監獄署の裏』『牡丹の客』それから『すみだ川』。

小山内薫の紹介で『西洋音楽最近の傾向』の原稿を手にした時は、私には、読んでも、音楽の事はよく分らなかったのに関らず、それを、読売の日曜か月曜かの文芸附録に、一ページを通して掲載した。読売は自然主義の機関新聞であったように伝説的に言われているが、そんなことはなかったのだ。永井氏も三田に勤めるようになるまでは、自然主義、非自然主義のへだてはなかった筈だ。何かの随筆的小説が発売禁止になった時、氏は、それに対する皮肉な感想を私あてで読売に寄稿した。自分の作品が日本で禁止されるのなら、自分は、フランス文で書かねばならないか。そうなると、フランス文が上手になるだろうというような事も書かれてあった。

私が永井氏にはじめて会ったのは、帝劇の廊下に於いてであった。生田葵山の紹介によるのだ。あとで葵山は「二人ともそっけないので、おれも取りなしようがなかった。」と笑っていた。喫茶店のプランタンではおり〳〵会っていたが他所《よそ》ながら会っていただけだ。しかし、一度、一しょに加賀太夫の新内を聴きに行ったのは不思議だ。「紫朝のすり泣きの新内よりも、たたきつけるような加賀太夫のが面白い。あれが本格的か。」と、音曲なんか没分暁漢《わからずや》の私が言うと「或はしからん」と、荷風君がお愛想に応じたことを、今私は興味を持って思い出すのである。

氏は、あの頃、毎日のように、風月堂へ午餐を食べに行っていたらしく、貧乏な文壇人に羨まれていたが、私は帝国ホテル宿泊中、おり〳〵其処へ行っていたので、或る日、一しょに食事をした。

「この頃は新進の作家が幅を利かせて多額な原稿料を取るので、我々もその伴をして原稿料の値上げをされるようになった。」などと、話したりしたが、打ち解けて話したのは、その時だけである。

それから或る夏軽井沢のホテルで会った。久米正雄君もそのホテルにいた。我々の知人某が、或る芸者を連れて、軽井沢の或る日本宿へ行っていて、そこで不意の死を遂げ某の細君が東京からかけつけて、一騒ぎあったのだ。久米、永井、私などホテルで一しょに食事をしたあと、久米君は死者の後始末にかかりあっていたようであったが、後日、久米君は「僕がいなくなると、二人は黙って、よそ〳〵しくお茶を飲んだりしていた。」と、誰かに話したそうだ。

私が荷風君に接触したのは、一生を通じてこれっ切りである。

しかし、私は氏の晩年の生活振りには、むしろ好意を持っていた。孤独に徹していることに屢々我及ばずと思っていた。

（「産経新聞」昭和三十四年五月）

正宗白鳥と小林秀雄

解説

坪内祐三

『白鳥随筆』に続いて『白鳥評論』をお届けする。

まずこの巻の構成について説明したい。

福武書店の『正宗白鳥全集』の内、評論編は七巻をしめる。

すなわち第十九巻から第二十五巻までで、具体的に述べれば、「文学論一般」、「作家論」、「作品論・書評」、「外国文学論・翻訳」、「文芸時評」、「芸術論」、「人生論他」ということになる。

その中の第十九巻「文学論一般」と第二十巻「作家論」の二冊から選んだのが本書である(いつの日か「芸術論」に収められている演芸時評と「文芸時評」の巻から選んで『白鳥時評』という一冊もあんでみたい)。

すなわち「小説界新陳代謝の期」(明治三十六年)から「小説是非」(昭和三十五年)ま

正宗白鳥　昭和三十五年、読売文学賞受賞時

でが第十九巻、「大学派の文章家」（明治三十九年）から「荷風追憶」（昭和三十四年）までが第二十巻である（全集のその分類に従ってあえて年代順に揃え直すことはしなかった）。

さて、解説に入る前に。

一般に白鳥を評論で論じる場合、二つの大きなポイントがある。

一つはキリスト教との関係。

内村鑑三の影響で若き日にキリスト教の信者となった白鳥は、のちその信仰を捨てる（そのことを白鳥は何度か筆にしている）。しかしガンで亡くなる直前その信仰を復活させる（白鳥自身は遺書の形でそれを書き残していないが復活させたという証言がある——しかしその証言を信じていない人もいる）。

そのことをテーマとした長編評論に山本健吉の『正宗白鳥』があり、その評論はこのように結ばれている。

恐ろしい神からつねに遁れようとしながら、「われらの主なるキリスト」への信頼感を片時も忘れなかったクリスチャン白鳥の生き方は、世の神学者たち、牧師たちから見たら、嗤うべき姿かも知れない。だが、それこそ日本という風土にふさわしい生き方ではなかろうか。少くとも私という一人の異教徒にとって、そのような白鳥の姿はこの上なく親しいものに見えるのである。

山本健吉は折口信夫門下の「異教徒」である。だからこそこのような言葉を口にする。しかし私にはこの問題がよくわからない。つまり、日本人にとってのキリスト教という問題が。

たしかに内村鑑三はキリスト教の伝道家だった。しかし、いわゆる宗教家を超えた影響力を明治の青年たちに与えた（そのような青年の一人に志賀直哉がいた）。しかも、文学もまた、今よりずっと強い影響力を当時の青年たちに与えていた。すなわちキリスト教と文学は交差していた。

この交差は昭和期に入ってしばらく跡絶えていたが、不思議なことに戦後のある時期に復活する。特に一九二〇年代生まれの作家を中心に。思いつくだけでも遠藤周作、安岡章太郎、矢代静一といった人たちがいる。

しかし私には日本の作家とキリスト教の関係がよくわからない。

そもそも日本人（といってもいつの時代の？）のイメージするカミはキリスト教のカミと重なるものなのだろうか。

と、こう書いている私は十二歳の時にキリスト教（カソリック）の洗礼を受け、しかし二十代後半になった頃には教会に足が向かなくなった、そういう人間である。だから私は正宗白鳥とキリスト教の関係に深入りしたくないし、深入りしたとしても無駄だと思う（そもそも正宗白鳥が最後までキリスト教徒であったか否《いな》かは批評家白鳥の評価と無関係だと思う）。

さてもう一つのポイント。

それは正宗白鳥と小林秀雄だ。

小林秀雄は正宗白鳥についてしばしば書き記しているが、一番有名なのは「トルストイの家出論争」だ。

文学青年になった頃、つまり大学に入った頃、その論争についての小林側の文章を目にした。白鳥の言っていることの方が正しいと思った。

青年時代の白鳥はトルストイから思想的影響を受けた。

だからトルストイが家出して、田舎の停車場で病死したと報じられた時、「人生に対する抽象的煩悶に堪えず、救済を求めるための旅」の途中で亡くなったのだと感動した。

しかしそれから二十五年経って真相が明らかになった。すなわちトルストイは細君（山の神）を「怖がって」家出したのだ。だから正宗白鳥はこう言う。「ああ、我が敬愛するトルストイ翁！」。

正宗白鳥がこの一文「トルストイに就て」を発表したのは昭和十一（一九三六）年一

月、五十六歳の時だから、その二十五年前は三十代に入ったばかりだ。昭和十一（一九三六）年と言えば、一九〇二年生まれの小林秀雄は三十代初め、ちょうど正宗白鳥がトルストイの家出および客死に感動した年頃だ。

この論争で小林秀雄は三本の文章を書いているが、その最後の物、「文学者の思想と実生活」でこう述べている。

問題は、トルストイの家出の原因ではない、彼の家出という行為の現実性である。その現実性を正しく眺める為には、「我が懺悔《ざんげ》」の思想の存在は必須のものだが、細君のヒステリイなぞはどうでもいいのだ。どうでもいいという意味は、思想の方は掛替えのないものだが、ヒステリイの方は何とでも交換出来るものだという意味だ。

二十代の私ならこの啖呵の切れ味にごまかされてしまったかも知れない（もっとも、ごまかされなかったわけだが）。

だが、今の私はもっと別のパースペクティブで眺めることが出来る。

小林秀雄は若き日、長谷川泰子と同棲していた。しかし彼女のヒステリーに耐えられなくなって家出し、奈良に向った。

そして同地に暮らす志賀直哉の世話になるのだが、誰も行き先を知らされていなかったので、辰野隆の門下生たちの間で大騒ぎとなった。新聞に載っていた身元不明の轢死体について新聞社に問い合わせてみた、と東大仏文で同級生だった中島健蔵の当時の日記に記されている。

昭和三年のことだ。

「文学者の思想と実生活」はそれから僅か八年しか経っていないのだ。長谷川泰子との記憶がまだ生々しかったのだろう。その上で思想と実生活は別だと小林秀雄は考えた（考えたい）のだ。

むしろ彼の本音は同じ文章中のこういう一節にあるのかもしれない。

僕は正宗氏の虚無的思想の独特なる所以については屢々書きもしたし、尊敬の念は失わぬ積りであるが、氏の思想には又わが国の自然主義小説家気質というものが強く現れているので、そういう世代の色合いが露骨に感じられる時には、これに対して反抗の情を禁じ得なくなるのである。

「自然主義小説家気質」、「世代の色合い」と小林秀雄は言う。

「自然主義小説家気質」というのはリアリズムのことだ。

しかし正宗白鳥のリアリズムは他の自然主義作家たち（例えば田山花袋や島崎藤村）の

誰とも似ていない。

しかもこのリアリズムはとても若々しい。いわば世代を越えている。大家風にならない（その点でむしろ小林秀雄たちの「世代」の方がいつの間にか大家風になって行った）。

その小林秀雄が大家風になった昭和二十四年、『文藝春秋』二月号に白鳥は「文学放談」という一文を発表する。質量共にとても読みごたえある。

小林秀雄が新しい文学や文化に背を向けているのに対し、正宗白鳥は新しいものを待っている。

例えば新しい評論を。

私は、近来、とぎれ〴〵に雑誌の評論や作品を読み、或いは西洋の評論をも、偶然目に触れたものを読むにつけ、文学評論は蔑視し難いもので、今までの型を破った清新なる文学評論の出現を、熱烈に期待していいように感じた。私の云うのは、政治にかぶれ、政治に追随したような文学評論でなくって、純粋の文学評論であるのだ。今日の世にそんな評論があるものかと思われるかも知れない。それは私の空想裡に存在するだけかも知れないが、私はこの頃その「文学評論」の出現を期待している。

現役の文学者としての正宗白鳥についての記憶はないが、小林秀雄は私にとって現役の文学者だった。

『本居宣長』が刊行されたのは昭和五十二(一九七七)年、私が浪人生だった秋のことだ。出たばかりのその本が、御茶ノ水駅近くの新刊書店(茗渓堂)の棚に鎮座ましましていた姿をありありと憶えている。

それが小林秀雄のライフワークだと思っていたから、『文學界』昭和五十六年一月号から「正宗白鳥の作について」という連載が始まった時は驚いた。

結局この連載は小林秀雄の死によって六回で中断されてしまったが、『文學界』の小林秀雄・追悼特集(昭和五十八年五月号)に一挙再掲載された。

正宗白鳥について論じられるのは第一回と二回で、三回目は内村鑑三、四回目は河上徹太郎の『日本のアウトサイダー』、五回目六回目はフロイトについて語られる。

フロイトの途中でユングが登場し、これはベルグソン好きだった小林秀雄が、例によって神秘思想の方に向って行くのかなと思っていたら(正宗白鳥はおよそ神秘思想とは無縁だ)、そこで小林秀雄の死によって中断されてしまう。

ずっと小林秀雄のそばにいた編集者の郡司勝義による「白鳥論覚え書」によれば、小林は、あと二回、ユングとフロイトについて書き、正宗白鳥に戻って三回書き、完結する予定だったという。

どのような流れで正宗白鳥に戻り、どのように決着をつけたのだろう。

そしてその長編の正宗白鳥論は私を説得しただろうか。

永遠の謎として残されてしまった。

しかし文学者小林秀雄の始まりと終わりに正宗白鳥の存在があったことは事実だ。

私は今その意味を考えている。

一八七九年（明治一二年）

三月三日、岡山県和気郡穂浪村一三三番屋敷（現在、備前市穂浪三一〇六）に、父浦二、母美禰の長男として生れた。本名忠夫。正宗家は土地の旧家で、曾祖父雅敦は文政・天保期の文人で、狂歌・和歌・俳諧をよくし、その弟直胤も狂歌・和歌・国学を修めた。雅敦は妹の子雅広を養子として、雅広は雅敦の弟直胤の子浦二を養子とした。雅敦の妻鹿野、雅広の妻得、浦二の妻美禰はいずれも讃岐多度津藩士岡田氏から嫁している。二代も子供がなかった家に生れたため、わがままに育てられ、幼時はほとんど祖母得が面倒を見た。

弟妹は九人あったが、夭折した男子の真は戸籍に記入されていない。次男敦夫（国文学者、明治一四年生）、三男得三郎（画家、明治一六年生）、四男律四（明治一九年生）、五男五男（日本パイプ会長、丸山姓、明治二三年生）、長女正子（明治二六年生）、次女乙未（島崎藤村の『処女地』同人、前東京大学教授辻村太郎に嫁す、明治二八年生）、六男巌敬（植物学者、東北帝大、金沢大学教授を歴任、明治三一年生）、三女清子（山尾氏に嫁す、明治三四年生）がある。

一八八三年（明治一六年）　四歳

村内の虎渓山柳青院にあった梔島《くちなしじま》小学校に入学。

一八八七年（明治二〇年）　八歳

春、祖母と大阪の親戚を訪ね、一ヵ月ほど京阪地方を見物、道頓堀角座の「佐倉宗吾」を見る。「漢楚軍談」「三国志」などを読む。

一八八八年（明治二一年）　九歳

隣村片上村の小学校高等科に進学。このころ「南総里見八犬伝」や江戸末期の草双紙・読《よみ》本《ほん》類を手に入る限り読んだ。

一八九二年（明治二五年）　一三歳

春、小学校高等科を卒業。次いで漢籍を主とする池田光政時代からの藩校閑谷黌《しずたにこう》に一年半学んだ。在学中、『帝国文庫』や、近松、「水滸伝」などを愛読。民友社出版物に親しんでキリスト教に近づき、また『文学界』を購読して分らぬながら感動した。

一八九四年（明治二七年）　一五歳

身体衰弱し、殊に胃が弱かった。近村香登《かがと》村の基督教講義所に通《かよ》い、また岡山市に寄宿して病院に通う傍ら、米人宣教師の経営する薇陽学院（校長は安部磯雄）で英語を学び、孤児院院長石井十次から聖書の講義をきいた。

一八九五年（明治二八年）　一六歳

薇陽学院が閉鎖されたので、故郷に戻り文学書類を乱読した。殊に内村鑑三の著作を耽読するようになった。

一八九六年（明治二九年）　一七歳

二月下旬、キリスト教と英語学習、観劇を望んで上京し、東京専門学校（早稲田大学の前身）英語専修科に入学。毎日曜日、市谷の基督教講義所に通って、植村正久の説教を聴いた。夏、帰省の途中、基督教青年会主催の興津での夏季学校に参加し、内村鑑三のカーライルに関する連続講演をきいた。

一八九七年（明治三〇年）　一八歳

植村正久によって洗礼を受け、市谷の日本基督教会の会員となった。このころ学内では坪内逍遥のシェークスピアの講義、学外では内村の講演、それに観劇に熱心であった。
一八九八年（明治三一年）一九歳
一月から毎月曜に神田美土代町の基督教青年会館に通い、内村のカーライル、ダンテ、ゲーテ、ホイットマンらに関する文学講演に深い感銘を得た。七月、東京専門学校英語専修科を卒業し、大隈伯爵夫人寄贈の賞品を授けられた。次いで新設された史学科へ入学、ローマ史に興味を覚えた。この科で同郷の徳田（近松）秋江を知った。
一八九九年（明治三二年）二〇歳
同校史学科廃止により文学科に転じ、そこで小川未明を知った。このころ上野図書館によく通い、『しがらみ草紙』『めざまし草』を読み、また小金井きみ子訳の「浴泉記」（レールモントフ）に感銘をうけ、外国文学への眼が開かれた。
一九〇〇年（明治三三年）二一歳
夏、柳田国男にはじめて会い、「ベラミ」を借りて、モーパッサンを識った。
一九〇一年（明治三四年）二二歳
島村抱月の指導のもとに、秋江ら数名の同級生と、『読売新聞』の「月曜文学」欄に、毎週一回、文学・音楽・彫塑などの批評を発表するようになった。四月二一日の「鏡花の『註文帳』を評す」が文筆活動のはじめである。七月、文学科卒業に際して、大隈伯爵夫人から賞品を授けられた。九月、同校出版部編集員となり、文学科講義録を編集した。出版部発行の『名著綱要』に、モールトンの「文学批評法」や、アーノルドの「評論の任務」を抄訳した。この年、キリスト教を離れ、田山花袋を知った。
一九〇二年（明治三五年）二三歳
三月、ゴルキー原作「鞭の響」を、ドーデー原作・徳田秋声翻案『驕慢児』に収録、新声社より刊行。五月から一一月まで、「海外騒壇」を『新声』に連載し、海外文学界の所説を紹介した。

一九〇三年（明治三六年）二四歳

六月一日、石橋思案の紹介で読売新聞社に入社。美術・文芸・教育に関する記事を担当し、そこで上司小剣を知った。

一九〇四年（明治三七年）二五歳

一月より『読売新聞』に劇評を寄せはじめ、さらに剣菱、剣堂小史、XYZなどの匿名を用いて評論・翻訳を発表した。一一月、後藤宙外の勧めで処女作「寂寞」を『新小説』に発表。その原稿料二十余円の半ばを割《さ》いて蒲団を新調した。一二月よりXY生名義で「文科大学学生々活」を『読売新聞』に翌年二月まで連載。

一九〇五年（明治三八年）二六歳

三月ごろの龍土会に花袋に誘われて参加。はじめて島崎藤村に会った。そのころの龍土会には柳田国男、花袋、国木田独歩、蒲原有明、小山内薫らの青年文学者が大勢集った。夏、岩野泡鳴を知った。

一九〇六年（明治三九年）二七歳

一月より剣堂小史名義でケーンの「誰の罪業」を訳して、『読売新聞』に連載（三月まで）。六月、七月、剣菱生名義でノルダウの「パラドックス」を『読売新聞』に連載。

一九〇七年（明治四〇年）二八歳

二月、「塵埃」を『趣味』に発表、好評を得て新進作家として嘱目された。イプセン会に参加、国男、花袋、泡鳴、長谷川天渓、秋江、薫、前田木城らと作品研究を試みた。七月、「妖怪画」を『趣味』に発表。

一九〇八年（明治四一年）二九歳

一月、「玉突屋」を『太陽』に、「何処へ」を『早稲田文学』に連載（四月まで）。九月より「二家族」を『早稲田文学』に連載（翌年四月まで）。同月、老婢を雇い本郷東片町に一家を構えた。

一九〇九年（明治四二年）　三〇歳
一月、「地獄」を『早稲田文学』に発表。二月、『早稲田文学』は「何処へ」の作者に対して「推讃之辞」を掲げた。『中央公論』は「正宗白鳥論」を特集し、秋声、小杉天外、藤村、花袋、相馬御風、秋江ら九名の評を載せた。
一九一〇年（明治四三年）　三一歳
五月、読売新聞の本野新社長は同紙文芸欄が自然主義の拠点視されることを嫌っていたので退社。在職七年間、胃弱と不眠症に苦しめられた。七月、「徒労」を『早稲田文学』に、一〇月、「微光」を『中央公論』に発表。後者は非常な評判を得た。
一九一一年（明治四四年）　三二歳
四月七日、中村吉蔵夫妻の媒酌により、甲府の油商清水徳兵衛の三女つ禰と結婚。七月、「泥人形」を『早稲田文学』に発表。一一月、「毒」を『国民新聞』に連載（翌年三月まで）。
一九一二年（明治四五年・大正元年）　三三歳
四月、はじめての戯曲「白壁」を『中央公論』に発表。五月、「生霊」を『東京朝日新聞』に連載（七月まで）。
一九一三年（大正二年）　三四歳
一月、「心中未遂」を『中央公論』に発表。「嵐」を『大阪朝日新聞』に連載（二月まで）。一一月、「悪女の囁」を『国民新聞』に連載（翌年一月まで）。
一九一四年（大正三年）　三五歳
三月、読売新聞文芸欄専属となる。七月、北陸を旅行し第一次大戦開戦の報道を和倉で読んだ。
一九一五年（大正四年）　三六歳
四月、「入江のほとり」を『太陽』に発表。五月より「夏木立」を『福岡日日新聞』に連載（七月まで）。

一九一六年（大正五年）　三七歳
五月、「牛部屋の臭ひ」を『中央公論』に発表。一二月、「波の上」を『東京朝日新聞』に連載（翌年三月まで）。
一九一七年（大正六年）　三八歳
一月、「蹂躙られて」を『婦人公論』に連載（九月まで）。『文章世界』は「正宗白鳥論」を特集し、赤木桁平、広津和郎ら五名執筆。八月、「嚮」を『家庭雑誌』に連載（翌年二月まで）。
一九一八年（大正七年）　三九歳
四月、「すべての終り」を『新小説』に連載（七月まで）。このころ次第に執筆難を感じ、人生に対する倦怠を覚えることはなはだしかった。
一九一九年（大正八年）　四〇歳
一月、「深淵」を『東京朝日新聞』に連載（四月まで）。一〇月、夫人と伊香保に赴き、京阪に遊んで、一一月に帰郷、できることなら文学を棄て、都会生活をやめようと思った。同月、「これから」を『大正日日新聞』に連載（一二月まで）。
一九二〇年（大正九年）　四一歳
五月、郷里の生活にも堪えられなくなり出郷、伊香保と軽井沢で四、五ヵ月過ごした。九月、「毒婦のやうな女」を『中央公論』に発表。一〇月、神奈川県大磯の台町へ転居。一一月、花袋・秋声誕辰五〇年祝賀会で講演。
一九二一年（大正一〇年）　四二歳
一月、「冷涙」を『婦人公論』に連載（一二月まで）。九月、「白鳥傑作集」第一巻を新潮社より刊行（第四巻まで）。
一九二二年（大正一一年）　四三歳
一月、「稲妻」を『婦人世界』に連載（一二月まで）。
一九二三年（大正一二年）　四四歳
四月、「生まざりしならば」を『中央公論』

に発表。九月、関東大震災に家は半壊したが、危く生命の難は免れた。

一九二四年（大正一三年） 四五歳

二月、戯曲「影法師」を『中央公論』に発表、以後数年間頻繁に戯曲を執筆した。四月、戯曲「人生の幸福」を『改造』に、七月、戯曲「梅雨の頃」を『演劇新潮』に発表。一〇月、新劇協会が「人生の幸福」を帝国ホテル演芸場で上演、好評を博した。一二月、『新潮』は「最近の正宗白鳥氏」を特集、花袋、佐藤春夫ら六名が執筆。

一九二五年（大正一四年） 四六歳

一月、「赤と白」を『婦人公論』に連載（四月まで）。

一九二六年（大正一五年・昭和元年） 四七歳

一月、「文芸時評」を『中央公論』に連載（一二月まで）。以後文芸・演劇などの評論を数多く執筆、その所説をめぐって、永井荷風、青野季吉、藤森成吉らの弁駁があった。二月、戯曲「安土の春」を『中央公論』に発表。

一九二七年（昭和二年） 四八歳

一月、「愚人の唄」を『婦人公論』に連載（一二月まで）。四月、「演芸時評」を『中央公論』に連載（一二月まで）。読売新聞社客員となる。

一九二八年（昭和三年） 四九歳

一月、「白鳥随筆」として作家論を『中央公論』に連載（一〇月まで）。「男の一生」を『文芸春秋』に連載（七月まで）。一一月、夫人と世界漫遊の途に上る。

一九二九年（昭和四年） 五〇歳

アメリカ、フランス、イタリア、イギリス、ドイツを遊歴し、その紀行文を『読売新聞』『大阪朝日新聞』『中央公論』などに寄稿。一〇月帰朝。

一九三〇年（昭和五年） 五一歳

一月、「ある日本宿」を『中央公論』に、二月、「コロン寺縁起」を『文芸春秋』に、七月、「英雄論」を『中央公論』に発表。八月、「二つの髑髏」を『週刊朝日』に連載（一〇月まで）。この年、嶋中雄作の勧めによって二七会に参加。

一九三一年（昭和六年）　五二歳

一月、「待人来らず」（後に「待つ人」と改題）を『婦人之友』に連載（四月まで）。八月、「髑髏と酒場」を『改造』に発表。

一九三二年（昭和七年）　五三歳

三月、「島崎藤村論」を、四月、「永井荷風論」を、七月、「田山花袋論」をそれぞれ『中央公論』に発表。

一九三三年（昭和八年）　五四歳

一〇月、「二人の楽天家」を『中央公論』に発表。この年、東京洗足池畔の大森区南千束二三七番地に、西洋館を購入転居。

一九三四年（昭和九年）　五五歳

二月、『読売新聞』の「日曜論壇」の寄稿家となる。四月、父浦二死去し、家督を相続した。

一九三五年（昭和一〇年）　五六歳

一月、『読売新聞』の「一日一題」欄に毎週執筆することとなる（四〇年九月まで）。六月、北海道、樺太に遊び、一〇月、朝鮮、北京、大連に遊ぶ。

一九三六年（昭和一一年）　五七歳

一月、「トルストイに就て」を『読売新聞』に発表。「文芸時評」を『中央公論』に連載（六月まで）。トルストイの家出について小林秀雄と論争数次にわたる。七月、再び欧米漫遊を企て、ロシア、フィンランド、スウェーデン、ドイツ、オーストリア、ドイツを経てアメリカに渡る。

一九三七年（昭和一二年）　五八歳

ニューヨークで新年を迎え、二月、帰朝。五月、時評「独り合点」を『文芸春秋』に連載

（一〇月まで）。六月、帝国芸術院会員に推薦されたが辞退した。
一九三八年（昭和一三年）五九歳
二月、「文壇的自叙伝」を『中央公論』に連載（七月まで）。九月、「文芸雑感」を『改造』に連載（一二月まで）。
一九三九年（昭和一四年）六〇歳
七月、「空想と現実」を『改造』に連載（九月まで）。一一月、「他所の恋」を『中央公論』に連載（翌年五月まで）。
一九四〇年（昭和一五年）六一歳
二月、財団法人国民学術協会理事となる。四月、「雑文帖」を『改造』に連載（九月まで）。同月、甥の丸山有三を養嗣子とした。八月、長野県軽井沢町二一九六番地に小宅を建てた。この年、再度の勧めにより帝国芸術院会員となる。
一九四一年（昭和一六年）六二歳
八月、「空想と現実」を『日本評論』に連載（一二月まで）。
一九四二年（昭和一七年）六三歳
一月、「根無し草」を『日本評論』に連載（八月まで）。四月、母美禰死去。
一九四三年（昭和一八年）六四歳
六月、「今年の初夏」を『八雲』に発表。一〇月、日本ペンクラブ会長となる。一一月、徳田秋声の葬儀に友人総代として弔辞を読む。同月、日本文学報国会小説部会長となる。
一九四四年（昭和一九年）六五歳
四月、近松秋江の葬儀委員長をつとめた。八月、一家三人、軽井沢に移った。
一九四五年（昭和二〇年）六六歳
五月、東京の本宅罹災。一二月、「文学人の態度」を『新生』に発表。
一九四六年（昭和二一年）六七歳
一月、「戦災者の悲み」を『新生』に、「『新』に惹かれて」を『人間』に、「変る世の中」を『潮流』に発表。五月、「無産党」を『女性』に連載（九月まで）。一一月、「東京の五十年」を『新生』および『花』に連載（四八年五月まで）。
一九四七年（昭和二二年）六八歳
二月、日本ペンクラブ名誉会長となる。六月、「正宗白鳥選集」を南北書園より刊行（四九年一月まで、四冊で中絶）。
一九四八年（昭和二三年）六九歳
三月、「自然主義盛衰史」を『風雪』に連載（一二月まで）。六月、「文芸閑談」を『文芸首都』に連載（一一月まで）。
一九四九年（昭和二四年）七〇歳
一月、「日本脱出」を『群像』（第二部は四月）に発表。「人間嫌ひ」を『人間』に連載（六月まで）。四月、「内村鑑三」を『社会』に連載（五月まで）。続稿の「内村鑑三雑感」を六、七月の『早稲田文学』に連載。一〇月、「地上楽園」を『改造』に連載（一二月まで）。一一月、「都会の孤独」を『世界春秋』に連載（翌年三月まで）。
一九五〇年（昭和二五年）七一歳
三月、はじめての詩「嘘の世界」を『群像』に発表。「日本脱出」後篇を『心』に連載（一二月まで）。四月、「近松秋江」（後に、「流浪の人」と改題）を『文芸』に連載（六月まで）。一一月、文化勲章を授けられた。
一九五一年（昭和二六年）七二歳
一月、「読書雑記」を『中央公論』に連載（一二月まで）。一一月、第一回文化功労者に選ばれた。
一九五二年（昭和二七年）七三歳
三月、「政治と文学」と題してラジオ東京よりはじめて放送。七月、「世界を見る」を『小説公園』に連載（一〇月まで）。一一月、立太子礼の宮中饗宴に列した。
一九五三年（昭和二八年）七四歳
一月、「社会時評」を『新潮』に（六月ま

で）、二月、「社会時評」を『文学界』に連載（七月まで）。一二月、芸術祭参加作品として「江島生島」を執筆、新劇合同で上演された。作品は『群像』（五四年一月）に発表。

一九五四年（昭和二九年）七五歳
一月、「文壇五十年」を『読売新聞』に連載（八月まで）。

一九五五年（昭和三〇年）七六歳
六月、「春はあけぼの」を『心』に発表。

一九五六年（昭和三一年）七七歳
一月、「人生恐怖図」を『文芸』に連載（一二月まで）。同月、読売文学賞記念講演会で「文壇五十年の想ひ出」を講演。三月、「懐疑と信仰」を『中央公論』に連載（一二月まで）。五月、「回顧録」を『世界』に連載（翌年一月まで）。

一九五七年（昭和三二年）七八歳
二月、老いてますます盛んな批評精神に対し菊池寛賞を受賞。三月、長年の軽井沢住まいを切り上げて、大田区南千束に移った。四月、「現代つれづれ草」を『文学界』に連載（一二月まで）。

一九五八年（昭和三三年）七九歳
四月、日本ペンクラブの名誉会員に推された。一一月、次弟敦夫死去し帰郷。

一九五九年（昭和三四年）八〇歳
一月、「今年の秋」を『中央公論』に発表。

一九六〇年（昭和三五年）八一歳
一月、「今年の秋」により読売文学賞受賞。一〇月、長崎市国際文化会館で「読書と人生」講演放送。

一九六一年（昭和三六年）八二歳
二月、『産経新聞』の「思うこと」欄に毎週一回執筆（七月まで）。一〇月、「秋風記」を『読売新聞』に連載（二日から一四日）。

一九六二年（昭和三七年）八三歳
一月、宮中歌会始陪聴。三月、弟得三郎死去。室生犀星の葬儀に弔辞を読む。四月、女流文学賞受賞記念愛読者大会で「文学生活の六十年」を講演。同月、「白鳥百話」を『文芸』に連載（一〇月まで）。八月、軽井沢滞在中、食欲不振と上腹部に異物感があったので、飯田橋の日本医大附属病院に入院。一〇月二八日、同病院で死去。直接死因は全身衰弱、その原因は膵臓癌。三〇日、日本基督教会柏木教会で植村環牧師の司式で葬儀が行われた。

（中島河太郎編）

著書目録

正宗白鳥

【単行本】

ふしぎの魚　明35・1　冨山房
梅王松王桜丸　明36・2　冨山房
イリアッド物語　明36・4　冨山房
葛の葉姫　明36・5　冨山房
五斗兵衛　明36・6　冨山房
マアテルリンク物語　明36・9　冨山房
文学批評論（ゲーレー著の抄訳）　明36・9　早稲田大学出版部
文科大学学生々活（XY生）　明38・10　今古堂書店
誰の罪業（ケーン作）　明39・8　今古堂書店
パラドツクス　明39・9　読売新聞社
紅塵（ノルダウ著）　明40・9　彩雲閣
紅塵（同右改版）　明41・4　易風社
何処へ　明41・10　易風社
白鳥集　明42・5　左久良書房
二家族　明42・7　新潮社
落日　明42・12　左久良書房
微光　明44・6　籾山書店
泥人形　明44・8　春陽堂
毒　明45・5　春陽堂
白鳥小品　大元・8　春陽堂
心中未遂（現代傑作叢書1）　大2・5　植竹書院
生霊　大2・6　金尾文淵堂

青蛙　大2・6　忠誠堂
半生　大3・1　春陽堂
心中未遂（文明叢書24）　大3・10　植竹書院
微光　大3・12　春陽堂
まぼろし　大4・1　植竹書院
何処へ　大4・3　新潮社
地獄　大4・3　鈴木三重吉
入江のほとり　大5・6　春陽堂
夏木立　大5・12　須原啓興社
心中未遂（植竹書院の改版）　大5・12　三陽堂書店
死者生者　大6・1　春陽堂
まぼろし（植竹書院の改版）　大6・3　三陽堂出版部
梅鉢草　大6・4　平和出版社
五月幟　大6・5　春陽堂
牛部屋の臭ひ　大6・5　春陽堂
波の上　大6・12　春陽堂
烈日の下に　大7・10　天佑社
深淵　大10・9　金星堂
悪夢　大10・9　金星堂
冷涙　大11・1　南郊社
人さまざま　大11・3　金星堂
二階の窓　大11・9　近代名著文庫刊行会
光と影　大12・3　摩雲巓書房
泉のほとり　大13・1　新潮社
生まざりしならば　大13・3　玄文社
ある心の影　大13・9　改造社
人生の幸福　大14・1　新潮社
人を殺したが……　大14・10　聚芳閣
一日の平和　大14・12　新潮社
白鳥随筆集　大15・3　人文会出版部
安土の春　大15・3　改造社
歓迎されぬ男　大15・6　改造社
生まざりしならば（玄文社の改版）　大15・10　成光館出版部
青蛙（忠誠堂の改版）　大15・11　忠誠堂
文芸評論　昭2・1　改造社

勝敗 他三篇　昭2・4　南宋書院
文壇観測　昭2・6　人文会出版部
現代文芸評論　昭4・7　改造社
文壇人物評論　昭7・7　中央公論社
我最近の文学評論　昭9・6　改造社
異境と故郷　昭9・12　芝書店
思ひ出すま、に　昭13・3　人文書院
予が一日一題　昭13・12　人文書院
文壇的自叙伝　昭13・12　中央公論社
旅行の印象　昭16・7　竹村書房
空想と現実　昭16・8　大東出版社
作家論㈠　昭16・8　創元社
待つ人　昭16・12　実業之日本社
作家論㈡　昭17・1　創元社
旅人の心　昭17・3　青磁社
文学修業　昭17・11　三笠書房
根無し草　昭18・6　実業之日本社
我が生涯と文学　昭21・2　新生社
泥人形　昭21・2　扶桑書房
古典文学論　昭21・9　三笠書房
「新」に惹かれて　昭22・4　新生社
深淵　昭22・6　京屋出版社
変る世の中　昭22・8　創元社
文芸論集　昭22・10　実業之日本社
路傍の人々　昭22・12　京屋出版社
不思議な書物　昭23・2　丹頂書房
人間の研究　昭23・4　生活社
正宗白鳥―自叙伝全集―　昭23・4　文潮社
女性恐怖　昭23・5　雄文社
毒婦のやうな女　昭23・6　鎌倉文庫
過ぎ来し方　昭23・7　展文社
モウパッサン　昭23・9　文芸春秋新社
空想の天国　昭23・11　中央公論社
自然主義盛衰史　昭23・11　六興出版部
コロン寺縁起　昭23・12　全国書房
内村鑑三　昭24・7　細川書店
お伽噺　日本脱出　昭24・8　大日本雄弁会講談社
流浪の人―近松秋江　昭26・1　河出書房

読書雑記　昭27・9　三笠書房
思想・無思想　昭28・8　読売新聞社
文壇五十年　昭29・11　河出書房
懐疑と信仰　昭32・3　大日本雄弁会講談社
青春つぶれ　昭32・6　新潮社
今年の秋　昭34・5　中央公論社
一つの秘密　昭37・11　新潮社
人生恐怖図　昭37・12　河出書房新社
紅塵（彩雲閣の復刻）　昭43・9　近代文学館
懐疑と信仰（名著シリーズ）　昭43・9　講談社
人を殺したが……（文芸選書）　昭58・5　福武書店
作家の自伝5　平6・10　日本図書センター

【全集】

白鳥傑作集　大10・9～15・5　全四巻　新潮社
正宗白鳥選集　四巻（一、二、八、九のみ）　昭22・6～24・1　南北書園
正宗白鳥全集　全十三巻　昭40・5～43・12　新潮社
正宗白鳥全集　全三十巻　昭58・4～61・10　福武書店
現代小説全集14　大14　新潮社
現代戯曲全集15　大15　国民図書株式会社
明治大正随筆選集17　大15　人文会出版部
日本戯曲全集45　昭3　春陽堂
現代日本文学全集21　昭4　改造社
明治大正文学全集32　昭5　春陽堂
日本小説代表作全集1　昭13　小山書店
現代日本文学選集2　昭24　細川書店
現代日本小説大系12　昭25　河出書房
現代日本小説大系14　昭26　河出書房
現代日本小説大系37、60　昭27　河出書房

現代随想全集9　昭28　創元社
新選現代戯曲1　昭28　河出書房
現代文豪名作全集21　昭29　河出書房
昭和文学全集34　昭29　角川書店
現代日本戯曲選集6、11　昭30　白水社
現代日本文学全集14　昭30　筑摩書房
現代日本文学全集67　昭32　筑摩書房
現代日本文学全集97　昭33　筑摩書房
日本国民文学全集33　昭33　河出書房新社
現代教養全集8、14　昭34　筑摩書房
日本推理小説大系1　昭35　東都書房
日本現代文学全集30　昭36　講談社
日本文学全集18　昭37　河出書房新社
日本文学全集12　昭38　新潮社
現代日本思想大系13　昭40　筑摩書房
現代文学大系12　昭41　筑摩書房
日本文学全集2　昭42　新潮社
日本の文学11　昭43　中央公論社
日本短篇文学全集11　昭43　筑摩書房
現代日本記録全集5　昭44　筑摩書房
豪華版日本現代文学全集12　昭44　講談社
現代日本文学館12　昭44　文芸春秋
日本文学全集11　昭44　集英社
現代日本文学大系16　昭44　筑摩書房
カラー版日本文学全集12　昭44　河出書房新社
現代日本戯曲大系3　昭46　三一書房
日本文学全集豪華版11　昭48　集英社
日本近代文学大系22　昭49　角川書店
世界教養全集35、36　昭49　平凡社
近代日本思想大系35　昭49　筑摩書房
近代日本キリスト教文学全集5　昭50　教文館
土とふるさとの文学全集3、12　昭51　家の光協会
筑摩現代文学大系11　昭52　筑摩書房
近代日本キリスト教文学全集11　昭53　教文館
近代日本キリスト教文　昭56　教文館

学全集12
日本人の自伝16　昭56　平凡社
現代の随想27　昭58　弥生書房
昭和文学全集2　昭63　小学館
長野県文学全集第1期　昭63　郷土出版社
3、7
長野県文学全集第2期　平1　郷土出版社
7
日本幻想文学集成21　平5　国書刊行会
明治翻訳文学全集　新聞雑誌編18　平9　大空社
シェイクスピア研究資料集成11　平9　日本図書センター
明治翻訳文学全集　新聞雑誌編49　平11　大空社
明治翻訳文学全集　新聞雑誌編33　平12　大空社
編年体大正文学全集5　平12　ゆまに書房
編年体大正文学全集4　平13　ゆまに書房
明治の文学24　平13　筑摩書房
編年体大正文学全集10、12　平14　ゆまに書房
編年体大正文学全集13、14、15　平15　ゆまに書房

【文庫】

生まざりしならば　昭3　岩波文庫
入江のほとり（昭4・6より解＝谷川徹三）　昭3　岩波文庫
泥人形外二篇　昭7　春陽堂文庫
人生の幸福　昭8　春陽堂文庫
人さまざま　昭21　日本文学名作文庫
微光　昭22　手帖文庫
死者生者（解＝正宗白鳥）　昭22　日本文学選
地獄（解＝宇野浩二）　昭22　文潮選書
人生の幸福（解＝青野季吉）　昭25　春陽堂文庫
何処へ・泥人形 他二篇　昭26　岩波文庫

人生の幸福 他二篇　昭26　岩波文庫
生まざりしならば　入　昭26　新潮文庫
江のほとり
(解=平野謙)
作家論(一)(解=中村光夫)　昭26　創元文庫
作家論(二)(解=中村光夫)　昭26　創元文庫
自然主義文学盛衰史　昭26　創元文庫
(解=中村光夫)
人生の幸福　昭28　近代文庫
(解=青野季吉)
読書雑記　昭29　角川文庫
自然主義文学盛衰史　昭29　角川文庫
(解=中村光夫)
作家論(一)　昭29　角川文庫
(解=中村光夫)
作家論(二)　昭29　角川文庫
(解=中村光夫)
作家論(一)　昭29　新潮文庫
作家論(二)　昭30　新潮文庫
文壇五十年　昭30　河出文庫

今年の秋　昭55　中公文庫
思い出すままに　昭57　中公文庫
内村鑑三・我が生涯と文　平6　文芸文庫
学(人=高橋英夫　年=中
島河太郎)
何処へ・入江のほとり　平10　文芸文庫
(解=千石英世　年・著=
中島河太郎)
作家論(新編)　平14　岩波文庫
(高橋英夫・編)
自然主義文学盛衰史　平14　文芸文庫
(解=高橋英夫　年・著=中
島河太郎)
世界漫遊随筆抄　平17　文芸文庫
(解=大嶋仁　年・著=中島
河太郎)
文壇五十年　平25　中公文庫
(解=持田叙子)
白鳥随筆　平27　文芸文庫
(解=坪内祐三　年・著=中

島河太郎）

「著書目録」は原則として、編著・再刊本等は入れなかった。／【文庫】は本書初刷刊行日現在の各社最新版「解説目録」に記載されているものを原則とするが、本書では既刊のものを網羅した。（　）内の略号は、解＝解説　人＝人と作品　年＝年譜　著＝著書目録を示す。

（作成・中島河太郎）

本書は福武書店刊『正宗白鳥全集』第十九巻（一九八五年九月）、第二十巻（一九八三年十月）を底本として、新漢字、新かな遣いに改め、多少ふりがなを加えました。本文中明らかな誤植と思われる箇所は正しましたが、原則として底本に従いました。また、底本にある表現で、今日からみれば不適切と思われる表現がありますが、作品が書かれた時代背景および著者（故人）が差別助長の意図で使用していないことなどを考慮し、底本のままとしました。よろしくご理解のほどお願いいたします。

白鳥評論《はくちょうひょうろん》　坪内祐三《つぼうちゆうぞう》選

正宗白鳥《まさむねはくちょう》

二〇一五年八月一〇日第一刷発行

発行者——鈴木　哲
発行所——株式会社　講談社
東京都文京区音羽2・12・21　〒112-8001
電話　編集（03）5395・3513
販売（03）5395・5817
業務（03）5395・3615

デザイン——菊地信義
印刷——豊国印刷株式会社
製本——株式会社国宝社
本文データ制作——講談社デジタル製作部

Printed in Japan
定価はカバーに表示してあります。

講談社文芸文庫

ISBN978-4-06-290270-0

橋川文三	日本浪曼派批判序説	井口時男——解／赤藤了勇——年
蓮實重彥	夏目漱石論	松浦理英子—解／著者———年
蓮實重彥	「私小説」を読む	小野正嗣——解／著者———年
蓮實重彥	凡庸な芸術家の肖像 上 マクシム・デュ・カン論	
蓮實重彥	凡庸な芸術家の肖像 下 マクシム・デュ・カン論	工藤庸子——解
服部 達	われらにとって美は存在するか 勝又浩編	勝又 浩——解／齋藤秀昭——年
花田清輝	アヴァンギャルド芸術	沼野充義——解／日高昭二——案
花田清輝	復興期の精神	池内 紀——解／日高昭二——年
埴谷雄高	死霊 I II III	鶴見俊輔——解／立石 伯——年
埴谷雄高	埴谷雄高政治論集 埴谷雄高評論選書1 立石伯編	
埴谷雄高	埴谷雄高思想論集 埴谷雄高評論選書2 立石伯編	
埴谷雄高	埴谷雄高文学論集 埴谷雄高評論選書3 立石伯編	立石 伯——年
濱田庄司	無盡蔵	水尾比呂志-解／水尾比呂志-年
林 京子	祭りの場｜ギヤマン ビードロ	川西政明——解／金井景子——案
林 京子	長い時間をかけた人間の経験	川西政明——解／金井景子——年
林 京子	希望	外岡秀俊——解／金井景子——年
林 達夫	林達夫芸術論集 高橋英夫編	高橋英夫——解／編集部——年
林 芙美子	晩菊｜水仙｜白鷺	中沢けい——解／熊坂敦子——案
原 民喜	原民喜戦後全小説	関川夏央——解／島田昭男——年
東山魁夷	泉に聴く	桑原住雄——人／編集部——年
久生十蘭	湖畔｜ハムレット 久生十蘭作品集	江口雄輔——解／江口雄輔——年
火野葦平	糞尿譚｜河童曼陀羅(抄)	井口時男——解／編集部——年
日野啓三	ベトナム報道	著者———年
日野啓三	地下へ｜サイゴンの老人 ベトナム全短篇集	川村 湊——解／著者———年
深沢七郎	笛吹川	町田 康——解／山本幸正——年
深沢七郎	甲州子守唄	川村 湊——解／山本幸正——年
深沢七郎	花に舞う｜日本遊民伝 深沢七郎音楽小説選	中川五郎——解／山本幸正——年
深瀬基寛	日本の沙漠のなかに	阿部公彦——解／柿谷浩一——年
福永武彦	告別	菅野昭正——解／首藤基澄——案
福永武彦	死の島 上・下	富岡幸一郎-解／曾根博義——年
福永武彦	幼年 その他	池上冬樹——解／曾根博義——年
藤枝静男	悲しいだけ｜欣求浄土	川西政明——解／保昌正夫——案
藤枝静男	田紳有楽｜空気頭	川西政明——解／勝又 浩——案
藤枝静男	或る年の冬 或る年の夏	川西政明——解／小笠原 克—案

講談社文芸文庫

藤枝静男	藤枝静男随筆集	堀江敏幸―解／津久井 隆―年
藤枝静男	志賀直哉・天皇・中野重治	朝吹真理子―解／津久井 隆―年
藤枝静男	愛国者たち	清水良典―解／津久井 隆―年
富士川英郎	読書清遊 富士川英郎随筆選 高橋英夫編	高橋英夫―解／富士川義之―年
藤田嗣治	腕一本｜巴里の横顔 藤田嗣治エッセイ選 近藤史人編	近藤史人―解／近藤史人―年
舟橋聖一	悉皆屋康吉	出久根達郎―解／久米 勲―年
舟橋聖一	芸者小夏	松家仁之―解／久米 勲―年
古井由吉	雪の下の蟹｜男たちの円居	平出 隆―解／紅野謙介―案
古井由吉	古井由吉自選短篇集 木犀の日	大杉重男―解／著者―年
古井由吉	槿	松浦寿輝―解／著者―年
古井由吉	山躁賦	堀江敏幸―解／著者―年
古井由吉	夜明けの家	富岡幸一郎―解／著者―年
古井由吉	聖耳	佐伯一麦―解／著者―年
古井由吉	仮往生伝試文	佐々木 中―解／著者―年
堀 辰雄	風立ちぬ｜ルウベンスの偽画	大橋千明―年
堀口大學	月下の一群（翻訳）	窪田般彌―解／柳沢通博―年
正岡子規	俳人蕪村	粟津則雄―解／淺原 勝―年
正岡子規	子規人生論集	村上 護―解／淺原 勝―年
正宗白鳥	何処へ｜入江のほとり	千石英世―解／中島河太郎―年
正宗白鳥	白鳥随筆 坪内祐三選	坪内祐三―解／中島河太郎―年
正宗白鳥	白鳥評論 坪内祐三選	坪内祐三―解
町田 康	残響 中原中也の詩によせる言葉	日和聡子―解／吉田凞生・著者―年
松浦寿輝	青天有月 エセー	三浦雅士―解／著者―年
松下竜一	豆腐屋の四季 ある青春の記録	小嵐九八郎―解／新木安利他―年
松下竜一	ルイズ 父に貰いし名は	鎌田 慧―解／新木安利他―年
松田解子	乳を売る｜朝の霧 松田解子作品集	高橋秀晴―解／江崎 淳―年
丸谷才一	忠臣藏とは何か	野口武彦―解
丸谷才一	横しぐれ	池内 紀―解
丸谷才一	たった一人の反乱	三浦雅士―解／編集部―年
丸谷才一	日本文学史早わかり	大岡 信―解／編集部―年
丸谷才一編	丸谷才一編・花柳小説傑作選	杉本秀太郎―解
丸谷才一	恋と日本文学と本居宣長｜女の救はれ	張 競―解／編集部―年
丸山健二	夏の流れ 丸山健二初期作品集	茂木健一郎―解／佐藤清文―年
三浦朱門	箱庭	富岡幸一郎―解／柿谷浩一―年

講談社文芸文庫

中村光夫
谷崎潤一郎論
解説＝千葉俊二

文化勲章を受章して揺るぎない地位に君臨していた大御所を一刀両断し、武田泰淳をして「乱れが無さすぎるほどよく整理された論文」と言わしめた、挑発的長編。

なH7
978-4-06-290280-9

野田宇太郎
新東京文学散歩　漱石・一葉・荷風など
解説＝大村彦次郎

『新東京文学散歩　上野から麻布まで』の後篇。主に、東京拾遺として前作で辿ったところの補完的役割も。東京と文学を愛する人々へ、この本を持って文学散歩に出よう。

のG2
978-4-06-290281-6

正宗白鳥　坪内祐三・選
白鳥評論
解説＝坪内祐三

辛辣な文化欄記者として、のちには評論家として、独自のシニシズムに貫かれた視点で批評活動を展開した正宗白鳥の膨大な評論群から、文学論と作家論の秀作を厳選。

まC6
978-4-06-290270-0

日本文藝家協会編
現代小説クロニクル2000〜2004
解説＝川村湊

新世紀を迎えた文学の相貌——。現代小説四〇年の歩みを追うシリーズ第六弾。保坂和志、堀江敏幸、星野智幸、河野多恵子、綿矢りさ、町田康、佐藤洋二郎、金原ひとみ。

にC6
978-4-06-290282-3